KB083628

아방가르드 고전소설

고전소설의 경계를 넘는 시선

# 아방가르드 고전소설

고전소설의 경계를 넘는 시선들

**초판인쇄** 2022년 1월 5일 **초판발행** 2022년 1월 20일
**글쓴이** 김현주, 정인혁, 서유석, 조현우, 김문희, 이정원
**펴낸이** 박성모 **펴낸곳** 소명출판 **출판등록** 제13-522호
**주소** 서울시 서초구 서초중앙로6길 15, 2층
**전화** 02-585-7840 **팩스** 02-585-7848 **전자우편** somyungbooks@daum.net **홈페이지** www.somyong.co.kr

값 18,000원
ISBN 979-11-5905-637-6 03810

Avant-garde Korean Classics

# 아방가르드 고전소설

## 고전소설의 경계를 넘는 시선

김현주 외 지음

## 책머리에

고전소설은 매우 친근하고도 중요한 문학이다. 학교에서 배우고 여러 시험에도 출제된다. 하지만 아직도 많은 사람들, 그러니까 이른바 연구자들을 제외하면 일반인들이나 학교에서 문학을 가르치는 교사들까지도 권선징악, 행복한 결말, 봉건성 등등의 용어로써 고전소설을 이해하고 설명한다. 이런 식의 접근이 틀렸다고 할 수는 없지만, 진부한 것도 사실이다. 학문은 발전하고 있고 새로운 사유와 도전이 진행되고 있다. 근대성과 도덕론 또는 작가론 등이 우리에게 익숙했던 관점이라면, 좀비나 백남준, 젠더성 등은 우리를 매혹하는 새롭고도 친근한 제재이자 관점이다. 새로운 시선이 매력적인 까닭은 단지 그것이 새 것이기 때문이 아니라, 그 새로움이 세상과 나에 대해 낯선 호기심을 불러일으키고 오늘날에 필요한 이해를 제안하기 때문이다.

고전소설은 인간과 세계의 본질에 대해 훌륭한 질문과 깊이 있는 이해를 풀어낸다. 그래서 세상이 바뀌어도 우리의 인간성과 그 인간성에 기반하여 세계가 펼쳐지고 있다는 사실이 변하지 않는 한, 고전소설은 우리가 누구인지 탐구할 수 있는 풍요로운 재료이다. 그러므로 학자들이 새로운 관점으로 고전소설에 접근하는 것은 당연하고도 흥미로운 일이다.

이 책은 고전소설에 대해 익숙한 이해를 넘어설 것을 제안한다. 작가의 의도와 창작 배경이 무엇인지를 아는 것으로 이 예술 작품을 감상하였던 분들께는 낯설게 느껴지실 수 있다. 하지만 이 오래된 예술은 원래부터 우리가 아는 것보다 훨씬 전위적이었다. 여섯 편의 글은 서로 다른 분야에서 어떻게 고전소설이 낡음과 싸우는지 보여줄 것이다.

1부는 다른 예술과의 관계 속에서 고전소설을 살펴보았다. 당연하지만 고전소설도 하나의 예술이다. 언어로써 미적 구조를 만들고 미적 경험을 선사한다. 새로운 예술 양식이나 사조의 출현은 새로운 미적 구조와 미적 경험의 유행으로 나타난다. 한시가 유행하던 시절, 있을 법한 이야기를 지어낸 고전소설은 그 자체로 새로운 예술 양식이었다.

「조선의 아방가르드, 판소리와 풍속화」는 바로 그 도전성을 풍부한 사례로써 그리고 풍속화와 견주어 가며 설명한다. 판소리와 풍속화는 고루한 시대를 마감하고 새로운 정신과 미적 형식을 찾아나섰다는 점에서 조선의 아방가르드였다. 둘은 매체는 다르지만 새로운 목소리 또는 시점을 개발함으로써 당대인의 사실주의적 태도를 구현했고 사사로운 욕망에 부응했다. 전지적 시점과 같은 소설의 장치가 풍속화에서 어떻게 나타나고, 풍속화의 은밀함이 판소리에서 어떻게 형식화되는지를 살핀다. 줄거리를 알면 소설을 감상했다고 여기는 독서가 얼마나 가벼운 일인지 알게 되는 글이다.

「아름다움과 비천함의 사이」는 줄리아 크리스테바의 개념인 '아브젝트'를 빌어와 고전소설을 설명한다. 아브젝트abject는 '나'의 영역에서 '내가 아닌 것'들을 분리해내는 과정이다. 당연히 이 과정은 '나의 영역'이 생물이나 사회 물리 정신 등 어느 차원이냐에 따라 다양하게 진행될 수 있고, '내가 아닌 것'은 '나'가 무엇인지에 대한 질문과 혼란에 대응해야만 분명해진다. 크리스테바의 아브젝트는 오늘날 사회문화의 여러 분야에서 빚어지는 공포와 혐오 현상을 설명하는 중요한 개념이지만, 불현듯 나타난 것이 아니라 오늘날에 와서야 정립된 개념으로서 인간 심리의 고유한 부분을 가리킨다. 예술 장치로서 아브젝트는 그러한 혼란을 활용하여 대상에 대한 새로운 인식을 야기한다. 이 글은 고전소설에서 아브젝트를 발견하고 그 의의를 설명하고 있다. 아브젝트가 어렵게 느껴지는 독자라면 이 글을 통해 아브젝트도 이해하고, 고전소설의 예술적 기법이 얼마나 현대적인지도 발견하게 될 것이다.

2부는 고전소설에 나타나는 젠더 문제를 다루었다. 오늘날 '젠더'에 대한 이론의 발전은 학술 담론의 영역을 넘어서서 사회적 실천의 영역으로 확산되고 있다. 고전소설은 가부장제 시대에 만들어졌지만, 그런 만큼 전복에 대한 상상과 욕망은 은밀하고도 집요하다.

「판소리, 젠더, 그리고 남성성」은 젠더 문제로써 판소리 문학을 다시 읽는다. 여기엔 가부장제에 핍박받는 여성만이 서 있지 않다. 과연 여성성이란 무엇일까? 남성성은 단단하게 그리고 변함없이 존재하는 것일까? 남성성이 공모되는 것이라 할 때, 그것은 누구에 의해 어떻게 진행되고 그로 인한 상처는 누구에게 돌아가는 것일까? 고전은 교훈의 원천이 아니라, 발견의 원천이다. 이 글은 판소리 문학을 통하여 우리 시대의 젠더 문제를 다시 보게 한다.

「여성영웅, 젠더 이탈자, 괴물」은 방한림전이라는 여성 영웅 소설에 등장하는 젠더 이탈자를 소개한다. 이 작품의 주인공은 방관주라는 여성이다. 방관주는 남복을 입고 장군이 되어 전쟁에서 승리하고 스스로의 인생에서도 승리한다. 하지만 그것은 매우 복잡한 문제에 얽혀 있다. 그는 여성됨을 부정하고 생물학적 성과 사회문화적 성 사이에서 자신이 원하는 것을 선택하고 만들어 간다. 심지어 영혜빙이라는 여성과 결혼하여 아들을 두기까지 한다. 조선시대에 이런 파격적인 소설이 유행했다는 사실도 놀랍지만, 이 이야기에서 뽑아내는 젠더 문제는 더욱 재미있다. '나'답게 산다는 것은 무엇일까? 우리에게 필요한 것은 용기일까, 전략일까. 우리의 선택을 사회는 어떻게 바라볼까. 무엇이 고전을 만드는지 음미하게 하는 글이다.

3부는 고전소설의 인물들을 다루었다. 모든 이야기는 결국 누군가의 이야기이다. 사람에 대한 관심이야말로 이야기를 즐기는 원초적인 힘이다. 권선징악의 구도로 인물을 이해하는 것은 상투적이다 못해 잘못된 것이기도 하다. 인물을 통해 새로운 세계를 만나고 새로운 나를 갈망할 수 있는 가능성을 차단하기 때문이다.

「만귀비, 역사, 그리고 악녀의 탄생」은 '만귀비'라는 중국 명나라 때의 후궁이 어떻게 우리 고전소설에 정착하고 있는지를 살펴보고 있다. '만귀비'라는 실존 인물은 일반 독자뿐만 아니라 학자들에게도 생소하다. 하지만 이 글의 묘미는 바로 그 지점에 있다. 우리에게 익숙한 악녀의 서사적 기원으로서 명나라 헌종의 후궁이었던 만귀비가 소환되는 것이다. 나아가 만귀비의 생애를 재료로 삼아 우리 소설에서 악녀를 만들면서 어떻게 요리하였는지를 분석하고 있다. 역모, 근친상간, 근친살해와 같은 악행들뿐만 아니라 이것을 악행으로 보게 하는 윤리적 시선의 정체가 드러난다. 비교문학은 문학 연구의 오랜 영역이었는데, 이 글은 역사와 문학의 소통이 어떠한지를 보여주는 흥미로운 사례이다.

「홍길동, 슈퍼히어로, 그리고 괴물」은 '홍길동'이라는 매우 익숙한 인물을 '괴물'로서 다루고 있다. 여기엔 적서차별에 대한 비판이라든가 최초의 한글 소설과 같은 명예가 아니라 슈퍼히어로가 배경으로 등장한다. 홍길동과 슈퍼히어로는 비범한 능력을 공적인 문제를 해결하는 데에 쓴다는 점에서 공통되다. 그들은 비정상성을 띤 존재라는 점에서 괴물이 될 뻔 하였지만 그렇지 않았다. 그들은 기득권의 질투와 증오에 매몰되지 않고 어떻게 윤리적인 인물이 될 수 있었을까? 괴물이라는 문학적 장치로써 홍길동의 욕망과 슈퍼히어로의 공공성을 비추고 있다.

여섯 편의 글은 저마다의 특색이 있고, 어느 것도 상투적으로 말하지 않는다. 1부가 고전소설에 다른 예술 장르의 이론을 적용한 것이라면 2부는 젠더와 같은 사회과학의 개념을 활용하였고 3부는 비교문학의 관점을 견지하면서도 두 문학권의 영향관계라는 비교문학의 전통적 주제에서 탈피하였다. 말 그대로 고전소설을 보는 새로운 시선들이다.

고전은 몇 세기에 걸쳐 스스로를 만들었다. 그리고 언제나 우리에게 고전으로서 말하고 있다. 우리가 새로운 고민과 사유 그리고 자료를 활용하면 고전의 목소리는 더 크게 들릴 것이다.

이 책을 쓴 여섯 사람은 모두 고전문학 연구자들이다. 경계를 넘는 시선을 선보이는 데에 마음이 맞았다. 원고를 집필하던 때에 세계 여러 곳에 흩어져 있다가 2020년 코로나 사태를 맞았다. 전염병은 많은 것을 바꾸어 놓았다. 처음엔 과거로 돌아갈 수 있을까 걱정했지만 책을 낼 즈음엔 과거로 돌아가야 할까 염려하게 되었다. 이 책은 고전소설 연구의 과거를 건너고 있다. 종이책이라는 오래된 미디어에 아방가르드한 생각들을 담을 수 있게 자리를 마련해 준 소명출판에 감사의 인사를 전한다.

배움을 기억하며

# 차례

책머리에 3

## 1부 고전소설과 예술의 상동성

조선의 아방가르드, 판소리와 풍속화 • 김현주 13

아름다움과 비천함의 사이 ― 아브젝트와 예술 • 정인혁 51

## 2부 고전소설에 나타난 젠더 문제

판소리, 젠더, 그리고 남성성 • 서유석 105

여성영웅, 젠더 이탈자, 괴물 • 조현우 143

## 3부 다시 보는 고소설의 인물들

만귀비, 역사, 그리고 악녀의 탄생 • 김문희 185

홍길동, 슈퍼히어로, 그리고 괴물 • 이정원 225

# 1부

# 고전소설과 예술의 상동성

조선의 아방가르드, 판소리와 풍속화 **김현주**

아름다움과 비천함의 사이 – 아브젝트와 예술 **정인혁**

# 조선의 아방가르드, 판소리와 풍속화

김현주

## 18세기의 조선, 그리고 아방가르드

조선에서 18세기는 사회·경제·문화 분야에서 왜란과 호란의 충격을 떨치고 비약적인 발전을 이룩한 때이다. 그러한 발전은 당연히 사람들의 의식의 변화와 맞물려 진행되었다. 그중 가장 큰 변화는 당대인들의 관심이 관념에서 실물로 바뀌었다는 점이다. 관념적으로 이상을 추구하는 것보다는 실물적인 관심이 당대인들의 취향에 맞았다. 실물적 관심은 관념의 허울을 벗고 사실을 그대로 그리려는 사실주의적 태도와 상응한다. 그리고 사사로운 욕망과 같은 윤리 도덕에 반하는 것들도 있는 그대로 인정하자는 개방적 태도와도 상통한다. 당시 진보적인 일부 유학자들에 의해 모색된 실학은 이러한 실물적 관심을 불러일으킨 원동력이라고 할 수 있다.

현실을 바라보는 시각이 정태靜態적인 것에서 역동적인 것으로 바뀌었다는 점도 중요한 변화이다. 정태적인 시각에서 역동적인 시각으로 변했다는 것은 세계를 보는 사유의 틀이 안정적이고 고정적인 것을 지향하던 태도에서 불안정하고 가변적인 것을 지향하는 태도로 변화했음을 의미한다. 비판정신과 개혁적인 관심은 이러한 사유체계의 변화에서 비롯되었다. 세상의 모든 것은 이미 주어진 것이라는 기존 관념이 심하게 흔들리고, 세상은 형성되어 가는 것이고 얼마든지 변할 수 있다고 생각함에 따라 기존의 체계나 질서에 대해 의문이 일어나게 되었던 것이다.

관념에서 실물로 관심의 대상이 변하고, 현실을 보는 시각이 정태적에서 역동적으로 변화한 것은 단순히 몇몇 대상에 대한 이해나 인식이 바뀐 것이 아니라 현실세계와 당대인이 관계 맺는 방식 전체를 근본적으로 바꾸는 것이었다는 점에서 의식 구조의 변화로 볼 수 있다. 그러하기에 이러한 총체성은 당연히 사회·경제·문화의 분야에서도 발현되었고 인간이 세상에 대해 관계 맺는 가장 인간적인 방식인 예술에서도 구현되었다.

동양에서는 예부터 문학과 회화가 한 뿌리에서 나왔다는 생각이 강력했다. '서화동원書畫同源'글씨와 그림은 같은 근본에서 나왔음이라거나 '시중유화詩中有畫'시 속에 그림이 있음라는 말은 이러한 예술관을 잘 드러낸다. 조선 후기의 공연예술인 판소리나 거기에서 나온 소설들 그리고 이 당시의 풍속화와 진경산수화, 그리고 민화 등은 글과 그림이 같은 근본을 지녔음을 보여주는 매우 적절한 사례이다.

특히 판소리와 풍속화는 고루한 시대를 마감하고 새로운 정신과 미적 형식을 찾아나섰다는 점에서 조선의 아방가르드였다. '아방가르드Avant-garde'란 19세기 중엽에 프랑스에서 일어난 새로운 예술관에서 비롯된 말이다. 여기서는 사회를 변혁하는 운동으로서 예술이 가진 힘을 인정하고 예술가야말로 낡은 것을 무찌르는 전투에서 최선봉에 선 전위前衛로 추앙되었다. 이런 사상은 후대로 이어져 피카소의 큐비즘이나 이탈리아의 미래파, 20세기 초의 초현실주의 등과 같이 새로운 형식이나 내용을 탐구하고 개혁하며 제시하는 예술운동을 일으키게 되었다.

## 판소리와 풍속화의 목소리, 시선, 사고-시점

대상에 대한 발화 주체의 태도 내지는 관점에 따라 시점은 여러 종류로 나뉜다. 발화 주체의 인칭에 따라 일인칭 시점이냐 삼인칭 시점이냐가 결정되고, 사건이나 인물에 대한 발화 주체의 지식 정도에 따라 전지적 시점이냐 제한적 시점이냐가 결정되며, 발화 주체가 자신의 감정을 개입시키는지의 여부에 따라 주관적 시점이냐 객관적 시점이냐가 결정된다. 그 밖에도 발화 주체가 지닌 이념이라든가 습관적 어조 등 무수히 많은 태도의 결에 따라 시점은 갖가지 색깔로 분파된다.

시점이란 말 그대로 시각적인 요소만을 지칭하는 것이지만 실제로는 보고 말하고 느끼고 생각하는 오감의 모든 요소를 포함한다. 누가 보느냐, 누가 말하느냐, 누가 느끼느냐, 누가 생각하느냐 하는 전 감각과 행위적인 요소가 모두 포함되는 것이다. 그래서 시점을 목소리라 해도 무방하고, 시선으로 봐도 괜찮으며, 머리 속의 사고라고 해도 상관이 없다. 이러한 관점에서 보면 시점은 소설에만 있는 것이 아니라 그림에도 존재한다. 그리고 그림의 경우, 그림 액자 내부에만 시점이 있는 게 아니라 액자 외부에 위치하는 관람자의 시점도 문제가 될 수 있다는 점을 유념하기로 한다.

우리는 이미 판소리에 대해 알고, 풍속화에 대해서도 잘 알고 있다. 하지만 그것을 우리 문화사의 도도한 흐름에서 과거에 훌륭했던 예술 중 하나로만 생각하지, 그 훌륭함을 있게 했던 전투성에 대해서는 눈여겨 보지 않는다. 판소리와 풍속화는 새로운 시대를 만든 유일한 주역은 아니겠지만, 이 복합적인 문화전쟁에서 가장 전위에 섰던 전사들이기도 하고, 관점과 형식 그리고 내용을 공유했다는 점에서 둘은 실상 유일한 동지이기도 하였다. 그래서 아방가르드로서 이 두 예술을 호명하여 살펴보는 것은 흥미롭다. 지금 젊은 세대들에게는 고루하다 못해 아예 다른 나라의 음악이나 소박한 그림 정도로만 보이는 판소리나 풍속화가 실은 매우 전위적인 예술이었고 나아가 그 전위성이 오늘날 우리가 상투적으로 여겼던 '훌륭함'의 참모습이기 때문이다.

## 판소리와 풍속화의 '다중시점'

거의 동시대에 등장한 판소리와 풍속화, 민화 등의 전통회화는 시점의 복합성이라는 점에서 공통된다. 여러 존재들의 목소리가 복합되어 있다는 의미에서 다성성多聲性, polyphony이라고도 한다. 작품에 예술적인 통일성을 기하고자 하는 작가 입장에서는 시점을 일관되게 유지할 필요가 있다. 삼인칭 객관적 시점을 택했을 경우, 그것을 처음부터 끝까지 유지해야지 중간에 일인칭 주관적 시점을 개입시키거나 한다면 그것은 부적절한 시점 운용이 된다. 그래서 이런 현상이 심해지면 결국 예술적인 파탄에 이르고 만다. 그런데 판소리는 여러 가지 형태의 시점을 마구 섞어놓고 있다. 그럼에도 불구하고 이상하게 예술적인 파탄으로 이어지지 않는다.

판소리에 보이는 다성적 목소리는 그 양태가 갖가지다. 서술자의 목소리 속에 인물의 목소리가 침투하기도 하고, 한 인물의 목소리 속에 다른 인물의 목소리가 침투하기도 하며, 같은 인물의 앞에 나온 목소리와 뒤에 나온 목소리가 서로 다르기도 하다. 그리고 어조의 미세한 차이까지 모두 감안하면 판소리는 그야말로 온갖 이질적인 목소리들의 집합이라 할 만하다. 우선 목소리의 혼성 현상부터 확인해보자.

> ① 백백홍홍난만중白白紅紅爛漫中에 어떠한 일미인 나오는데 해도 같고, 별도 같다. ② 저와 같은 계집종과 함께 추천鞦韆을 하려 하고 난초같이 푸른 머리 두 귀 눌러 고이 땋고, 금채를 정제하고 나군羅裙에 두른 허리 아리땁고 고운 태도 아장거리고 흐늘거려 가만가만 나오더니, ③ 장림 숲 속에 들어가서 장장채승長長彩繩 그네줄을 휘늘어진 벽도碧桃 가지에 휘휘칭칭 감아매고, 섬섬옥수纖纖玉手를 번듯 들어서 양 그네줄을 갈라잡고 선뜻 올라 밀어갈 제, ④ 한 번 굴러 앞이 높고 두 번 굴러 뒤가 높아 앞뒤 점점 높아갈 제, 머리 위의 푸른 잎은 몸을 따라서 흔들흔들, 난만도화爛漫桃花 높은 가지 소소리쳐 툭툭 차니 송이송이

맺힌 꽃이 추풍낙엽 격으로 뚝뚝 떨어져 내려치니 풍무취엽녹엽風舞翠葉綠葉이라. ⑤ 낙포선녀洛浦仙女 구름 타고 옥경으로 향하는 듯, 무산선녀巫山仙女 학을 타고 요지연瑤池淵으로 내리는 듯, 그 얼굴 그 태도는 세상 인물이 아니로다.

춘향의 등장을 알려주는 이 대목은 전체적으로 볼 때, 전지적 서술자의 진술로 포장된 듯하다. 전지적 서술자가 나서서 춘향이 등장하여 그네 뛰는 모습을 처음부터 끝까지 충실하게 보고하고 있는 듯이 보이기 때문이다. 그러나 세부적으로 살펴보면 전지적 서술자의 진술 위주이되, 모두가 전지적 서술자의 진술은 아니라는 사실이 드러난다.

①번 구절에서 '어떠한 일미인'은 누구의 말인가? 아니면 누가 본 것인가? 아니면 누가 느낀 것인가? 판소리 전반에 걸쳐 나타나는 전지적 서술자 시점이라면 모든 것을 꿰뚫어 알고 있기 때문에 그 미인을 곧바로 '춘향'이라고 말했을 것이지만, 잘 모르는 태도를 취하는 것으로 보아 이는 멀리서 춘향의 등장을 바라보는 이 도령의 시점이거나, 객관적 목격자로서의 외적 시점과 유사한 것임을 알 수 있다. '해도 같고 별도 같다'고 느끼는 것도 이 도령이거나 어떤 주관적인 내적 시점에 가깝다.

②번 구절에서 '향단'이라고 밝히지 않고 '저와 같은 계집종'이라고 표현한 것도 이 도령이나 외부의 목격자적 시점임을 말해

주며, 주관적인 평가 · 판단의 어휘들, 즉 '고이'나 '아리땁고 고운' 같은 것들도 이 도령의 것이거나 어떤 주관적인 인물의 것으로 추정된다. ③번 구절에 보이는 '섬섬옥수' 또한 춘향의 고운 손에 대한 이 도령의 관점이나 어떤 주관적인 인물의 관점이 투영되었다고 할 수 있다. ④번 구절은 그네가 앞뒤로 점점 높아지면서 느끼는 춘향의 시점이라고 볼 수도 있고, 멀리서 바라보며 느끼는 이 도령의 시점이라고 볼 수도 있다. ⑤번 구절에서도 '그 얼굴 그 태도는 세상 인물이 아니로다'는 춘향의 자태에 매혹당한 이 도령의 시점이거나 어떤 주관적인 인물의 시점일 가능성이 농후하다.

이와 같이 전체적으로는 전지적 서술자의 진술인 듯한 이 대목에 여기저기 등장인물의 시점이나 어떤 주관적이고 객관적인 외부적 존재의 시점이 침투되어 있다. 그리고 이와 같은 시점의 혼합이 국지적인 것이 아니라 판소리 사설 전반에서 볼 수 있는 현상이라는 점은 주목할 만한 사실이다.

판소리 사설에서의 시점 혼합 현상과 비슷한 현상은 조선 후기 회화에도 나타나고 있다. 원래 시점이란 대상을 바라보는 주체의 위치 문제를 나타내는 용어로서, 언어로 된 문학 작품보다 그림에서의 시점은 그림 자체에 그대로 나타난다. 그렇지만 그림에서의 시점도 항상 단일 시점으로만 되어 있지 않고 복합적이다.

우선 실경을 그대로 담아낸 실경산수화 또는 진경산수화를 보기로 하자. 여기서는 흔히 액자 내부 시점과 액자 외부 시점이 혼합되어 나타난다. 예를 들어 박연폭포를 그린 겸재 정선의 그림을 보면 실제 폭포의 높이보다 그림의 폭포가 훨씬 높게 표현되어 있다. 그것은 액자 내부에 있는 사람들의 시점을 반영한 결과로 보인다. 즉 그림에는 폭포 밑 정자 근처에서 폭포수를 치켜다보는 일군의 구경꾼들이 있는데, 폭포의 높이를 실제의 높이보다 훨씬 길게 그린 것은 폭포 아래서 치켜 올려다보는 그들의 관점을 반영했기 때문이다.

겸재의 〈통천문암通川門岩〉에도 그러한 현상이 보인다. 그림에서 파도는 마치 해일이 일어난 것처럼 실제보다 훨씬 강조되어 있다. 커다란 파도가 넘실대는 것이 금방이라도 땅을 뒤덮어버릴 만큼 위용이 대단하다. 파도가 실제 그런 정도라면 그런 날의 기상 조건은 태풍이 세차게 불고 빗줄기가 쏟아지면서 사람들이 바깥에 서 있을 수도 없는, 그야말로 최악의 기상 조건이어야 할 것이다. 그러나 그림에서는 사람들이 한가롭게 구경을 하면서 길을 간다. 그것은 이 그림이 액자 외부 시점으로만 구성된 단일 시점이 아니라 액자 내부의 시점, 즉 구경꾼이 파도를 인식하는 관점도 복합되어 있기 때문에 나타난 현상이다. 바다와 도로 사이의 간격이 전혀 없이 사람의 머리 위로 파도가 넘실대게 그린 것도 그러한 복합 시점의 탓이다.

풍경을 완상하는 구경꾼을 아주 조그맣게 배치한 그림들은 대개가 복합 시점의 구성이라고 보아도 좋을 것이다. 그림 속의 산

수 풍경은 액자 바깥에서 볼 수 있는 풍경을 주로 반영하지만, 액자 내부의 관찰자가 느낀 산수 체험도 일정 부분 반영하는 것이다. 그림은 액자 외부 시점을 지배적인 틀로 하되, 거기에 구경꾼 하나하나가 그 나름의 시점으로 대상을 보고 느낀 액자 내부 시점들을 사이 사이에 배치함으로써 이루어진다. 그림 특히 산수화가 액자 외부 시점으로만 구성되면 상당히 무미건조해질 가능성이 높다. 그러나 액자 내부의 시점이 있기 때문에 화가는 자신의 여러 가지 구상을 자유롭게, 그리고 과감하게 인상적으로 표현할 수 있는 것이다.

시점의 혼합 현상은 민화의 경우 더욱 분명하게 나타난다. 호랑이 그림에서 호랑이 얼굴을 정면에서 바라볼 때의 모습과 측면에서 바라볼 때의 모습을 한꺼번에 합성시켜 제시하는 것은 시점이 하나가 아님을 보여준다. 호랑이의 눈동자가 위, 아래 또는 옆으로 각기 분산되어 마치 사팔뜨기를 그려놓은 듯한 그림도 있는데, 이는 시점의 혼합을 단적으로 보여주는 사례이다. 그 밖에도 하나의 고정 시점에서는 전혀 보이지 않아야 하는 부분들을 보이게 한다. 고개만 살짝 돌린 호랑이의 가슴은 물론이고 오른쪽 어깨까지도 다 보이게 그렸으며, 오른쪽 뒷발까지 드러나게 그렸다. 그 그림에는 액자 내부의 여러 곳에 대상을 보는 눈들이 존재하고 있는데, 이들 시점들은 매우 개성적이고 자기만의 시각을 드러내는 데 거리낌이 없어서 액자 외부 시점만으로 전체적인 통일과 조정을 기하는 것이 불가능하다는 것을 보여준다. 오히려 액자 외부 시점은 여러 시점들의 충돌을 그저 자유롭게 방기하는 듯한 태도를 취한다. 그리하여 대상의 통일된 정렬이나 조화를 추구하는 사람들의 눈에는 아주 거슬릴 수밖에 없는 부조화의 모습을 연출한다. 그러나 그 속에 함축되어 있는, 개성을 긍정하는 자유로운 정신과, 규범과 법도의 틀에서 벗어나고자 하는 에너지의 꿈틀거림 같은 것을 느낄 수 있다.

책가도冊架圖나 화병도花甁圖, 산수도山水圖 등에서도 시점의 혼합을 흔히 볼 수 있다. 책가도에서 책 · 탁자 · 화병 · 꽃 · 필통 · 과일 · 도자기 · 안경 · 종이 · 벼루 등 그림 속의 물상들이 위쪽 시점에서도 그려지고, 옆쪽 시점에서도 그려지고, 뒤쪽 시점에서도 그려지는 등 착종이 심한 것은 다중시점 때문이다. 책가도 속의 각 물상들은 원래 자신이 지니고 있던 고유성을 지닌 채 화면에 참여하는 경향을 보여준다. 사실주의적 원근법이나 통일 시점에 따르면 화면에 등장하는 물상들은 그 화면만의 구성원리에 의해 다른 물상들과의 관계를 구축하기 마련이다. 따라서 각 물상의 크기와 명암, 그리고 색조 등은 모두 그 화면 속의 다른 물상들과의 관계 속에서 결정되는 것이다. 그러나 책가도에서는 각각의 물상들이 자신의 고유성을 지닌 채 화면에 참여함으로써 물상들 상호 간에 부조화 내지 불균형을 빚어낸다. 그러한 점에서 책거리 그림은 독자성의 원리에 의해 구성된다고 할 수 있다.

판소리와 조선 후기 회화에서의 시점 혼합 현상의 이면에는 당대의 사회역사적 상황이 놓여 있다. 이러한 상황을 가정하지 않고는 왜 이 시기의 다양한 예술 장르에 시점 혼합 현상이 두드러지게 나타나는지를 제대로 해명할 수 없다.

당시의 사회 구조는 더 이상 지배층의 의도에 따라 사회 전반이 일사불란하게 움직여주는 사회가 아니었다. 지배 계층은 지배 계층대로 목소리를 높여댔지만 시원하게 받아들여지지 못하고 있었고, 중인층은 중인층대로 자신의 권익과 출세를 위한 목소리를 높이고 있었으며, 몰락 사대부는 그들대로 불만과 불평을 쏟아내던 시대였다. 거기에 서민층까지 합세하여 농민혁명 등을 통해 불복종과 반항의 기운을 드높였다. 그 시대는 분명 역동적인 모습을 보여주었지만 사회적으로 불협화음이 팽배한 것도 사실이었다.

판소리와 조선 후기 회화에서의 시점 혼합 현상은 이와 같이 각 계층 저마다의 목소리가 커지고 있던 당대의 사회적 상황 또는 당대인들의 의식구조를 반영한다. 사회를 구성하는 각 주체들이 사회경제적 변화에 따라 자신 있게 자기의 존재를 드러내고 자신의 목소리를 기탄없이 내게 되었듯이, 판소리의 등장인물들을 포함한 여러 서술적 존재들은 눈치 볼 것 없이 아무데서나 끼어들고 있고, 회화 속의 각 물상들도 자기 고유의 존재를 있는 그대로 드러내고자 하는 것이다. 그림 속의 각 물상들을 지배하는 권위적이고 통일적인 상부구조가 허물어져 있듯이, 당대의 사회는 지배계층의 권위가 몰락하고 신분구조가 붕괴되었으며 그동안 사회체제를 유지시켜 주던 유교적인 규범 내지 보편적인 가치관 또한 크게 허물어졌던 것이다.

국가의 근간을 받쳐주던 이러한 중심축의 흔들림 내지 부재 현상은 각종 민화와 풍속화에서 시점의 도치 또는 시점의 혼합 현상으로 나타나 있고, 이는 동시대의 예술 장르인 판소리에도 어김없이 나타나 있다. 이를 민화를 그린 화공의 제작 기술이 떨어지고, 판소리 광대의 연행 능력이 완벽하지 못한 탓으로 돌리는 것은 온당치 못하다. 당대의 여러 예술 장르들에 동시에 나타나는 그러한 현상의 이면에는 보다 근본적으로 중심축의 흔들림에 의해 권위와 규범이 위축되는 사이 각 사회 주체들이 경제력과 문화의식의 향상을 통한 자신감을 바탕으로 자기 목소리를 높였던 시대적 상황과 그러한 시대 상황 아래 형성된 당대인들의 정신구조가 깔려 있는 것이다.

시점이 복합적이라는 것은 하나의 대상을 여러 각도에서 본다는 것을 의미한다. 이에 따라 전에는 잘 드러나지 않던 대상의 새로운 면모가 드러나게 되기도 하고, 확산과 종합의 원심적 운동에 의해 발랄한 생명력이 표출되기도 한다. 단일 시점의 화면이나 장면은 질서정연한 구심적 운동에 의해 개체들이 중심으로 수렴되는 경향을 보여주지만, 다중시점은 시선이 여러 방향으로 퍼져나가게 됨으로써 대상이 역동적인 생명력을 부여받게 된다. 그런 점에서 다중 시점의 설정은 당시 사회의 발랄한 생명력과 관계가 깊다. 권위적인 지배 메커니즘에 억압당해 왔던 사람들의 개혁 욕망 내지는 자유주의적 상상력이 거기 개재되어 있다고 할 수 있다.

판소리와 풍속화, 진경산수화 등의 다중시점은 지배적인 권위, 그 권위가 보장하는 흔들림 없는 사상, 또 그 사상에서 유래되는 획일적인 현상을 거부하는 사회 변혁에 호응하는 새로운 예술 형식이었다. 그리고 여기에서 전대에는 드러내지 못했던 새로운 내용들이 담기기 시작했다. 단오에 그네를 뛰는 여인이 아름다운 것은 그가 열녀이기 때문이 아니라 멀리 광한루에서 이를 바라보는 사내의 시선을 끌 정도로 성적으로 매혹적인 여인이기 때문이다. 책거리 그림은 책이 지성의 상징이라는 관념을 재생산하는 것이 아니라 새로운 미적 오브제로서 책의 물성을 개성적으로 드러냄으로써 조선 후기 회화사에 이름을 내걸게 되었다. 18세기 조선의 아방가르드는 기존의 체제를 비판하고 자유주의적 상상력과 개성의 발현을 욕망하는 예술가들에 의해 시작된 것이다.

## 판소리와 풍속화의 '엿보는 시점'

### 재현 윤리적 갈등과 자체 검열 메카니즘의 작동

판소리에서는 엿보는 시점이 존재한다. 그것은 대체로 '거동 보소'나 '치레보소' 또는 '-하는 모양을 볼작시면' 등등의 담화표지를 동반하면서 나타나는 경향이 있다. '-보소'와 같이 무엇을 같이 보자는 청유존대형 어미의 존재는 사설을 보고 듣는 청중들에게 대상을 같이 엿보자는 권유처럼 들린다는 점에서 일종의 엿보는 시점으로의 유도 장치라고 할 수 있다. 판소리에서 이들 담화표지들 다음에는 대상 인물의 행위적 특징을 다소 과장되고 왜곡된 모습이긴 하지만 매우 자세하고 사실적으로 표현한다는 공통점을 지니고 있다.

판소리에서 엿보는 시점을 설정함으로써 나타나는 효과는 일단 엿보여지는 대상에 대한 비판 풍자적 관점이 형성되는 것이라고 할 수 있다. 거기에는 파격적인 모습이나 외설의 현장에 대한 풍자와 비판의 시선이 기본적으로 적재되어 있기 때문이다. 한때 우스갯소리로 많이 회자되었던 '동작보소'가 그 대상을 비판 풍자적으로 비꼬는 기능을 수행했었다는 점을 여기서 상기하는 것만으로도 '거동보소'에 함축된 그러한 시선을 이해할 수 있을 것이다. '동작보소'는 '거동보소'가 지니는 비판 풍자적 정신의 후손이라고 해석할 만한 여지가 충분한 것이다. 그러나 거기에 그러한 비판 풍자적 효과만 있는 것인가? 엿보는 시점은 표현의 자연스러움의 측면에서 볼 때 분명 문제가 있다. 대상을 보이는대로 묘사하면 될 것인데 굳이 엿보는 시점을 덧붙여 표시를 내고 있기 때문이다. 거기엔 뭔가 켕기고 망설여지고 주저하는 모습이 내재되어 있는 것처럼 느껴진다. 당당하게 표현 대상만을 바로 서술하지 못하고 엿보는 시점을 덧붙임으로써 서술의 본줄기로부터 이탈하여 부자연스런 모습을 보여주기 때문이다. 이러한 표현적 망설임 내지는 이질적 시선의 덧붙임을 단순하게 비판 풍자적 관점의 강화라거나 해당 장르의 새로운 관습의 하나라고 치부하고 말 것은 아니라고 본다.

'거동보소'류의 담화가 발화되면 시점의 성격에 따른 심리적 거리관계가 설정된다. '거동보소'를 외치는 존재는 누구인지가 상당히 궁금하기 때문에 시점과 거리의 문제가 초점이 되지 않을 수 없다. 갑자기 어떤 사람이 작품의 바깥에서 존댓말로 거동을 함께 보자고 하는데, 그 사람은 판소리 창을 하는 창자이거나 최소한 작품 세계 밖에 위치한 어떤 존재라고 해석될 여지가 가장 많다. 그렇지 않고 독자나 청중에게 어떤 것을 같이 보자며 존대어를 사용하면서 청유형으로 권유하는 작품 내적 존재가 누가 있겠는가? '거동보소'가 발화되면 창자와 비슷한 이 외부 서술자와, 청중 또는 독자 사이의 심리적 거리는 매우 축소된다. 외부 서술자가 관객을 향해 은밀하게 제안하고, 거기에 응해 관객은 그와 시선을 동조하는 것이기 때문에 심리적으로 둘 사이는 밀착되지 않을 수 없는 것이다. 시선을 공유하자는 은밀한 제안에 의해 둘은 공모의 관계로 묶여진다. 그것은 대상에 대한 은밀한 '엿봄'의 행위가 지닌 귀결이기도 하다. 음란하고 외설적인 장면을 엿보자고 은밀하게 제안하는 '거동보소'류 담화의 간단한 사례를 보기로 하자.

도련님 거동보소. 우르르르 달려들어 춘향의 가는 허리를 에후리쳐 덤썩 안고 옷을 차차 벗길 적의 저고리 벗기고 치마를 벗기고 고쟁이 벗기고 바지 벗기고 버선마저 뺀 연후에 놀래잖게 담쑥 안아 이불 속에다 훔쳐 넣고 도련님도 훨훨 벗고 둘이 끼고 누웠으니 좋을 호자가 절로 난다.

심 봉사 거동 봐. 뺑덕이네를 찾는다. 여보게 뺑파 이리 오소. 이리 오라면 이리 와. 허허 이리 오래도그래. 여보소 뺑덕이네, 이봐라 뺑파야. 눈먼 가장과 변양을 허면 여편네의 수신제도가 종용히 자는 게 도리 옳지, 한밤중에 장난을 이렇게, 남이 보면은 부끄럽지 않나. 이리 오너라 뺑덕이네, 이리 오라면 이리 와. 요것, 여기 있지.

'거동보소' 다음에 이어지는 외설적인 장면 묘사는 숨죽이고 은밀하게 구경할 만한 것으로서 이러한 담화표지를 기점으로 이 발화를 하는 외부 서술자 내지는 창자와, 이 발화를 듣는 청관중 사이의 거리는 단축되면서 매우 근접하게 된다. 그것은 물리적인 눈의 근접이면서 심리적인 근접이기도 하다. 이는 은밀한 제안에 대해 거기 응하는 형식이기 때문에 둘 사이에는 공모의 관계가 성립된다.

이러한 '거동보소'류 담화표지가 주는 '낯설게하기' 효과는 재현 윤리에 대한 갈등을 표현하는 것처럼 보인다. 앞에서 말한 것처럼 '거동보소'류 담화가 발화되면 격심한 시점의 층차가 발생하게 되는데, 그것은 작품 내적 서술 층위에서 갑자기 서술의 차원을 깨뜨리고 외부 서술자의 존대형 권유투의 목소리를 마주 대하게 되기 때문이다. 이렇게 작품 내적 서술 층위를 벗어나는 것은 재현 윤리라는 메커니즘이 작동되는 상황에서 거기에 위배되는 서술 상황이 불러 일으키는 갈등과 주저 때문인 것으로 보인다. 판소리 사설에서 재현 윤리에 대한 갈등이 비단 '거동보소'류 담화에만 있는 것은 아니다. 판소리에서는 재현하는 데에 대한 갈등을 발화 부정이라는 방법으로 해소하기도 한다. 즉, 앞에서 자세하게 서술해 놓고 뒤에서 '그럴 리가 있으리오'라거나 '그건 거짓말이었다'라거나 하면서 앞의 진술 자체를 아예 부정하는 것이다. 이러한 진술 방식 또한 재현 윤리에 대한 갈등을 달리 표현하는 방법이라고 보인다. 판소리 공연 현장에서는 이러한 진술 전략이 광범위하게 쓰인다. '그건 웃자고 한 말이었다'식의 진술은 공연 현장에서 아주 흔하게 볼 수 있는 담화방식이며, 자신의 앞선 진술을 전통적 관습으로 미루거나, 자신은 스승이나 선배가 했던 것을 흉내낼 따름이지 자신이 만든 것은 하나도 없다는 식으로 변명하는, 뒤로 한 발 빼는 서술 전략을 아주 빈번하게 사용한다. 판소리 사설 중 신재효 동창 〈춘향가〉에서 간단하게나마 사례를 들면 다음과 같다.

춘향어미 눈치 없이 밤 깊도록 안 나가니 도련님 꾀배 앓아 배 대이

면 낫겄단즉 춘향어미 배 내놓고 내 배 대자 한단 말이 아무리 농담이 나 망발이라 할 수 있나

촛불을 켠 채 두고 신부를 벗기려니 잘 들을 리가 있나 아무리 기생이나 열녀되는 아희로서 첫날 저녁 제가 벗고 외용외용 말농질과 사랑사랑 어붐질은 광대의 사설이나 차마 어찌 하겠는가

이러한 담화방식은 자신의 발화가 문제가 될 수 있는 여지가 있음을 스스로 인정하고 있는 셈이다. 판소리 창자는 이렇게 재현 윤리에 대한 자체 검열을 항상 작동시키고 있다고 할 때, 원래 그것의 주 대상은 아마도 풍속을 교란시킨다고 판단되는 남녀의 음란한 수작이나 성교 장면, 그리고 풍기문란한 여속의 현장에 대한 표현들이지 않았을까 생각된다.

판소리에서 '거동보소'류 담화나 자체 부정의 진술, 그리고 변명의 서술 전략들은 청중이나 관객의 심미 인식을 환기시키거나 흥미를 끌고 호기심을 자극하는 연행상의 방법들이라는 점은 부인할 수 없을 것이다. 하지만 흥미만을 목적으로 한 것이 아니라 그 이면에는 당대에 작동하는 윤리적 메커니즘과 연관되는 문제들을 함축하고 있다. 그러한 담화방식들의 근원적 배경은 음란하거나 문란한 장면을 재현하는 판소리 창자가 자신에게 부여된 윤리적 책임을 덜기 위한 목적이 더 크게 작용하는 것이 아닌가 보

여지는 것이다. 판소리에서 재현 윤리가 문제가 된 것은 이 시대에 들어 새삼스럽게 재현 윤리라는 메커니즘이 등장해서라기보다는 보이는 대상이 바뀌는 데 대한 윤리적 갈등과 고민이 시작되었기 때문일 것이다. 재현 윤리적 메커니즘의 작동을 요구할 정도로 서술 대상이나 서술 방식 자체가 당대의 관습적 안목에서 볼 때 문제가 되었기 때문이다. 그것은 그만큼 시대가 감당해내지 못할 정도로 규범적 틀에서 벗어나는 파격적인 서술 내용이었던 것이다. 특히나 여체라든가 성행위와 같은 극단적인 에로티시즘의 현장을 묘사하는 것은 아무리 이 시대가 유교 봉건적 이데올로기에 대한 반발이 거세게 일어나고 기존의 정치사회적 틀이 상당 부분 붕괴된 상태에 이르렀다고 해도 굳건하다고 여겨져 왔던 기존의 윤리도덕적 규범과 틀마저 해체시키고 나온 것이기 때문에 아무런 고민 없이 그것들이 표현되기는 어려웠을 것이다. 그렇기 때문에 표현상의 갈등과 고민의 흔적들은 기존의 규범적 세계관과 탈규범적 세계관 사이의 충돌에서 빚어진 파열음인 것이다.

### 관음적 욕망의 전이와 윤리적 책임의식의 완화

조선 후기의 풍속화에서도 그림 속의 광경을 엿보는 존재들이 많이 등장한다. 특히 춘화라든가 춘의도 등의 춘정과 관련된 그림 속에는 부끄러워하는 듯하면서도 상당히 호기심 많은 모습으로 음란하고 외설적인 정사 장면을 엿보는 사람들이 그려지고 있다. 그들 중에는 그런 행위와는 상관이 없을 듯한 점잖은 선비 같은 남성도 있고, 사대부녀 같은 여성도 있으나, 주로 나이 어린 사내나 기생 또는 동자승의 모습으로 나오는 경향이 있다.

혜원의 작품 〈단오풍정〉에는 구경꾼은 구경꾼이되 단순한 내부 관찰자로서가 아니라 숨어서 광경을 엿보는 존재가 등장한다는 매우 독특한 화면 설정을 하고 있다. 바위 뒤에 숨어서 목욕하는 여인네들을 훔쳐보는 두 동자승은 앞에서 언급한 겸재의 그림들에서 등장하는 산천경개를 구경하는 구경꾼들과는 그 성격이 다르다. 겸재의 그림의 구도에서는 아주 작은 크기로 그려진 그들 구경꾼들은 시선의 방향도 액자 외부 시선과 동궤의 방향으로 등을 보이며 광경을 바라다보는 것이 대부분인 데 반해, 〈단오풍정〉에서 이들의 존재는 그림의 구도상으로 볼 때 정식 등장인물의 자격을 갖춘 듯 아주 크게 당당한 위치를 차지하고 있으며, 나아가 화면의 바깥 방향, 즉 '이쪽'을 정면에서 바라보고 있다. 목욕을 하는 여인네들이 이쪽에 있기 때문에 저쪽에서 이쪽을 보는 것이 당연한 것임에도 불구하고 엿보는 시점을 이와 같이 배치한 것은 주목할 만한 점이라고 판단된다. 음란한 정사 장면을 엿보는 존재를 상정하고 있는 춘화나 춘의도들이 대개 욕정을 품은 남녀와 그 광경을 엿보는 존재를 좌우에 배치하여 시선의 방향이 옆으로 흐르게 하거나 약간은 앞에서 뒤쪽으로 향하게 하는 것이 보통인 것과 비교하면 더욱 그러하다. 그런 점에서 볼 때 〈단오풍정〉에서 그려

신윤복, 〈단오풍정〉, 종이에 담채, 28.2×35.6cm, 간송미술문화재단 소장

한 구경꾼의 존재를 찾을 수 없는 것은 아니다. 오른쪽 하단의 술파는 주모인 듯한 여인이 바로 그러한데, 이 여인은 지금 술바구니를 이고 그네 뛰는 여인네들과 목욕하는 여인네들에게 시선을 주며 접근하고 있는 중이다. 시선의 방향만으로 볼 때는 이 주모가 등을 보이며 광경을 주시한다는 점에서 액자 내부에 있는 구경꾼이라 할 수도 있다. 그러나 주모는 현재 상황을 구성하는 등장인물에 가깝지 전형적인 구경꾼이라 보기에는 구도상의 배치나 크기, 그리고 직업적 성격의 측면에서 볼 때 무리가 있다.

〈단오풍정〉에서 두 동자승은 원칙적으로 말해 등장인물이다. 그림에서 현재 상황을 구성하고 있을 뿐만 아니라 엄연히 한 지점을 차지한 채 작지 않게 그려져 있는 것이다. 한편 두 동자승은 엄연히 구경꾼이다. 여인천국의 신기한 광경을 숨어서 훔쳐보는 액자 내부 구경꾼인 것이다. 그러나 두 동자승은 단순한 등장인물이 아니며, 단순한 구경꾼도 넘어서 있다. 두 동자승을 단순히 등장인물로 보면 그것은 두 악동이 호기심이 발동하여 벗은 여인네들을 훔쳐보는 광경을 익살맞게 그린 것이 된다. 그 시절에 여인네들의 성적 자유분방함 내지는 성적 방종을 한껏 해학적으로 풍자하는 것인데, 그러한 관행에 대한 익살적 표현, 그 이상도 그 이하도 아니다. 또한 두 동자승은 어떤 의미있는 듯한 행동을 보인다는 점에서 단순한 구경꾼에 머물지 않는다. 그것은 두 동자승을 정면을 응시하는 위치에 배치한 것이 먼저 예사롭지 않고, 또 그들이

여인네들을 보면서도 '이쪽' 바깥을 바라보는 듯하게 시선의 방향을 이중적으로 잡고 있다는 것도 예사롭지 않기 때문이다.

그림에서 두 동자승의 시선의 방향은 크게 보아 A와 B로 나눌 수 있을 것이다. $A_1$과 $A_2$, $A_3$는 모두 두 동자승이 시선을 주었을 법한 액자 내부 대상들이다. 두 동자승은 목욕하는 여인네들과 주모, 그리고 그네를 타기도 하고 쉬기도 하면서 여장을 꾸미는 여인네들에게 시선을 주는데, 이들에게만 시선을 주었다면 두 동자승은 액자 내부 구경꾼으로서의 등장인물에 그치고 말 것이다. 그런데 그들의 시선은 화면 바깥으로도 향하고 있다는 것이 문제이다.

그것을 나타내주는 것이 바로 B이다. 더욱이 B는 시선이 두 동자승으로부터 외부 관람자에게 일방적으로 흐르는 것이 아니라 외부 관람자로부터 두 동자승에게로도 향하는, 다시 말해 상호 간에 교류·교감하는 성질이란 점을 주목할 필요가 있다. 두 동자승이 단순한 등장인물도 아니고 단순한 구경꾼도 아닌 까닭이 바로 여기에 있다.

두 동자승이 단순한 등장인물도 아니고 단순한 구경꾼도 아니라면 그렇다면 이들의 존재는 무엇인가? 먼저 우리는 두 동자승이 중인 듯한 사내와 민간 여자가 정사하는 외설적인 장면을 창문밖에서 훔쳐보는 그림이라든지, 음란한 남녀 정사 장면을 훔쳐보는 부녀자 또는 기생 등을 그린 춘화나 춘의도에서의 엿보는 시선이라는 회화적 전통과 바로 연결되는 지점에 있다는 것을 주목하고자 한다. 그리고 그런 그림들에서의 관음증적 시선의 내용과 동질의 위치에 있음을 또한 주목한다. 그러나 더욱 중요한 것은 시선의 정면 방향성이 어떤 의도적인 것일 수도 있다는 점, 그 시대의 지식체계라든지 사유방식과 교감하는 성격의 것일 수도 있다는 점에 관심을 기울이고자 한다. 한 마디로 두 동자승이 화면 바깥의 사람들과 소통하고자 하는 지향이 보인다는 점에서 그것은 문제적 시선이다.

〈단오풍정〉에서 두 동자승의 엿보는 행위는 다분히 의도적으로 꾸며진 것 같다는 인상을 받게 된다. 그것이 화면 바깥의 관람자들과의 어떤 관계에서 이루어진 것 같다는 점에서 볼 때 그들은 위장적 염탐자 내지는 위탁받은 시선의 대행자일지도 모른다는 점 때문이다. 그런 점에서 다음과 같은 질문은 정당성을 지닌다고 생각된다. 두 동자승과 화면 바깥의 관람자들은 일종의 공모관계로 연루되어 있는 것은 아닌가? 화면 바깥의 관람자들의 관음주의적 욕망을 대리 충족해줄 수 있는 화면 내부의 대리인으로 선택된 것이 두 동자승이 아닌가?

우선 두 동자승의 엿보는 행위를 그린 것은 광경의 재현 관습으로 볼 때 상당히 이례적인 것이다. 전통적인 화면 구성 방법은 보고자 하는 광경을 객관적으로 그리면서 거기에 주관적인 해석을 덧붙이는 방식으로 이루어지는 게 보통이다. 만약에 화면에 주관적 해석의 매개체를 집어 넣고자 한다면 구경꾼의 존재를 조그맣게 그려 넣는 방식으로 처리하는 것이 관행이다. 그러나 〈단오풍정〉에서는 그러한 관습을 위배하면서 그림의 한 구석에 광경을 엿보는 특이한 존재를 작지 않은 크기로 끼워 놓고 있는 것이다. 그렇다고하여 이들이 화면 구성상의 부조화나 불균형을 야기하는 돌출적 존재라고 주장하는 것은 아니다. 이들이 화면의 사위四圍의 한 자리를 차지하는 지정학적 위치의 견고함은 이를 것도 없거니와 이들이 발산하는 절묘한 익살은 화면에 생기발랄한 기운을 부여하는 매개체인 것은 부정할 수 없다. 다만 여기서는 이들이 전통적인 재현 관습에서 벗어난 특별한 존재라는 점을 지적하고 있을 뿐이다. 이렇게 관습에서 벗어나면서까지 이들을 삽입한 것은 화면 내부의 이유라기보다는 화면 바깥의 관람자(화가 포함)와의 모종의 역학관계에서 비롯된 것이 아닐까라는 생각이 드는 것이다.

두 동자승이 화면 바깥의 관람자들보다는 여인네들과 좀더 가까운 거리에 있다는 점을 우리는 여기서 유념할 필요가 있다. 그 실제적인 거리는 알 수 없으되 심리적인 원근 감각으로 보자면 두 동자승은 여인네들이 목욕하고 그네 뛰는 여속의 현장을 바로 지척간에 두고 볼 수 있음으로써 화면 바깥에서 화가가 보여주는 것만 볼 수밖에 없는 외부 관람자보다는 지리적으로 훨씬 가까운 위치에 있다고 판단된다. 그러한 점에서 외부 관람자들이 두 동자승의 시선으로의 심리적인 전이를 욕망할 가능성은 충분해진다. 두 동자승은 시선이 작동되는 역학적 국면에서 이러한 심리적인 전이를 유발 촉진하는 매개로서의 역할을 담당한다고 할 수 있다. 어떤 점에서 보자면 그들은 화면 속의 실제 인물이면서도 화면적 구성 체계에서 벗어나 화면 밖의 외부 관람자들의 욕망과 관련하여 설정된 가상 인물로 볼 여지도 있다. 외부 관람자들의 관음주의적 시선은 두 동자승을 통과하여 아주 가까운 거리에서 대상을 관찰할 수 있는 안목을 얻는다. 그들은 관람자들의 쾌락적인 응시 내지는 에로틱한 관조를 대신하는 존재들로 기능한다. 이러한 관음증적 분위기를 유발하기 위하여 화가는 이미 화면 곳곳에 에로티시즘의 흔적들을 설치해 놓는 치밀함을 보여주고 있다. 이를테면 나

무의 밑둥 쪽에 여성의 성기 모양의 파임을 그려놓는다든지, 옷을 벗고 목욕하는 여인네들 주변에 다북한 어린 솔가지 군집을 그려놓는다든지, 두 동자승이 숨어 있는 바위 아래쪽으로 강렬하게 발기한 남성의 음경 상징적인 형상을 그려 놓고 있는 것이다. 이러한 에로틱한 상징 표현들에 의해 견인된 관람자들의 관음증적 욕망은 두 동자승의 시선에 의탁하여 근거리로 접근함으로써 한층 활성화된다고 할 수 있다.

두 동자승은 외부 관람자들이 관음주의적 시선을 의탁한 존재라는 점에서 볼 때 그들과 외부 관람자들은 일종의 공모관계로 맺어져 있다. 그들은 은밀하게 시선을 주고받는다. 동자승들은 여기서 자신들의 눈으로 대상을 보면 관능적 즐거움이 배가된다고 은근하게 외부 관람자들에게 눈짓을 하는 것 같다. 마치 그들은 판소리에서처럼 '거동보소'라고 외치고 있는 것 같다. 외부 관람자 또한 동자승의 눈짓을 통해 에로틱한 분위기를 만끽하고 싶다는 유혹을 느낄 수 있다. 이처럼 동자승과 외부 관람자는 시선의 동화 내지는 공유를 통해 관음주의적 쾌락을 느끼기 위해 안 그런 척 하면서도 은밀하게 공모하는 존재라고 할 수 있다.

두 동자승이 이처럼 외부 관람자의 욕망을 대변하는 존재 또는 욕망의 화신이 될 수 있다고 할 때, 그리고 외부 관람자의 관음주의적 시선을 유발하는 회화적 역할을 담당하는 어떤 존재에 가깝다고 할 때, 그들은 당시의 사회윤리적인 관념과 일정한 관계로

얽히지 않았을까 생각된다. 그것은 그들이 그려졌을 때의 〈단오풍정〉과, 그들이 그려지지 않은 상태를 가정했을 때의 〈단오풍정〉을 비교하면 좀더 쉽게 접근이 가능할 것 같다. 엿보는 사람을 제거하고 똑같은 여속의 현장을 그렸을 경우, 그 그림에 대한 윤리적 책임은 온통 화가 개인에게 귀결되는 것이라면, 그런 시선을 지닌 인물을 삽입했을 경우에는 그러한 윤리적 책임감에서 어느 정도 해방되는 것이 아닌가 생각되는 것이다. 윤리적 책임에서 벗어나는 것은 외부 관람자도 화가와 마찬가지라고 할 수 있다. 외부 관람자 또한 자신의 위치를 화면 속으로 전입하여 시선을 다른 사람에게 의탁함으로써 윤리 도덕상의 심리적인 부담에서 벗어나고자 하는 방어기제가 작동한다고 여겨지기 때문이다. 말하자면 두 동자승에게 윤리적 책임감의 일부를 전가하고 자신들은 그러한 책임의식을 경감받는, 어쩌면 윤리의식적으로 대단히 편리한 존재가 그림 속의 동자승으로 보여진다.

이러한 윤리의식의 전이 현상은 〈단오풍정〉보다 더욱 음란한 광경을 그린 춘화에서도 흔히 벌어지는 현상이다. 남녀의 성교 장면을 적나라하게 그린 춘화에서 그 은밀한 방사 장면을 화들짝 놀란 표정으로 훔쳐보는 어린 동자나, 그것을 호기심 어린 표정으로 들여다보는 기생인 듯한 여인이 흔히 그려진다는 사실은 심리적인 전이에 의한 관능적 쾌락과 윤리적 책임의식의 전가라는 심리적 메커니즘이 춘화에서도 작동된다는 것을 증명해 준다 하겠다.

### 금기의 망과, 그것을 위반하는 쾌감

어느 시대에나 어느 사회에나 재현 윤리라는 사회적 틀이 존재한다. 그리하여 표현할 수 있는 대상을 선택하고 배제하는 것은 그 시대에 작동하고 있는 재현 윤리에 의거해서 이루어진다고 할 수 있다. 당시 유교 봉건사회에서 여체에 대한 관심이나 에로틱한 감성을 자극하는 표현들은 당대의 윤리 검열 체제에 저촉되는 사안이었을 것으로 짐작된다. 비록 명문화된 윤리 검열 체제는 없었다 하더라도 그것은 일종의 집단심리화된 형태로 금기망이 설정되어 이성 윤리에서 벗어난 대상을 표현하는 사람들을 심리적으로 옥죄는 방식이었을 것이다. 그것은 일종의 자체 검열 방식으로서 유교 봉건사회에서 윤리 도덕적 자체 검열은 매우 엄격하면서도 상시적으로 작동되는 메커니즘이었을 것이다. 그러므로 그러한 억압 상황 속에서 심리적인 금기망을 뚫고 여체를 드러내고 에로틱한 광경을 표현하고 감상하는 것은 매우 갈등이 심한 작업이라고 볼 수 있다. 이러한 상황에서 거기에서 심정적으로 벗어나는 수단의 하나로서 선택된 방법이 구경꾼 내지는 목격자를 화면 속에 삽입하는 방법이지 않았을까? 당시의 재현 윤리에 부담을 느끼는 상황에서 엿보는 시선을 그려 넣음으로써 재현 윤리적 갈등에서 다소간 해방되는 기분을 느끼지 않았을까? 그런 점에서 볼 때 두 동자승은 금기적인 대상을 재현하는 데 대한 윤리적 자체 검열의 산물이자 동시에 그런 검열을 극복하는 새로운 회화 형식이자 내용이라 할 수 있다.

본다는 것은 사유를 구조화한다는 것을 의미한다. 문학과 회화에서 묘사가 된다는 것은 그려진 대상에 대해 그것을 그린 사람과 그것을 관람하는 사람들의 관념이 형성된 것을 의미한다. 시점의 선택에는 이념적인 태도가 적재되고 현실적인 상황이 반영되기 마련인 것이다. 그래서 우리가 풍속화나 판소리에서 보게 되는 에로틱한 장면에 대한 묘사에는 이미 고루한 유교관념에 대한 비웃음과, 새로운 시대의 문화적 에토스를 호흡하고자 하는 기대, 그리고 시대를 선점한 자들의 여유로운 자부심이 함축되어 있다. 그럼에도 불구하고 기존의 윤리적 금기망은 그들의 시선을 자유분방하게 그냥 놔두지 않고 한 쪽 끈을 붙잡고 있다. 판소리와 풍속화에 나타나는 엿보는 시점의 존재와 그것을 표현할 때의 엉거주춤한 자세는 시선의 자유로움을 비판 풍자적으로 맘껏 향유하면서도 그것을 표현하는 데 따르는 윤리적인 갈등이 없지 않다는 것을 보여준다.

성적 일탈의 세계를 사실적으로 묘사한 조선 후기 풍속화와 판소리에서 엿보는 시점이라는 텍스트 내적 장치를 마련한 것은 성적 일탈을 해학적으로 풍자하려는 표면적인 이유 때문이기도 하지만, 보다 심층적으로는 성담론의 표출을 금기시하는 유교 봉건사회에서 그러한 외설적 장면을 묘사하는 데 따르는 윤리적 갈등을 해소하고자 하는 노력의 일환이었다. 조선 후기에 올수록 유교 봉건사회의 풍속을 단속하고 통제하는 제도적 기반이나 사회적 기능이 상당 부분 붕괴되거나 마비되어 있었음에도 불구하고 윤리적 검열이라는 메커니즘은 당시의 문학 예술의 향유자 모두의 심리 내부에서 작동하는 것이었다.

조선시대는 내내 성에 대한 억제 담론을 곳곳에 배치하여 백성들의 성적 일탈을 용납지 않고자 하는 태도를 보여주었다. 그것은 지배 계급에 대해서는 축첩제도와 관기제도를 통해 성적 일탈이 가능한 구조적 모순 속에서도 줄기차게 행해졌다. 성리학의 수양론과 성정론은 개인의 다양한 욕망을 사악한 것으로 규정하고 스스로 욕망을 억압하는 것을 통치 이데올로기로 삼았던 것이다. 그것이 바로 예교국가로서의 조선의 모습이다. 전 백성을 대상으로 한 소학은 수신 규범서로 읽혀졌으며, 삼강행실도는 알기 쉽게 그림과 함께 읽혀짐으로써 몸의 욕망을 억제하고 다스리도록 교화하는 일을 국가의 중요한 책무로 인식했다.

조선의 국왕과 지배계급은 성적 일탈에 대한 묘사라든지 규범적인 데서 벗어나는 것을 기술하는 표현들에 대해서도 억압적인 자세를 취하였다. 예로써 다스린다는 예치禮治의 미명하에 모든 것을 통제 가능한 범주 안에 가둬두려는 의도였다. 그래서 문장의 문체가 규범을 벗어난다든지 내용적 소재가 외설적인 데로 빠진다든지 하는 것에 대해서도 억압하고자 했다. 문장의 문체가 청나라의 패사소품을 본받아 소설체를 쓰는 풍조에 대해 정조가 문체반정이라는 제동을 건 사건은 유명한 일이다. 문체반정의 화살은 주로 연암 박지원을 향하고 있었지만 유생 이옥은 탄핵을 받아 벼슬길이 막히기까지 했다. 수많은 문인들이 '열하일기'의 문체에 매료되어 그 문체를 모방할 만큼 연암체가 영향력을 끼치자 정조는 문체를 다시 옛날의 규범적인 문체로 돌려 놓을 책임을 연암에게 물었던 것이다. 이와 같이 국왕을 위시하여 보수적인 사대부들은 문체의 변화나 내용상의 불경함 등과 같은 표현의 문제에 대하여 촉각을 곤두세우고 있었다. 그것은 인심을 해치고 세도에 유해하다고 생각하기 때문이었다.

우리는 조선시대에 많은 유학자들이 소설을 배척하고 부정했다는 사실을 잘 알고 있다. 소설이라는 장르 자체가 유해한 것이 아니라 소설이 담고 있는 내용이 불경하고 외설적인 경향이 있기 때문이었다. 중국에서 수입된 김성탄이나 나관중의 소설들이 주범으로 지목되고, 패사소품체가 또 지목되었는데 문체와 함께 묻어 들어온 외설적이고 불경스러운 내용이 더 문제였던 것이다. 그러나 내용이 문제가 되면 내용을 담는 용기인 문체도 더불어 문제가 되지 않을 수 없었다. 조선시대의 소설배척론은 철저하게 윤리도덕적 기준에 의해 행해진, 재현 윤리와 관계된 문제였다. 다시 말해 소설이 도덕적 가치가 있느냐 없느냐의 문제였던 것이다. 그러한 윤리적 규범으로 표현을 통제하는 메커니즘이 항시 작동되는 것이 조선사회였다.

그렇다면 남녀칠세부동석이나 부부유별과 같은 내외법을 신봉하면서 성담론에 관한 한 극도로 폐쇄적인 유교사회에서 자유분방하게 음란한 내용을 표현하고 외설적인 장면을 그리는 작업이 그렇게 맘대로 되지 않았으리란 점은 예상하기 어렵지 않을 것이다. 아무리 유교 질서가 붕괴되고 유학 이념이 허약해진 사회이지만 조선 후기 사회가 인륜도덕마저 팽개친 사회는 아니었다. 그리고 욕정에 대한 부정적 인식은 엄존하는 사회였다. 그렇지만 중국과 일본과의 교류에서 흘러들어온 음란한 내용의 서적과 그림의 범람, 상업의 발달과 자본의 축적, 그리고 그로 인한 유흥 풍조의 만연 등의 현상이 사회 기강의 해이와 민중의식의 성장과 맞물려 증폭되면서 성담론이 폭발적으로 표출되었다. 그러면서도 성적 표현을 맘대로 하지 못했던 것은 사회가 쳐놓은 금기의 망과, 그것을 위반하는 데 따른 쾌감의 길항적 관계 사이에서 일종의 갈등이 존재했기 때문이라고 생각된다. 말하자면 음란한 장면의 표현에 장착된 엿보는 시점은 규범과 탈규범의 변증법적 산물이었고, 판소리의 '거동보소'나 풍속화의 동자승 등은 모두 이러한 엿보는 시점이 필요했던 사회 변화를 담아내는 아방가르드적 장치였던 것이다.

## 문화론의 확장을 위하여

판소리소설과 풍속화는 당대 사회를 민감하게 호흡한 신흥 장르로서 당대의 시대정신이 둘 사이의 상동성(구조적 유사성)의 바탕 자질을 제공해 주었다. 당대의 시대정신 가운데서도 당시에 막 부흥하던 실험성이 농후한 것들을 자기 예술세계에 반영했다. 그것은 판소리 광대와 화원들이 추구하는 지향의식과도 밀접하게 관련되었다. 판소리 광대는 신분이 천민임에도 불구하고 자기의 삶과 일상을 들고 들어가 그것들을 전아한 상층문화적 요소들과 혼합함으로써 새로운 예술의 경지를 개척하였으며, 풍속화의 화원들은 신분적 불만과 처세적 애매함을 첨단의 실험정신과 장인정신으로 승화시켜 새로운 진경문화를 꽃피웠다.

판소리소설과 풍속화가 상호 간에 준 영향은 분명하게 드러나지는 않지만 있었으리라고 짐작된다. 당대 문예 가운데 선두에 선 두 아방가르드 장르가 상호 결합하지는 않았을망정 곁눈질로 상대 장르를 의식하지 않았을 리는 없다. 판소리 광대는 풍속화를 보고 세밀한 묘사를 배울 수 있었고 성을 노출시키는 방법을 알았으며 시점을 설정하는 방법도 배울 수 있었을 것이다. 풍속 화가는 판소리소설을 보거나 들으며 세태의 모습과 그림의 테마를 선택하고 묘사하는 데 많은 것을 시사받을 수 있었을 것이다. 앞의 본론에서 설명한 두 장르의 상동성에는 상호 영향관계에 의한 유사성이 일정 함량 이상 포함되어 있다고 보아도 좋을 것이다.

우리 문예 장르에서 판소리소설과 풍속화만 비슷한 게 아니다. 일반 고소설과 전통회화 양식들 간의 유사성에 대해서도 많은 것을 얘기할 수 있다. 이를테면 도인과 같은 인물 유형은 고소설과 산수화에 공통으로 나오는 존재인데 그들의 처소적 지향성은 양 장르에서 비슷한 플롯적 기능을 수행한다. 그리고 동양 고래의 사유체계인 음양적 사고가 산수화의 회화 원리와 고소설의 구성 원리에 끼친 영향은 아마도 심대할 것이다. 만약 소설 장르를 넘어 시가 장르에까지 영역을 확장한다면 문예의 상동성은 그 다루는 범위가 광범위해지고 또 깊이도 심화될 것이다. 다만 접근할 때의 체계적인 설계는 필수적이라고 판단된다.

이 글의 접근이 회화원리의 이해를 통한 소설 원리의 이해로 초점이 모아지고 있지만 거기에 그칠 필요는 없다. 오히려 소설 원리를 시작점으로 놓고 예술문화론을 펼칠 바탕으로 삼는 것도 바람직한 방향이라고 본다. 우리 민족의 예술적 성향과 문화적 지향을 탐구하는 지렛대의 역할을 할 수 있을 것으로 기대되기 때문이다. 그렇다면 민족학과도 떼어 놓을 수 없는 관계 속으로 들어갈 수밖에 없으리라. 시대 상황과 시대 정신이 문예에 흔적을 새겨 놓는 방식들을 통해, 언어, 행동, 색깔, 호흡, 눈, 목소리, 감정, 사고 등등 우리 민족의 행동 양식들과 그 의미를 추구할 수 있기 때문이다. 우리 문화론의 완성은 이러한 원심적 확장에 있다고 필자는 믿고 있다.

# 아름다움과 비천함의 사이

## 아브젝트와 예술

정인혁

### 역겨운 아름다움, 아브젝트 '춘향'

온갖 역경을 이겨내고 고귀한 사랑을 성취하는 춘향이는 우리 문학사상 가장 아름다운 여인 중 하나이다. 아름다운 이의 숭고한 사랑 이야기를 그려낸 『춘향전』은 오랜 세월 많은 사랑을 받으며 우리 민족의 대표 작품이 되었다. 충청도 목천에 사는 한 양반도 남도 여행 중에 들은 춘향의 이야기에 감동하여 여행에서 돌아온 뒤 한문가사 이백 구로 그 내용을 남겼다. 판소리 〈춘향가〉의 가장 오래된 기록인 만화 유진한의 〈가사 춘향가 이백구歌詞春香歌二百句〉(이하 〈만화본 춘향가〉)가 그것이다. 그의 둘째 아들인 유금柳琴은 『가정견문록家庭見聞錄』에 그의 아버지 유진한이 계유년1753에 호남으로 여행을 갔다 이듬해 봄에 돌아와서 춘향가 한 편을 지었다고 적었다.

> 선고께서 계유년 봄에 남쪽으로 여행하시어 그 산천과 문물을 두루 보시고, 그 다음 해 봄에 집으로 돌아와 춘향가 일편을 지으셨다.

유진한은 작품의 말미에서 춘향의 이야기에 대해 '시로 읊을 만하고 색다른 자취는 글로 꾸밀 만하다'고 평한다. 그리하여 자신이 그 내용으로 한시를 지었으니 '천년 후까지 좋은 일이 길이 전해지리'라고 말한다. 그에게 기녀 춘향과 사또 이 도령의 이야기는 시로 읊고 글로 엮어 천년을 이어 전해질 만한 아름다운 이야기였다. 하지만 모든 이에게 춘향과 춘향의 이야기가 매력적인 것만은 아니었던 것 같다. 〈만화본 춘향가〉를 지은 일로 유진한은 지역 유생들로부터 놀림을 당했던 것이다.

그 다음 해 봄에 집에 돌아와 춘향가 일편을 지으셨다. 마침내 당시 유자들에게 기롱을 당하셨다.

기록으로 볼 때, 유진한과 같이 춘향을 긍정적으로 바라보고 춘향의 이야기에 감동한 이도 있었지만, 천한 신분의 춘향을 하찮게 보고 그녀의 이야기를 불쾌하게 여겼던 이들도 적지 않았다. 많은 양반 유학자들은 춘향의 이야기는 길거리나 시장 한복판에서 광대들이 부르는 비속한 것이기에 한시로 옮길 만한 것이 아니라고 여겼다. 또 그들에게 춘향의 이야기는 발칙한 이야기이고 불쾌한 이야기이기도 했을 것이다. 비록 지조와 절개 같은 주제는 유학자인 그들에게도 중요한 것이었겠지만, 우리가 익히 알고 있듯이 『춘향전』에서 비판의 대상이 되는 악한 인물은 바로 자신들과 같은 양반이기 때문이다. 그에 맞서 저항하고 승리하는 춘향이는 천한 신분이다. 기생의 딸 춘향이는 어머니를 따라 기녀가 될 천민 여성이었다. 그녀는 가부장제 봉건사회인 조선에서 가장 열등한 존재였다. 그런데 그런 천한 신분의 춘향이가 결국은 자신들과 같은 반열에 오르는 것은 양반들에게 있어서는 결코 용납될 수 없는 이야기였을 것이다. 자기결정권도 없어 가축이나 다름없는 천민 기생의 딸이 수령의 아들이자 수의사또의 정실부인이 되어 임금으로부터 열녀 직첩까지 받는다는 것은 자존심의 문제를 넘어 세상이 뒤집힐 만한 문제적 사건이었을 것이다.

하지만 춘향은 남성들이 욕망하는 매력적인 존재였다. 진정한 군자라면 절개를 지키는 아름다운 춘향을 사랑하지 않을 수 없다. 이 도령은 한 번 본 그녀를 잊지 못해 책방에서 온종일 춘향이를 불러댔고 변 사또는 부임 전부터 춘향만을 떠올렸다. 유진한이 옳았다. 춘향의 이야기는 봉건적 가부장제 조선시대를 거쳐 오늘의 이르기까지 우리 민족의 대표적인 이야기로 자리를 잡았다. 춘향에 대한 사랑은 시대가 변했어도 여전하다. 춘향이는 현대소설 속에도, 연극과 영화, 그리고 만화와 컴퓨터게임 속에서 다양한 수많은 모습으로 사랑받고 있다. 유진한이 그랬듯 춘향의 이야기는 아마도 천년을 넘어 전해지지 않을까.

그만큼 춘향이는 치명적인 매력의 소유자이다. 춘향에 대한 이끌림 때문에 글에는 관심이 없는 것 같던 이 도령은 어사가 되었고 변 사또는 패가망신하기에 이르렀다. 누군가에게는 무한한 긍정적 에너지이지만 또 다른 누군가에게는 말 그대로 치명致命적인 존재인 것이다. 그녀는 매우 사랑스럽지만 동시에 가까이하기 쉽지 않은 존재이다. '역겨운 아름다움'이라 해야 할까?

우리는 이것을 아브젝트abject라 한다. 아브젝트? 왠지 낯설다. 그런데 생각해 보자. 코로나19로 온 세계가 몸살을 앓고 있는 동안 인기를 끈 것 중 하나는 '달고나 커피'였다. 400번에서 6,000번까지 저어야 만들어진다는 그 달콤하고 달콤한 것은 화창한 봄날에 자가격리로 심신이 지친 이들에게 마력과도 같은 사랑을 받았다. 하지만 누구나 인정하듯이 커피와 설탕으로 이루어진 달고나 커피는 몸매와 건강에 좋을 수 없다. 시험을 앞둔 수험생 앞에 나타난 소녀의 생글거리는 미소는 시험 준비에 치명적이다. 냄새나고 혐오스러운 똥이 묻는 건 생각하기도 싫다. 하지만 그 똥을 나는 오늘도 내일도 보지 않으면 안 된다. 어떤 이에게는 너무도 반가운 것이 시원하게 싼 자신의 똥이다. 달고나 커피와 아름다운 그녀의 미소와 똥이 바로 우리 주변의 아브젝트들이다. 다만 우리는 종종 그 달콤하고 아름답고 시원한 것만을 생각하며 그것이 동시에 치명적이고 혐오스럽다는 것을 망각한다. 그래서 아브젝트와 함께 살아가지만 아브젝트는 낯설다. 물론 한 잔의 달고나 커피를 만들기 전 혈당과 비만과 당뇨를 고민하며 괴로워하거나, 아름다운 그녀를 떠올리는 자신을 자책하거나, 자신의 배설물을 저주할 필요는 없다. 한 잔의 달고나 커피를 만들기 위해 잠시간의 무료함을 달래고 그 달콤함에 힘든 현실을 이겨낼 작은 기쁨을 얻을 수 있고, 또 그녀의 미소를 떠올리며 시험의 부담을 잠시 내려놓을 수 있으며, 시원한 쾌변의 희열만큼 어떤 것과도 바꿀 수 없는 삶의 기쁨을 충실히 느끼고 있는 셈이니까.

그러나 그것은 전부가 아니다. 달고나 커피를 만드는 재미, 그 달콤함, 사랑의 설렘과 기쁨, 쾌변의 희열이 그것들이 갖는 속성의 전부는 아니기 때문이다. 그것들은 여전히 급격한 혈당의 증가를 통한 비만과 당뇨에의 위험 요인이며, 시험을 망치게 할 확률을 높이고 불쾌한 냄새와 불결함을 동시에 지니고 있기 때문이다. 아름다움에 도취되어 그것의 또 다른 측면을 간과한다면 우리는 그것을 진정으로 즐기며 사랑하는 것이라 말할 수 없다. 춘향의 아리따운 외모나 지고지순한 절개만을 춘향의 매력이라고 본다면, 때로는 천연덕스럽게 욕설을 해대고 엉큼하기도 하며 토라지기도 하는 가식적이지 않은 춘향의 언행이나 천한 신분임에도 양반의 권세와 위력 앞에 주눅들지 않고 피가 튀기고 살이 터지는 가운데에서도 목에 피가 나도록 맞서는 서늘한 저항성은 어떻게 말할 수 있을까. 춘향은 마냥 예쁘고 순종적이기만 한 여자 아이가 아니다. 때로는 순진무구한 발칙함으로 때로는 차마 편히 가까이하기 어려울 정도로 서늘한 저항적 여인인 것이다. 이를 간과한다면 우리는 춘향을 온전히 안다고 말할 수 없을 것이다. 춘향의 이야기는 춘향을 불편하지만 매력적인 존재, 곧 아브젝트로서 바라볼 때 비로소 이야기의 진면목을 드러낸다. 아브젝트는 우리가 잊고 있었던 현실과 우리 자신의 실체를 재인식하게 만든다.

Kiki Smith, 〈Tale〉, 1992

(https://www.artspace.com/magazine/interviews_features/book_report/what-is-abject-art-tell-me-thats-not-what-i-think-it-is-56210)

## 아브젝트의 역설 하나, 진실은 직시하기 어려운 것

아브젝트는 정체성과 관련된 정신분석학의 개념이다. 줄리아 크리스테바는 유아가 어머니와의 관계를 벗어나 사회적 정체성을 확립해 가는 과정에서 어머니로부터 분리 또는 배제되는 과정을 아브젝션이라 하였다. 이는 정체성 확립을 위해 필수적인 과정이며 그 결과 유아는 자신의 정체성을 획득한다는 점에서 진정한 탄생으로 평가받을 만한 행복한 순간이라고 할 수 있다. 그러나 유아의 입장에서 그것은 엄청난 충격이기도 하다. 왜냐하면 그것은 곧 자신의 터전이었고 그 무엇보다도 아름답고 편안하며 안락하고 사랑스러운 곳으로부터의 분리 또는 배제, 추방을 의미하는 것이기 때문이다. 그러므로 정체성을 확립한다는 것은 한편으로 지금껏 나의 모든 것이라고 생각했던 그것이 사실은 나만을 위한 것이 아니었고 나의 일부도 아니었으며 사실 나 자체가 아니었다는 것을 깨닫는 것이기도 하다. 심지어 나를 밀어내는 존재임을 깨닫게 되는 것이다. 나라고 인식했던 거울 속의 이미지는 사실 나 자신이 아니라 타자인 것일 뿐이다. 곧 나의 정체성을 확립해 가는 분리의 과정은 지금껏 내가 유일하게 믿었던 세상, 곧 타자가 거짓임을 깨닫는 순간이기도 한 것이다. 따라서 그것의 타자성을 깨닫고 그것으로부터 떨어져 나오는 그 순간은 죽음의 순간과도 같은 끔찍하고 고통스러운 순간이기도 하다. 이 분리와 배제, 곧 아브젝션의 순간에 발생하는 것, 그리고 남겨지는 것을 '아브젝트'라 한다. 따라서 아브젝트는 아브젝션의 순간을 환기시킨다. 아브젝트는 분리의 순간에 발생하는 끔찍하고 혐오스러운 감정을 떠오르게 한다. 그렇기에 그로부터 분리되는 순간, 우리는 유혈이 낭자한 가운데 고통스러우며 트라우마로 남을 분리의 공포 내지 고통을 느낀다. 크리스테바는 아브젝트와의 만남이 자궁으로부터 분리되는 순간의 그 당혹감과 두려움과 고통을 환기시킨다고 말한다. 그러나 동시에 이제는 돌아갈 수 없는 가장 아름답고 포근하고 행복했던 파라다이스의 매력을 떠오르게 하는 것이다.

요컨대 나는 내가 되기 위해 어머니로부터 멀어져야 한다. 그러나 그것은 분명 나의 또 다른 부분이었다. 내가 어머니의 자궁 안에서 연결되어 있지 않았더라면 나는 존재하지도 못했으니까. 그러므로 나는 내가 아니지만 '나'이기 위해서 함께일 수밖에 없었고 나의 일부로 존재했던 그것으로부터 이제는 나로 존재하기 위해 멀어져야 한다. 그러므로 아브젝션의 과정은 주체가 사회에서 언어적으로 위치를 잡기 전, 즉 어떤 '나'로서 '이름' 불리기 전, 곧 주체로서의 '나'의 출현에 앞서서 발생한다. 그래서 우리는 아브젝트와의 만남에서 분리의 순간을 떠올리는 것이다. 아브젝션은 경계선에서 이루어진다. 아브젝트는 거기에 있다. 의식적이든 그렇지 않든 분리되고 배제되는, 예를 들어 배설하는 순간, 그리고 그 배설의 결과물을 보는 순간, 우리는 그 경계선을 향해하는 감각을 떠올린다. 그것은 싫으면서 좋고 좋으면서 싫은 느낌을 준다.

중요한 것은 이러한 규정하기 어려운 느낌이 바로 그 '경계'에 대한 인식을 끊임없이 불러일으킨다는 점이다. 우리는 경계선을 넘는 순간에 아브젝트로 인하여 경계를 인식하고 나아가 경계의 저편과 이쪽 편을 의식한다. 그리고 경계를 인식하는 나를 의식한다. 동시에 아브젝트에 대한 지식을 통해 우리는 물리적 경계의 안전성을 기반으로 우리 자신의 정체성을 확보하다. 그렇게 어머니로부터 분리된 우리는 안정적인 경계의 감각 안에서 주체로서 살아가게 되는 것이다.

또 한 가지 중요한 것은 바로 그러한 이유 때문에 종종 아브젝트는 경계 감각을 불러일으키고 경계에 대해 의문을 품게 함으로써 안정적인 경계의 감각을 허무는 것이라 여겨져서 안정성을 저해하는 위협적인 것으로 간주된다는 점이다. 재미있게도 그러한 감각은 역설적이다. 인간이 느끼는 불쾌함이나 이질감은 전혀 경험하지 못했던 미인지의 상황에서보다 익숙하거나 비슷한 상황에서 발생하는 경우가 많기 때문이다. 당연히 확실한 사건이나 환경 속에서는 이를 경험할 가능성이 줄어들게 된다. 사실 유사한 물질이며 생김새는 더욱 흡사한 것이지만 우리는 개똥보다 인간의 똥을 더 혐오스럽게 여긴다. 물론 사람마다 차이는 있겠지만.

우리는 여기에서 진실에 관한 역설에 마주하게 된다. '우리가 더 혐오스럽게 여기는 것일수록 사실 우리와 매우 닮은 것이다.' 우리는 우리의 진실에 가까워질수록 그 진실, 실체를 직시하기 어렵다. 내가 만들어낸 나의 체액들, 나의 오줌과 똥은 나에게 속했던 것들이고 곧 나의 또 다른 부분들임에도 불구하고 우리는 그것들을 멀리하려 한다.

그러나 내가 싸지 않으면 내 똥은 존재하지 않는다. 내가 생산한 것이기에 그것은 내 책임이고 나의 존재를 보증한다. 똥오줌과 같은 비천한 것들, 곧 아브젝트는 주체를 넘어서서 그 외부에 존재하지만 동시에 주체의 산물이다. 전술한 것처럼 그 아브젝트의 혐오스러움의 강도는 바로 얼마나 깊은 나의 내부—핵심—로부터 나왔는가 하는 것에 달렸다. 눈물이나 땀은 때로 애틋한 감정과 순결한 노동의 고상한 이미지를 부여받지만 흐르는 콧물이나 침만 하더라도 그것은 닦아내서 버려야 할 것, 숨겨야 할 것으로 여겨진다. 하물며 토사물이나 생리와 오줌과 똥이야. 하지만 그것이 나의 존재를 보증하는 것들이라면, 결코 간과해서는 안 된다. 여기에 아브젝트를 주목할 이유가 있다. 아브젝트를 주목하는 이유는 그것과의 만남에서 불쾌감을 느끼는 나를 통해 나는 나의 실체를 재인식하게 되기 때문이다. 인기리에 방영되었던 드라마 〈다모〉를 기억하는가? 다모는 전형적인 아브젝트적 인물의 하나이다. 왜 다모는 아브젝트인가?

## 곤장을 맞아야만 했던 의인, 다모

2003년에 방영된 드라마 〈조선 여형사 다모〉는 속칭 '다모폐인'이라는 신조어를 만들어낼 정도로 많은 인기를 얻었다. 멋진 종사관 이서진과 매력적인 다모 하지원의 로맨스, 리얼하게 묘사된 조선 후기 민중의 현실, 수사물의 서스펜스와 정의로운 영웅들이 승리하고 악한은 징치되는 가장 행복한 서사의 전개 등 여러 인기 요인을 갖고 있었지만 가장 큰 인기 요인은 가부장제 봉건사회인 조선사회에서 가장 열등한 존재라고 생각했던 천민 관비 여성이 주인공이 되어 양반 남성들을 물리치는 것으로부터 발견되는 새로움이었을 것이다. 그 새로움이란 기존세계 질서에서 소외되고 천시되던 것이 도리어 모두가 꿈꾸는 정의를 실현한다는 데에서 초래된 것이다. 이것이 재미있게도 기존의 형식이 아닌 새로운 방식으로 이루어지기 때문에 주목되는데, 특히 무언가 허락되지 않은 금기를 동시에 거스르는 듯한 묘한 쾌감을 주기 때문이었을 것이다. 탐욕으로 부정을 저지르는 악한을 종사관이라는 또 다른 권력을 지닌 남성이 물리치는 것이 아니라 실제 같았으면 감히 면전에서 얼굴도 들지 못할 천한 여성이 해내고 있기 때문이다.

드라마의 원작은 방학기 화백의 만화이지만, 조선의 여형사라 할 수 있는 다모의 이야기는 송지양宋持養, 1782~1860의 「다모전」에 등장한다. 「다모전」은 전계단형서사체, 소위 전계소설이다. 전계단형서사체란 사마천의 『사기』 「열전」에서 시작된 동양의 전통

방학기, 『조선 여형사 다모』, 천년의 시작, 2003

적인 역사 기록의 양식을 갖고 있다. 그래서 역사적 인물의 실제 삶을 바탕으로 쓰인 역사서의 일부이다. 그러나 동시에 서구의 전기biography와 다르게 인물의 삶을 시간의 순서대로 서술하는 것이 아니라 주제 전달을 위해, 또 인물의 특성을 잘 드러내기 위해 그가 겪은 몇몇 사건을 선택하고 이를 구체적인 장면으로 재구성하여 재현하는 것을 특징으로 한다. 결국 같은 시간에 같은 장소에 없었던 서술자에 의해 재현되는 사건 속에 허구성이 창출된다. 결국 전계단형서사체는 사실을 바탕으로 하되 소설처럼 허구성 또한 갖게 되는 독특한 서사체이다. 다모 김조이의 실제 삶은 「다모전」이라는 작품 속에서 부인할 수 없는 역사이면서 동시에 생동감 있게 살아있게 되었다.

「다모전」은 역사적 실존인물인 다모의 이름을 정확히 밝히고, 다모의 행위를 칭찬하는 것을 주제로 하며 이를 위한 작가의 논평인 논찬까지 갖추고 있어서 분명 전통적인 동양의 역사 서술의 하나인 전의 양식을 따르고 있다. 하지만 동시에 다모라는 인물의 성격을 드러내는 방식이 기존의 역사 서술에서 흔히 쓰이던 작가적 논평으로만 이루어지는 것이 아니라 다모를 둘러싼 인물 간의 갈등관계의 묘사를 통해 입체적으로 개성화하고 사건을 중심으로 서술하면서 허구성을 획득함으로써 소설의 성격 또한 많이 갖고 있다. 이는 전형적인 전계단형서사체, 소위 전계소설임을 드러낸다.

다모는 관아에 속하여 청소 및 식사와 차를 준비하는 등의 잡무를 보던 관비였는데, 때로는 범죄가 발생했을 경우, 남녀유별이 엄격했던 조선사회에서 남성 포졸들이 할 수 없는 역할을 수행했다. 「다모전」의 주인공은 순조 임금 때 지금의 서울 한성부에 소속되었던 김조이金召史이다.

김조이는 경조부京兆府의 다모茶母이다. 임진년1832에 경기·충청·황해 삼도에 큰 가뭄이 들었다. 경조부는 크고 작은 민간 양조를 금했다. 이를 어긴 자는 그 죄의 경중을 따져 유배를 보내어 속량케 하였다. 관리가 이를 고의로 숨겨 붙잡지 않으면 그 관리에게 죄를 묻는데 결코 용서해 주는 경우가 없었다. 이에 관리들은 급히 잡아들이지 못함을 근심하고 또 죄가 자신에게 미칠 것을 두려워하여 백성들에게 몰래 고발하면 그 고발자에게 벌금의 십 분의 이를 나눠주겠다고 하였다. 이에 고발하는 자가 매우 많았고 관리들은 귀신처럼 색출하였다.

순조 32년 임진년1832에 경기도와 충청도, 그리고 황해도에는 큰 가뭄이 들었다. 이에 경조부는 엄격하게 민간 양조를 금했다. 어찌나 그

명이 지엄했는지, 관리들은 밀주범을 적발하지 못함을 걱정하기에 이르렀다. 심지어는 고발자에게 현상금을 주겠다는 웃지 못할 일마저 발생하게 되었다. 그러던 어느날 경조부의 다모 김조이는 밀주를 단속하기 위해 상관인 아전과 함께 한 노파의 집에 잠입한다.

하루는, 경조부 관리가 남산 아래 모 거리에 이르러 몸을 후미진 곳에 숨기고는 다모를 불러 외나무다릿가 가장 큰 집을 가리키며 말하기를, "저 양반집에 내가 감히 직접 들어가지는 못하겠다. 네가 먼저 집안에 들어가 그 찌꺼기(증거)를 찾아보아라. 양조범을 잡으면 크게 소리쳐라. 내가 곧 들어가리라."

밀주 첩보를 들은 상관이지만 양반가의 아녀자들의 공간에 함부로 들어갈 수는 없는 노릇이었다. 관리는 다모에게 들어가 증거를 수집하고 범인을 잡도록 명령한다. 확실한 증거와 함께 범인이 잡히면 자신이 들어가겠노라는 것이다. 다모는 관리의 지시에 따라 범죄 의심 현장으로 잠입한다. 그곳에서 다모는 밀주가 담긴 항아리를 발견한다. 그리고 마침 그곳으로 들어오던 주인 노파와 마주친다.

다모가 지시에 따라, 까치걸음으로 그 후미진 곳으로 들어갔다. 과연 항아리가 있었는데, 꼭 삼승三升쯤 들어가는 크기였으며 늦가을에 담근 새 막걸리였다. 다모가 항아리를 들어올리자, 주인 노파가 놀라

겁을 내며 땅에 엎어졌다.

다모는 밀주를 담근 주인 노파를 발견하지만 노파로부터 양조의 사정을 듣고는 그의 처지를 딱하게 여긴다. 노파의 남편이 모진 병에 걸려 겨우 곡주로 연명하고 있기에 그 병구완을 위해 조금 빚었을 뿐 다른 뜻은 없었다는 것이다.

다모가 질책하여 말하길, "조정의 명이 이러한데, 양반의 신분으로 어찌 죄를 범하였소?" 주인 할미가 대답하되, "우리 집 영감이 평소 오랜 병을 앓아왔습니다. 술을 못 마시게 된 후로 밥 또한 넘기질 못하여 병이 더욱 심해졌습니다. 가을부터 겨울까지 불을 넣지 못한 것도 수일이 되었습니다. 어제는 구걸하여 몇 되의 쌀을 얻었습니다. 영감의 병을 구완하기 위해 부득이 양조의 죄를 범하게 되었사오니, 어찌 이렇게 붙잡힐 것을 생각이나 했겠습니까?"

다모는 노파로부터 밀주 양조를 다시는 하지 않겠다는 다짐을 받은 뒤 증거인 밀주를 땅에 쏟아버린다. 그리고 대신 다모는 노파의 양조 사실을 아는 이에 대해 캐묻는다. 다모는 노파로부터 성묘 가는 시동생에게 고마움으로 한 사발을 권했다는 말을 듣는다.

다모가 묻기를, "그렇다면 누구에게 팔았습니까?" 노파가 말하길,

"제가 영감의 병구완을 위해 술을 담갔을 뿐입니다. 항아리는 겨우 몇 주발 정도의 양밖에 되지 않으니 다른 사람에게 팔면 장차 술찌꺼기나마 우리 영감에게 돌아올 것이 있겠습니까? 이는 결코 거짓말이 아닙니다." 다모가 묻기를, "진실로 이와 같다면, 다른 사람 중에 일찍이 얻어 마신 사람도 없습니까?" 노파가 말하길, "작은 아주버님이 있습니다. 저희 사촌이지요. 어제 아침에 성묘를 가려고 왔었는데, 가난한 살림에 불도 땔 수 없어서 아침밥도 하질 못하여 빈속에 출발하게 되었습니다. 그래서 제가 손수 한 사발의 술을 권하였지요. 그 외에는 다시 어느 누구에게도 술을 마시도록 하지 않았습니다." 다모가 묻기를, "감히 소생원과 노생원에 대해 묻겠습니다. 두 분은 친형제이십니까?" 노파가 말하길, "그렇습니다." 다모가 묻기를, "소생원은 나이가 얼마나 됩니까? 모습은 왜소합니까? 신장은 얼마나 됩니까? 수염은 많습니까?" 노파가 질문에 모두 답하였다. 다모가 말하기를, "알겠습니다." 마침내 나아가 관리에게 이르기를, "저 집엔 실로 밀주가 없습니다.

다모는 밖에서 기다리고 있던 관리에게 노파의 집에서 아무것도 발견하지 못했다고 거짓 보고를 한다. 다모는 아전과 함께 관아로 돌아오는 길에 사거리에서 아전을 기다리고 있던 노파의 시동생을 발견한다. 다모는 노파의 시동생인 소 생원이 노파를 고발했음을 확인하고 그의 빰을 때리고 침을 뱉으며 욕을 하고 비난한다. 다모는 현상금을 노리고 형수를 고발한 시동생 소생원을 대낮의 관아 앞 한복판에서 비난하며 때린다.

관리를 따라 관아로 돌아갔다. 소 생원이 팔짱을 끼고 사거리에서 배회하며 관리가 돌아오기를 기다리고 있었다. 그 모습이 주인 노파가 말해준 것과 같았다. 다모가 손을 들어 그 뺨을 때리면서 욕을 하고 침을 뱉으며 말했다.

"네가 양반이냐? 양반이 되어 형수의 밀주를 고발하여 상금을 받으려느냐?"

길가를 걷던 사람들이 크게 놀라 담을 이루고 둘러서서 구경하였다.

그러자 아전은 다모가 금주법 위반자를 은닉하고 오히려 고발자, 그것도 양반 남성을 모욕하였다며 즉시 체포하여 주부에게 고발한다. 주부는 다모로부터 자백받고 곤장 20대의 벌에 처한다.

관리가 말하였다.

"너는 어찌 주인 노파의 선동에 넘어가 나를 속여 밀주를 감추고는 오히려 고발자를 모욕하느냐."

관리가 다모를 붙잡아 주부 앞에 고하였다. 주부가 다모를 힐문하자 다모가 그 연유를 자백하자, 주부가 짐짓 노하여 말하였다.

"너는 밀주자를 숨겨주는 죄를 범하였으니 그 책임을 면하기 어렵다. 곤장 이십 대를 때려라."

하지만 오후 다섯 시 관아가 파하자 주부는 다모를 은밀히 자신의 처소로 부른다. 그리고 낮에 있었던 처분에 대해 설명하고 다모를 용서하며 돈을 주어 치상한다. 비록 다모가 법을 어긴 것, 곧 증거를 인멸하고 범인을 은닉하였으며 상관에게 거짓으로 보고하고 양반을 모욕한 것은 잘못이지만, 다모가 딱한 처지의 노파에게 자비를 베풀고 재물 욕심에 인정을 저버린 이의 패륜을 고발한 행위는 진정 의롭다는 것이다.

다섯 시가 되어 관아가 파하자 주부가 조용히 다모를 불렀다. 용서하며 돈 열 꾸러미를 주면서 말하였다.

"네가 밀주 사실을 숨긴 것을 내가 용서하면 법의 영이 서질 못한다. 그렇기에 곤장을 명하였다. 하지만 너는 의인이다. 내가 가상히 여겨 상을 준다."

## 아브젝트의 역설 둘, 감출수록 드러나는 법

다모는 정의로운 존재이다. 그러한 관점에서 다모는 매력적인 존재이다. 그러나 다모는 곤장을 맞으며 준법의 공간에서 추방된다. 그의 의로움을 인정하는 주부는 공식적인 시간과 공간을 벗어나서야 다모의 의로움을 치상한다. 주부로부터 상을 받은 다모가 노파에게 모두 주고 어둠 속으로 사라져버린다는 것은 결국 이야기 속에서 다모는 어디에도 속하지 못한 존재임을 보여준다. 누구보다 의로운 다모가 정작 자신이 속한 세상에는 속할 수 없는 존재인 것이다. 다모는 경계선에 서 있다. 그는 매력적인 존재이지만 동시에 혐오스러운 존재인 셈이다. 다모는 당대 사회의 아브젝트인 것이다.

아브젝트는 모호하고 양면적이다. 그래서 이성과 합리로는 정의되지 않는다. 아브젝트는 살아있는 실체로서 어떤 고유의 특정한 것이 아니며 오히려 어떤 것이 제자리에 있지 않을 때 발생하는 특정 상태의 소동에 가까운 것인지 모른다. 그러므로 소위 '이성적이고 합리적인' 사회에서 아브젝트는 정상적이지 않은 것으로 여겨진다. 따라서 아브젝트는 도덕이나 종교, 그리고 문화적 금기 속에서 비도덕적이고 불경한 것으로 나타난다. 조르주 바타유는 아브젝트를 사회적 권리가 박탈되거나 거부되거나 배제되는 것으로 설명한다. 다모는 사회가 요구하는 본질적인 가치를 실천하지만 법적으로 범법자이며서 사회적으로 질서를 문란케 하는 천한 것이었다. 그래서 의인이면서도 곤장을 맞아야만 했다.

체계의 안정을 위해 경계는 확정되어야 하고 요소들은 그 경계 내에 속해야 한다. 체계의 안정성은 이렇게 확보된다. 그래서 하나의 체계로서 문화는 종종 그러한 아브젝트를 강제하는 제의를 개발해 왔다. 정치적, 사회적으로 권리와 자격을 주거나 박탈하는 것, 종교적으로 금기를 만들어내어 파문하는 것이 모두 그러한 것들이다. 아브젝트 분리의 순간에 얻는 쾌감을 문화는 사회적, 정치적으로 교묘하게 사용한다. 때로 아브젝트 분리의 기쁨만을 떼어내어 체계의 안정성을 위협하는 요소를 분리함으로써 얻게 될 거짓 기쁨의 환상을 주입한다. 자신을 위해 특정 개인이나 집단이 그들의 두려움을 타인에게 투영하는 것이다. 어떤 문화 속에서 정치적, 사회적 또는 종교적 배제의 대상이 되는 것들은 바로 이러한 아브젝트 분리의 악용 사례이다. 여성, 장애인, 외국인, 천민, 유대인, 집시, 마녀, 동성애자 등이 시대별, 문화별 대표적인 아브젝트였다.

하지만 우리에게는 희망이 있다. 아브젝트의 두 가지 가장 중요한 의미, 곧 자유와 진실은 예술을 통해 드러나기 때문이다. 예술은 나치즘과 같은 극단주의와 싸우는 데 잠재적으로 중요한 역할을 했다. 예술은 아브젝트의 탈출구가 되어 왔다. 자본주의라는 체계에 안주하는 현대인들에게 무엇이든 상품이 되고 예술이 되는 현실을 꼬집기 위해 자신의 똥을 넣은 작품을 만든 피에르 만초니의 〈예술가의 똥〉은 바로 그러한 현대 자본주의 사회의 금기를 정면으로 반박한 것이었다.

부감법 등 진경산수화에 있어서 김홍도를 앞선 것으로 평가받은 칠칠 최북崔北과 관련한 한 일화가 있다. 어느 날 한 사람이 산수화를 그려 달라 부탁했다. 그런데 부탁한 이가 그림을 보니 최칠칠이 그린 그림에는 산만 보이더라는 것이다. 괴이하게 여긴 이가 왜 물은 없느냐고 묻자 최칠칠은 붓을 놓고 일어나더니 이 종이 밖이 모두 물인데 그것도 모르느냐고 호통을 쳤다는 것이다. 우리가 생각하던 사각형의 틀, 액자, 캔버스, 도화지 안에 있는 것이 그림, 예술 작품이라는 인식을 최칠칠은 이렇게 무너뜨렸다. 많은 씨를 품고 있는 수박과 함께 다산과 풍요의 상징으로 포착되었던 쥐의 민화적 화풍의 관습에서 벗어나 무에 올라타 움켜쥐고 탐욕스럽게 갉아먹는 흉하고 시커먼 쥐를 사실적으로 대담하게 그려낸 것도 최칠칠에게 포착된 아브젝트인 것이다.

만초니, 〈예술가의 똥〉, 매거진K, 2017
(https://magazine-k.tistory.com/396)

아브젝트는 기존의 관점에서 볼 때 예술에 적합한 재료로 여겨지지 않았던 것들을 통해 나타나기도 하고, 추상적이고 함축적인 주제를 통해 드러나기도 한다. 이러한 예술은 곧 보수적인 지배문화에 의해 부적절하다고 여겨지는 모든 것들을 포함한다. 성性은 이러한 아브젝트 예술의 가장 대표적인 주제이자 대상이다.

문화가 성을 통제하는 방식에 대해 주디스 버틀러는 다음과 같이 설명한다. 기존의 지배문화에서 사랑은 남녀간의 이성애적 사랑만이 정상으로 분류되었다. 그렇기에 이성애를 옹호하는 문

최북, 〈서치홍포〉, 종이에 채색, 20x19cm, 간송미술관

화에서 게이와 레즈비언은 이성애자에게 위협으로 인식되었으며 제거되어야 할 존재였다. 그것은 건강하지 못한 것으로 분류되었다. 소위 정신적으로나 육체적으로 건강하지 않음은 이렇게 만들어진다. 어머니와 분리된 주체로서의 나의 육체를 소유하게 되는 분리의 과정은 이제 정신적으로나 육체적으로 독립된 건강한 존재의 조건이 된다. 그것이 하나의 문화적 현상이 될 때 소위 정상적인 경계 내에 있다고 생각되는 이성애자들에게 어떤 몸이 중요한지, 어떤 신체가 중요한지, 어떤 신체가 되어야 하는가에 관한 기준을 제시한다.

그러나 소위 '건강한' '정상적'인 몸이란 무엇인가? 여기에서 건강함이란 것과 정상이라는 것의 의문이 생긴다. 그것은 절대적인 것인가, 아니면 어떤 기준을 갖고 만들어진 경계의 한 범주일 뿐인가? 다수에게 인정받는 것이 정상의 기준이라면 그것은 최소한 절대적인 것은 아님이 명백하다. 정상과 건강을 추구하는 문화는 건강한 육체에 건강한 정신이 깃든다고 말한다. 그리고 그러한 인간이 가장 아름다운 예술을 한다고 기대될 것이다. 하지만 예술은 기대를 벗어난다. 최칠칠은 그림으로 명성을 얻게 되자, 연일 쇄도하는 그림 청탁에 진절머리를 느끼고는 자신의 눈을 스스로 찔러버렸다.

최북은 이름 중 북北 자를 두 글자로 나누어 칠칠七七이라는 자를 삼아

행세했다. 그는 그림을 잘 그렸지만 스스로 눈을 찔러 한 쪽 눈을 잃었다. 그래서 화첩을 보고 그릴 적에는 한쪽에 안경을 끼고 그렸다.

— 남공철, 「최칠칠전」

원하지 않는 그림 그리기를 거부하기 위해 멀쩡한 자신의 눈을 찌르고 '건강하지 못한' '비정상적인' 몸을 취한 것은 이러한 소위 '정상'에 대한 강요의 반동이었다. 이러한 반작용 속에서 아브젝트는 주체로 하여금 자신의 실체를 되돌아보게 한다. 불쾌함을 통해 정상과 비정상을 가르는 경계와 경계 저편의 비정상을 환기시킴으로써 동시에 소위 정상이라는 것에 대해 되돌아보게 한다. 예술이 세상을 반영하는 거울이면서도 종종 감춰졌던 진실을 밝히는 램프가 될 수 있는 것도 이와 같은 이유이다. 그리고 그러한 가운데 지금까지 없었던 — 사실은 있었지만 '정상적인' 우리가 의식하지 못했거나 발견하지 못한 것일지도 모르는 것을 포함해서 — 것을 창조(발견)해내는 것, 그것이 예술이다. 예술은 아름다운 것이기도 해야 하지만 새로운 것일 때 빛을 발한다. 물론 그래서 어떤 것들은 보수적인 이들에게 새로운 작품은 허튼 것, 혐오스러운 것, 비천한 것으로 천대받고 배제되기도 하는 것이다.

〈최북선생상〉, 개인 소장

## 아브젝트들, 자유로움의 기호

다모는 가부장제 봉건사회에서 가장 비천한 존재였다. 그녀는 인간 취급도 받지 못한 천민이었고 여성이었다. 그런 다모가 그래도 사회에서 한 역할을 담당할 수 있었던 것은 바로 가부장제 봉건사회가 스스로 설정한 제도적 한계 때문이었다.

포졸이라 하더라도 함부로 양반가의 아녀자의 공간을 다닐 수 없었던 조선사회에서 다모는 담을 넘어 쉽게 들어갈 수 있었다. 소위 정상적인 인간의 범주에 들지 않기에 다모는 담으로 설정된 경계선을 넘을 수 있을 뿐만 아니라 그 경계선 상에 존재할 수 있는 것이다. 다모가 안과 밖을 구분하는 담을 자유롭게 넘나들 수 있는 것은 바로 그러한 존재론적 성격을 의미한다. 다모는 한 마디로 정의되지 않는 모호하고 양가적인 존재이다. 다모에게 공간을 구획하는 담은 더 이상 장애물이 아니다. 양반과 중인 등 계급을 나누는 것도 장애물이 아니다. 남성과 여성을 나누는 것도 다모에게는 아무런 문제가 되지 않는다. 다모는 애초에 그러한 기준과 질서에서 벗어난 존재로서, 그들에게는 인간이 아니었기 때문에 가능했다. 그는 어떤 것에도 속할 수 없는 것이기에 그들은 비천하다 생각했다. 그런 다모였기에 남자에게만 허용된 바지를 입고 담을 뛰어넘을 수 있었다. 그러므로 다모는 이성과 합리로는 어느 범주에도 속하지 않고 따라서 규정되지 않는 아브젝트인 것이다. 아브젝트는 주체와 객체의 층위를 초월하기 때문이다. 그래서 아브젝트 자체는 우리의 진실이거나 실체를 의미하는 것은 아니다. 아브젝트는 본질적으로 모호하고 양면적인 것이어서 한 마디로 정의되지 않는다.

다모는 사회적 질서로부터 자유로움을 성취한다. 그녀는 법을 수호하는 다모이지만 범인과 증거를 은닉하고 항명을 하는 범법자이기도 하다. 그녀는 양면적인 존재인 것이다. 천민 여성이지만 양반 남성에게 비난을 가한다. 형사이기 때문이다. 나아가 천민 여성이지만 당대의 가치를 실천하는 인물이기에 그 행위를 넘어서서 치상을 받는다. 상을 받는 범법자라는 모순이 발생한다. 그래서 그녀는 경계선 위에서 안과 밖을 모두 자유로이 다니는 존재이다. 대낮의 사거리에서 양반 남성에게 침을 뱉고 뺨을 때리며 욕을 할 수 있는 것도 그녀가 사회적 관습 속에 속박된 존재가 아님을 드러낸다.

돈 몇 푼에 형수를 고발한 것은 소 생원 개인의 패륜이지만, 그 원인에는 밀주자를 색출하지 못하면 벌을 주어 바로 잡겠다고 하여 도리어 사람이 사람을 믿지 못하고, 사람이 사람을 고발하게 만들어 인륜마저 어그러지게 만든 사회의 부조리와 무능력한 왕권이 자리하고 있다. 다모는 표면적으로는 가부장제 봉건사회의 질서를 깨뜨리는 죄인이지만, 이 사회가 허울뿐인 권위로 가득 찬 사회임을 폭로한다. 그 권위가 더는 유지되지 않음을 보여준다. 곧 기존의 질서에 속하지 않은 자유로운 기호인 다모가 지금껏 절대적인 진리로 여겨졌던 봉건사회 질서에 균열을 가한다. 우리는 그 비천한 존재의 활약을 통해 그 균열로부터 드러나는 감춰졌던 의로움을 재인식하게 된다.

그래서 다모는 매력적인 존재이다. 송지양에게 그랬고, 「다모전」을 읽고 감명받은 이들에게 그러했으며, 그런 다모의 이야기를 그림으로 그려낸 방학기 화백에게 그러했고, 그로부터 모티프를 취해 드라마를 만들었던 이들, 그리고 그 드라마를 보고 폐인이 되었던 우리 모두에게 다모는 매력적인 존재이다.

이렇게 일반적으로 사람들이 주목하지 않았던 비천한 것에 관심을 두었을 때 우리는 그를 통해 정작 우리 자신을 돌아보게 되고 우리가 잊고 있었던 진리를 재인식하게 된다. 이러한 아브젝트에 대한 관심을 통해 우리의 정체성 인식을 환기시키는 예술을 아브젝트 예술이라 한다. 마르셀 뒤샹의 〈샘〉과 같이 기존의 예술의 관점에서는 전혀 주목하지 않았던, 오히려 가장 천하다고 여겼기에 감추고 버리고 제거하려 했던 것에서 오는 불쾌감과 이질감을 통해 우리가 애써 외면했지만 인정하지 않을 수 없는 우리의 실체를 깨닫게 하는 것이 아브젝트 예술의 의미이다.

그렇기에 아브젝트 예술은 종종 사람들에게 불편함을 안겨주고 공공연한 모욕과 외면을 받는다. 매일같이 찾아가고 순간 그 어떤 것과도 바꿀 수 없는 배설의 행복감—카타르시스—을 느끼면서도 그것을 내놓고 싶지 않은 위선적인 것이 인간의 본성인지도 모르기 때문이다. 전술한 것처럼 한 임금에게 목숨을 바쳐 충성을 다짐하는 것을 최고의 미덕으로 여기며 남편이 죽으면 따라 죽기를 강요하기까지 했던 봉건사회 남성 양반들이 천한 기녀의 딸이 양반의 정실이 된다는 이야기는 웃음거리이자 허튼 소리에 불과하다며 비난했던 것도 그런 사정 때문일 것이다.

## 예술의 본질, 발칙함

대중예술의 선구자라 할 앤디 워홀의 작품은 바로 그러한 아브젝트 예술의 정점에 서 있다. 앤디 워홀의 1978년 작 〈산화 회화〉는 구리 합금으로 코팅된 캔버스에 오줌을 누어 산화시킨 얼룩으로 이루어진 작품이다. 2008년 기준 크리스티 경매가는 이 작품 한 점이 23억에 팔렸다. 이는 잭슨 폴록의 작품에 대한 패러디로도 보이는데 폴록이 막대기로부터 물감을 떨어뜨려 표현하는 행위는 곧 남자가 소변 보는 것과 다를 바 없다. 그의 캔버스는 소변기이며 그의 붓은 페니스이다. 페인트는 정액을 상징한다. 이러한 관점에서 볼 때 예술은 곧 배설의 행위이다. 그리고 예술 작품들은 아브젝트를 환기하는 능력을 갖는다.

최칠칠은 자신이 그린 그림이 자기 마음에 들지 않는데도 돈을 많이 주고 사려는 사람은 비웃고, 자기 마음에 드는데도 돈을 적게 주고 사려는 사람 앞에서는 자기 그림을 찢어버리고는 했다.

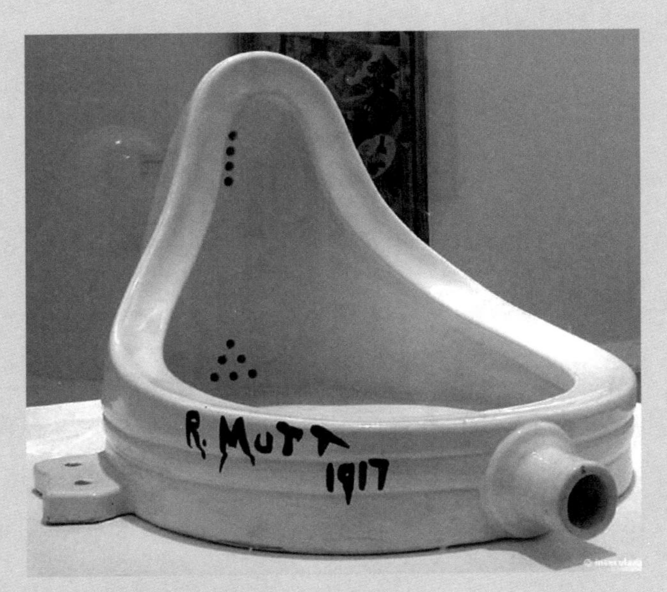


마르셀 뒤샹, 〈샘〉, 1917

그만큼 자기 자신과 자신의 일부인 작품 앞에 충실했다. 하지만 스스로 호를 짓기를 호생자毫生者라 하여 붓으로 먹고 사는 사람이라 하였다. 배설이 섭취와 맞닿아 있는 것을 염두에 두면, 먹고살기 위해 들어야 하는 붓은 곧 자신의 창작욕을 배설하는 행위임을 최북은 겸손하게 인정했다. 남들에게는 '아름다운' 예술 작품, 그래서 소유하면 자랑할 만한 것이기에 천금을 주고서라도 비싸게 구해야 하는 귀한 것이지만, 작가에게 그것은 찢어버려도 그만인 하나의 배설물일 수도 있는 것이다.

그러나 동시에 예술가 자신에게 그러한 배설은 매우 중차대한 일이다. 무언가를 창조한다는 것은 내 안의 나를 분리하는 고통스러운 일이다. 그것은 분리하기에 너무나 밀착되어 뗄 수 없는 피부와 같아 곧 자신의 얼굴이며 살갗이고 곧 자기 자신인 것이다. 그러나 쓰디쓴 고통을 이겨내고 감정의 응어리를 해소할 때 카타르시스를 느낄 수 있다면, 배설의 쾌감은 곧 아브젝트의 분리 효과로 이해될 수 있다. 어머니의 자궁으로부터 풀려나오는 것의 공포와 함께 얻은 그 자유의 무한한 기쁨이 분리의 과정에서 얻어지는 것처럼 그것은 일종의 통과의례, 제의적인 것과도 결부된다. 여기에서 아브젝트 예술은 정화 기능을 수행하는 제의적 관습과도 같다. 아브젝트 예술은 그것에 매우 근접하면서도 그 안으로 무너져 내리기를 거부하면서 카타르시스를 제공하는 것이다. 그렇기에 최북은 눈을 찌르고도 그림 그리기를 포기하지 않았다.

앤디 워홀, 〈산화 회화(Oxidation Painting)〉, 1978

결국 그 배설의 쾌감, 곧 아브젝트 분리의 순간을 가장 극적으로 느끼는 이들이 바로 예술가가 아닐까? 프랑스 신낭만주의 소설가 주앙도Marcel Jouhandeau, 1888~1979는 신앙을 바탕으로 인간의 영혼 문제를 예리하게 관찰했다는 평가를 받았다. 하지만 사실 주앙도는 동성애자였다. 그는 사회로부터 정상적인 이성애자로서의 삶을 강요받으며 이율배반적인 삶을 살았다. 그의 유일한 탈출구가 바로 소설이었다. 주앙도는 이렇게 외쳤다.

내 모습은 가면을 쓰고 있는 것과 다름이 없었다. 사람들이 내게 하는 요구하는 것을 들으며, 정작 나의 행위를 모욕할 때, 나는 그것을 진짜가 아니며 단지 가면일 뿐이라고 생각했다. 나는 그것을 찢어버리고 싶은 연극 무대의 의상일 뿐이라고 애써 생각하려 노력했지만, 그럴 수 없었다. 그것은 이미 내게 너무 많이 달라붙은 나의 얼굴이며 살이며 피부였다. 결국 벗어버리고자 했던 것, 그것은 바로 나 자신이었다.

여기에서 우리는 주체의 아브젝트적인 주관성을 구체화시켜버리는 타자의 규제와 규범을 발견하게 된다. 아브젝트를 포착하고 아브젝트를 구현하는 아브젝트로서의 예술가들이 소위 정상적인 이들에게는 기이한 괴짜로 보이기 십상이었다. 그들은 사회적 통념에서 보았을 때 경계를 넘어선 자들이고 경계 밖에 존재하는 자들이었다. 그러나 그들은 동시에 경계에 국한되지 않았다. 그들은 그들의 자유로움을 예술을 빌려 배설했다. 그들은 타자에 의해 구속된 우리와 달리 예술 속에서 자유인으로 남았다. 결국 사람들은 그들의 아름다운 배설물을 예술 작품이라는 이름으로 비싼 값을 주고 사들인다. 그러나 그들은 괴짜인 예술가들에게 자신의 곁을 쉽게 내어주지 않는다. 아니 사람들이 그들을 버린 것이 아니라 그들이 사람들과 함께 하기 어려운 존재들인지도 모른다.

그들은 때로 '오만'하다고 평가받았다. 최칠칠은 지체가 높은, 왕가의 친족이라 하더라도 말과 행동이 다른 사람과는 다시는 상대하지 않았다.

최칠칠은 성품이 매우 오만하여 남을 따르지 않았다. 하루는 서평군과 백금을 걸고 바둑을 두었다. 칠칠이 한창 이기려 하자 서평군이 한 수를 물어주기를 청했다. 최칠칠은 갑자기 바둑돌을 흩어 버리며

두던 손을 거두며 말했다. "바둑은 본래 즐기려고 하는 것인데, 무르기를 그치지 않으면 한 해가 다 가도록 한 판도 두기 어려울 것이오." 그 뒤 다시는 서평군과 바둑을 두지 않았다.

—남공철, 「최칠칠전」

혹자는 겨우 바둑 두면서 한 수 무르는 것 가지고 그러냐고 할 수도 있다. 최북이야말로 오만할 뿐만 아니라 괴팍한 사람이며 옹졸한 사람이라고 할 수도 있다. 하지만 생각해 보면 그의 말은 결코 틀린 것이 아니다. 바둑 두는 것은 재미로 두자는 것이었다. 본말이 전도되어 이기고 지는 것에 얽매이면 즐기는 바둑은 아니 두는 것만 같지 못하다.

그리고 그들은 늘 진실 앞에 떳떳했다. 현실에 가로막혀 내야 할 목소리도 내지 못하고 살아가는 비겁한 우리들과 다르게. 그들은 세상의 경계를 초월하기에 그 어떤 권세도 그들을 가로막지 못하기 때문이다. 거문고 연주로 유명했던 김성기 역시 그런 인물 중 하나였다. 물론 2년 천하에 그치기는 했지만 천민의 신분에서 하루아침에 공신이 되어 권세가 대단했던 목호룡의 협박에도 굴하지 않고 김성기가 목을 빳빳하게 세울 수 있는 것도 바로 그 떳떳함의 극치였다.

대궐의 노비였던 목호룡이란 자가 역모 사건을 고발해서 큰 옥사를 일으켰다. 목호룡은 여러 사대부를 죽인 공으로 군에 봉해져, 그 기세로 많은 사람을 괴롭혔다. (…중략…) 김성기에게 연주를 부탁했으나, 김성기는 병을 핑계로 가지 않았다.

— 정래교, 「김성기전」

그렇다면 이는 결코 옹졸한 것도 아니요, 괴팍하거나 오만한 것이 아니라 세상의 기존 질서에 굴하지 않는 자유로움의 발로다. 프랜시스 베이컨의 초상은 이러한 예술가의 눈에 비친 얼굴을 잘 드러내고 있다. 초상화인 것은 알겠는데, 무언가가 조금 다르다. 그리고 그 다름이 무언가 불편하게 다가온다. 이 그림은 분명 한 남자의 얼굴을 그린 것임을 안다. 그런데 우리가 알고 있는 초상화 속 얼굴의 기대를 벗어난다. 우리가 기대하는 정상적인 얼굴의 윤곽선, 경계가 불명확하다. 이것이 불편한 이유는 우리가 예상하는 질서화된 형상, 쉽게 말해 머릿속에 이상적으로 자리잡은 신체의 경계선이 불명확함에서 발생한다. 우리가 최칠칠이나 김성기의 행위에서 우리 일도 아님에도 불구하고 무언가 불안함과 불편함을 느낀다면 그것은 우리가 무엇이 진실인지 알면서도 그것을 당당하게 외치지 못하기 때문이다. 우리는 사실 무엇이 잘못인지 안다. 권력을 잡았다고 한 사람이 다른 사람의 위에 있을 수 없다. 그러나 우리는 그 어그러진 것을 어그러졌다고 말하지 못하는 것이다. 그러나 예술은 어그러진 것을 어그러지게 그리고 어그러지지 않은 척하는 것의 어그러진 실체를 폭로한다.

우리는 경계가 명확하지 않은 베이컨의 초상을 통해 우리 얼굴의 익숙한 상이 과연 나의 진짜 얼굴일까 의심하게 된다. 초상화의 얼굴에서 불편함을 느끼면서 나의 얼굴은 어떤 모습일까 궁금해진다. 진짜 나의 얼굴의 경계는 어떻게 되는가? 나는 나의 얼굴의 경계를 정말 명확하게 할 수 있을까? 우리 머리 속에 존재하는 그 익숙한 얼굴은 실제로 존재할까? 혹시 그것은 실재하는 것이 아니라 타자에 의해 그렇다고 만들어지고 생각하도록 강요당한 것은 아닐까? 주앙도가 벗어버리고자 했던 그 가면이 실제로 자신의 얼굴이었던 것처럼.

이와 같은 의식은 동시에 반대편을 향한다. 비천한 것이라고 생각했던 아브젝트가 사실은 그렇지 않은 것은 아닐까? 나는 그 모호하고 양의적이며 뚜렷하게 실체가 없는 것을 본 적은 있는가? 그려낼 수 있는가? 그럴 수 없다면 내가 비천한 것이라고 비난했던 것, 배제하려 했던 것, 격리하고 거부했던 것은 정말 존재하기는 한 것인가? 그것을 배제하고 거부해야만 하는 근거는 정말 무엇일까? 그 역시 기득권을 가진 정치와 사회와 문화가 그렇다고 만들어서 강요한 것은 아닌가?

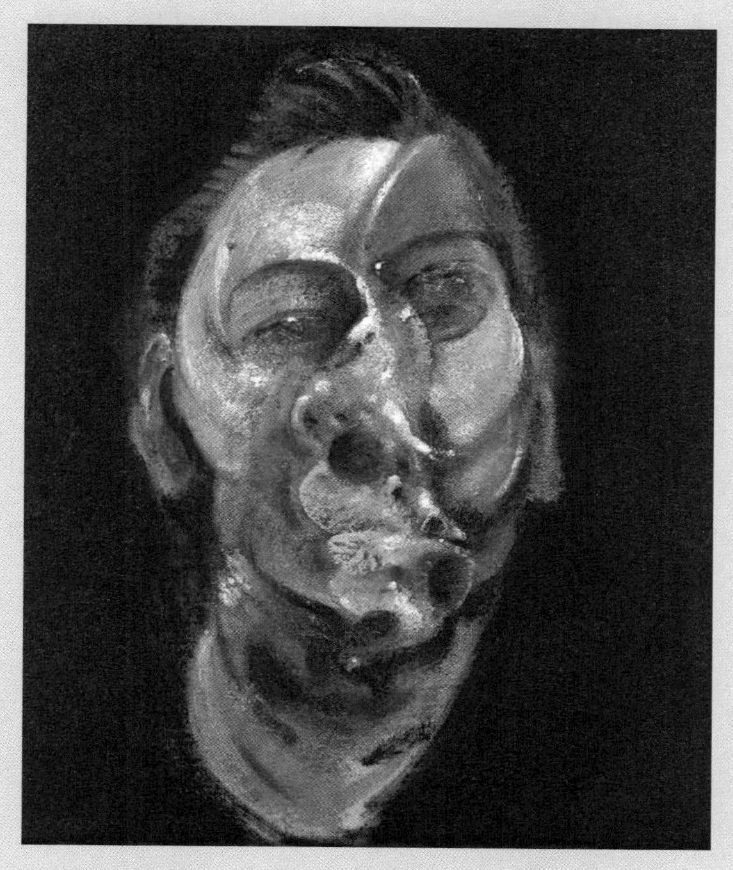

프랜시스 베이컨, 〈조지 다이어의 초상화를 위한 세 개의 습작(Three Studies for a Portrait of George Dyer)〉 중 두 번째 그림, 1963(© 2018 Christie's Images Limited)

## 아브젝트가 이야기하는 것, 아름다움보다 자유로움

그들이 동류일 수 있었던 이유는 예술이라는 수단을 통해 진리에 접근하고자 하는 순수한 열정 때문이었다. 그들은 아브젝트의 길을 택함으로써 기존의 질서가 사회가 체계가 가둬놓고 감춰둔 진실의 열쇠를 발견하기 원했다. 그러므로 그들에게 동류는 같은 스승으로부터 사사했다고 인정되는 것이 아니었다. 스승과 제자는 같은 사람이 아니다. 따라서 수제자라 하더라도 스승의 작품이 성취한 아름다움을 형상화하는 것은 아니다. 그러나 시간이 흐를수록 누구의 제자인가, 나아가 출신이 무엇인가 하는 사회적이고 정치적인 '이름'들이 그들의 정체를 규정하는 것이 되었다. 진실로부터 눈을 가리고 예술가입네 자처하는 이들이 늘어가는 것이다. 그들도 물론 예술가겠지만, 과연 그들을 진정한 예술가라 할 수 있을까?

> 김명국이 죽은 뒤, 그의 제자들 중 패강 조세걸은 그의 화법을 전수받아 수묵화와 인물화로 이름을 날렸다. 그러나 김명국의 신비한 운치와 알맹이는 얻지 못하였다.
>
> — 정래교, 「김화사명국」

그들은 정명正名의 길을 걷고자 하였다. 겉모습은 같을지라도, 아니 겉모습은 누구보다 못났더라도 그들은 진실에 충실하고

성협, 〈탄금〉, 국립중앙박물관 소장

자 노력했다. 그 실체를 주목하고 진리를 찾고자 노력하는 것, 그것이 진정한 소리요, 색이라고 생각했던 것이다. 그것이 진정한 울림을 주는 것이고 감동을 주는 원천임을 잊지 않은 것이다.

> 가야금 연주하는 것은 하나같지만, 이처럼 고르지 못한 것은 마음으로 취하는 바가 다르기 때문이다. 그러므로 사물은 진실로 이치가 그러하지만 정은 진실로 보는 데 어려움이 있다. 또한 겉모습은 다 같은 것이지만 마음은 진실로 밝혀내는 데 어려움이 있다.
>
> — 이덕주, 「민득량전」

그러나 그러는 동시에 그들은 늘 현실에 존재했다. 그들에게 실체는 과거에 속박된 것도 아니요, 미래에 다가올 헛된 것도 아니었다. 비록 누추하고 처절하더라도 바로 이 순간의 현실에 들러붙은 것이었다. 삶이 없는 곳에서 무엇을 깨달은들 어떤 소용이 있겠는가? 진실로 아름다운 것은 살아가는 삶 그 자체에 있음을 깨달았다. 비록 단원이 권력에 빌붙어 녹을 먹었다고는 하나, 익히 알고 있듯이 그 역시 여느 사람들의 평범한 삶 속에서 진리를 포착하고자 했다.

> 김홍도는 풍속의 모습을 옮겨 그리는 것을 더욱 잘하였다. 이를테면 사람이 살아가면서 수천 가지로 나타나는 것과, 길거리, 나루터, 가

게, 시장, 시험장, 연희장 등 한 번 그리면 사람들이 모두 손뼉을 치며 기이하다고 외치니 이것이 바로 세상에서 말하는 김사능 풍속화다. 진실로 신령스런 마음과 지혜로운 식견으로 홀로 천고의 오묘함을 깨달은 자가 아니라면 어찌 이렇게 그릴 수 있겠는가?

— 강세황, 「단원기」

결국 범박하게 표현하자면, 모든 것은 먹을 것을 구하는데 집중한다. 곧 삶을 살아가는 데에 있다는 것이다. 사람들은 본질을 논하면서도 실은 법식에 관심을 갖는다. 그러나 본질을 논한다면 그것은 생과 사의 문제, 곧 먹는 것에서 시작하여 먹는 것으로 끝난다는 것이다. 삶이 없으면 어떤 법도 필요 없기 때문이다.

그대의 말씀은 참으로 현실과 동떨어졌군요. 모기의 앵앵하는 소리, 파리의 붕붕하는 소리, 공인들의 뚝딱거리는 소리, 선비들의 개굴개굴 글 읽는 소리 등 무릇 천하의 소리는 모두 먹을 것을 구하는 데 뜻이 있으니, 나의 해금과 거렁뱅이 깡깡이가 무엇이 다르겠습니까?

— 유우춘, 「유득공전」

그러나 그것이 예술 무용론을 의미하는 것은 결코 아니다. 중요한 것은 그러한 헛된 구분을 통해 불필요한 신념을 만들고 때로 천해 보일지도 모르는 현실을 간과하고 그 안에 감춰진 진실을 바로 보는 것을 가로막기 때문에 경계해야 하는 것이다. 따라서 우리는 '모사'된 것들을 넘어서야 한다. 그 모사된 것 너머에 존재하는 진실한 아름다움을 보아야 한다.

옮은 먹물과 채색을 잘 이용하여, 그것으로 풍모와 정신, 씩씩한 기상과 격조를 이루도록 그렸다. 하지만 그는 세상에서 좋아하는 연지와 분칠로 화려하게 꾸미는 재주를 가지고, 사람의 눈을 즐겁게 하는 일은 절대로 하지 않았다.

— 정래교, 「김화사명국」

진실로 아름다움 그림은 대상의 모습을 터럭 하나까지도 섬세히 그리는 것을 넘어 대상의 본질을 담아내는 것이 중요하다. 그러나 이것도 진실로 아름다움에는 미치지 못한다. 내가 그리는 것이 아무리 대상을 그대로 모사하더라도 결코 그 대상 그 자체가 아니듯이 내가 그려낸 그것에는 바로 내가 담겨야 한다. 곧 그 대상을 그리고자 하는 나의 뜻이 잘 드러나야 한다. 그럴 때 사람들은 모두 깜짝 놀라며 경탄해 마지않는다.

실솔의 노래는 징을 치듯 굳세고, 옥구슬처럼 맑고, 연기가 날리듯 연약하며, 구름이 가로로 걸린 듯 머무르고, 제철의 꾀꼬리처럼 자지러지며, 용이 울 듯 떨쳐 나왔다. 실솔의 소리는 거문고에도 알맞고 생황에도 걸맞으며 퉁소에도 알맞고, 쟁에도 알맞아, 그 오묘함은 극치에 이르지 않음이 없다.

— 이옥, 「가자송실솔전」

장생은 사물의 모습과 움직임을 묘사하는 데 터럭 하나까지 섬세하고 오묘하게 그렸으며, 그리고자 하는 뜻을 잘 드러내어 사람들 모두 깜짝 놀라며 경탄해 마지않았다.

— 정약용, 「장천용전」

요컨대 다시 예술은 '나'로 돌아온다. 그 고통스럽지만 자유의 기쁨을 만끽하는 배설의 쾌감을 통해 인식하게 되는 것은 비천한 나의 살아있음에 대한 인식이다.

아브젝트는 사회의 진면목을 폭로한다. 그렇기에 그것은 지금까지의 사회에 길들여진 사람들에게는 매우 불쾌한 것이기도 하다. 그러나 새로운 사회를 건설하는 데 아브젝트의 역할은 실로 중대하다. 새로운 시대를 열어갈 자들에게 기존의 사회가 갖는 모순을 바로 인식하게 하고, 진리를 받아들이도록 하는 존재이기 때문이다. 그렇기에 그들은 불쾌하고 혐오스럽지만 한편으로 매력적인 것이다.

우리는 흔히 훌륭한 걸작품에 대해 누구도 생각하지 못했던 기발한 상상력을 그 기준으로 평가한다. 물론 이해할 수 있는 한도 내에서. 어찌 되었든 훌륭한 예술 작품이라 함은 지금까지 누구도 발견하지 못한 새로운 전망을 제시할 때 부여받는 칭호이다. 그렇기에 새가 알에서 나오기 위해 그를 둘러싼 세계, 곧 껍데기와 껍데기로 둘러쌓인 한동안은 가장 안전하고 안락한 곳이었지만 이제는 갑갑한 세계를 깨어야 하는 것처럼 새로운 것을 창조하려는 자는 세계를 깨야 한다. 이는 분명 새로운 생명의 탄생을 위한 과정이기도 하지만 그가 태어나기 전까지 존재하던 세계의 균열, 파괴를 의미하는 것이기도 하다. 알은 파괴되고 깨어져야 하는 것이다. 새가 알껍데기를 깨고 나오는 모습을 본 적이 있는가? 한 인간이 어머니의 자궁으로부터 나오는 모습을 본 적이 있는가? 그는 자궁 속의 양수와 태를 뒤집어쓰고 온갖 체액으로 범벅이 되어 머리털과 피부와 엉겨 붙은 채로 세상에 첫발을 내딛는다. 양수와 탯줄, 알껍데기와 같은, 이제는 더 필요 없어 더럽고 비천한 것으로 여겨지는 것, 아브젝트를 남기지 않으면 그 어떤 새로운 탄생도 기대할 수 없다. 아브젝트는 새로운 탄생과 함께 한다. 새로운 탄생을 위해 우리는 아브젝트를 바라보지 않으면 안 된다.

우리를 둘러싼 세계, 곧 우주와 인간의 아름다움을 문자로 표현하는 문학은 마치 거울과 등불같이 서로를 모방하고 반영하고 투영한다. 아름다움을 표현하는 인간의 활동과 그 결과로서의 작품을 일러 예술이라 한다. 문학은 언어로 표현한 예술이다. 말과 글로 아름다움을 표현하는 것이 문학이다. 아침에 떠오르는 장엄

김명국, 〈설중귀려도(雪中歸驢圖)〉, 17세기, 모시에 수묵,
101.7x55cm, 국립중앙박물관

김명국, 〈달마도〉, 17세기, 종이에 수묵, 83x57cm, 국립중앙박물관

한 태양이나, 꿋꿋이 서 있는 준엄한 산맥, 풍요를 머금고 수많은 생명을 담고 있는 바다와 굽이치는 강물, 계절에 따라 고색창연한 장관을 보여주는 들판, 그곳을 한가로이 뛰어노는 수많은 동물들, 노래와 같은 새들의 합창, 예술은 이 모든 자연의 아름다움을 포착한다. 그 가운데 신이 창조한 가장 귀한 존재인 인간은 그 신이 창조한 아름다운 것들 가운데 하나이다. 그 아름다운 신체로부터 그들이 행하는 신을 닮고자 하는 선하고 고귀한 행위들, 그들이 만들어낸 수많은 작업들과 작품들 모두 아름다운 것들이다. 신이 창조한 것들의 아름다움을 표현하는 아름다운 것 그 자체가 인간이다. 인간은 신으로부터 받은 것들을 아름답게 재현하고자 한다. 그 아름다움 속에 자신 역시 아름답고자 한다.

그러나 그것은 또 다른 문제를 낳을 수 있다. 인간이 아름답고자 욕망하는 순간, 모든 것은 아름다워야만 하는 인간적 목적을 갖게 된다. 그리고 신이 아닌 인간에 의해 그 한계가 지워지고 어느 순간 그 테두리는 법이 되고 규칙이 되어 소위 자신이 생각한 아름다움의 기준을 충족시키지 못한 것을 배제하고 격리하게 된다. 아름다움은 존재의 행복이 아니라 존재의 굴레가 된다. 더욱이 전혀 아름답지 않은 인간 자신의 현실을 애써 망각하고 감추게 된다. 인간은 자신이 만든 한계로 인해 스스로 자신의 실체로부터 소외된다.

인간은 때로 전혀 아름답지 않다. 아름다움을 인식하고 재현하고 창조하는 인간이기에 아름답지 않은 것을 인식하고 재현하고 창조할 수도 있다. 신이 선물한 자유의지로 인간은 아름다운 존재이면서 아름답지 않은 존재가 되기도 한다. 인간은 아름다움과 추함을 모두 안다(고 생각한다). 선과 악을 동시에 지닌 존재이다. 그래서 아름다운 것을 창조하는 인간이 반드시 아름다운 것은 아니다. 아름다운 것을 창조했다고 해서 그가 아름다운 것은 아니다. 반면에 가장 고결하고 아름다운 가치를 실현한 멋진 다모가 사실은 당대 사회에서 인간 취급도 받지 못하며 천대받던 것처럼. 그러나 역설적으로 그런 다모로 인해 가장 아름다운 일들, 곧 자애가 베풀어지고 인륜이 회복되는 일들이 가능해졌던 것처럼, 예술은 때로 전혀 멋지지 않은, 그래서 어쩌면 혐오스러운 것이기도 한 인간을 포착함으로써 아름다움을 창출한다. 법과 질서, 도덕과 종교가 소위 위대하고 숭고한 아름다움을 위해 천한 아브젝트를 배제하려 노력해 온 것과 달리 예술은 종종 가장 천한 것을 통해 가장 아름다운 것을 성취한다.

완성된 아름다움을 바라보는 것만큼이나 그 아름다운 것이 만들어지는 과정을 바라보는 것 또한 우리가 해야 할 일이다. 왜냐하면 그 모두가 우리의 일부이기 때문이다. 우리 자신을 온전히 이해하기 위해서는 우리가 보고 싶은 것 외에도 보고 싶지 않은 것, 알고 싶지 않은 것, 불쾌한 것도 받아들일 필요가 있다. 접시 위에 놓인 아름다운 요리를 감상하고 먹기 원하는가? 그렇다면 위와 장을 비워야 한다. 춘향이가 아름답고 절개를 지켜서 사랑받았던 것일까, 다모가 명령에 순종하고 정의로워서 사랑을 받았을까? 그것은 어떤 아름다움보다는 인간답게 살고자 하는 자유의 의지, 자유로운 삶의 의지 때문이 아닐까. 남들이 뭐라 해도 유진한은 천한 기생의 이야기를 한시로 지어 자신의 문집에 전했고 최북은 자신의 눈을 찔러 자유로운 삶을 갈망했다. 오늘 한잔의 달고나 커피를 마셔보자. 남의 시선에 종속되지 말고, 자유롭게.

2부

# 고전소설에 나타난 젠더 문제

판소리, 젠더, 그리고 공모되는 남성성 서유석

방관주, 여성영웅, 그리고 젠더 이탈자 조현우

# 판소리, 젠더, 그리고 남성성

서유석

## 가부장제와 젠더

판소리 열두 마당 최고의 여성 주인공은 누굴까? 지명도나 인지도에 따라 여러 의견이 있겠지만, 춘향만큼 역동적이고 매력적인 인물이 또 있을까 싶다. 기녀이면서도 자신의 신념에 따라 사랑을 선택한 춘향에게, 열녀烈女라는 고릿적 가치관을 들이댈 필요도 없어 보인다. 또 다른 여성 주인공으로 하늘이 내린 효녀 심청을 대진표에 넣을 수 있겠다. 아버지를 위한 심청의 죽음 아닌 죽음이 올바른 효인가는 논쟁의 여지가 있더라도, 아버지에 대한 효심이 지극했다는 것만은 사실이다.

이렇듯 사설은 남아 전하지만, 소리를 잃어버린 실창 판소리로 넘어오면 정말 다양한 유형의 여성 인물들을 만날 수 있다. 〈장끼전〉에 등장하는 까투리는 아내의 충언을 듣지 않고 속절없이 죽어버린 남편을 대신해서 온갖 고난 끝에 아홉 아들 열두 딸을 모두 출가시킨다. 이본에 따라 다르지만, 사실상 가장의 책임을 홀로 감내한 셈이다. 옹녀는 남편을 잡아먹는다는 청상살이란 굴레가 있지만, 그녀에게 씌워진 음란한 여성이라는 혐의는 벗겨져야 마땅하다. 옹녀가 남성을 유혹한 건 남편이었던 변강쇠의 초상을 치르기 위해서였으니 말이다. 특이한 인물은 무숙이를 유혹했던 기녀 의양이다. 여색女色이나 과도한 유흥에 빠져 모든 것을 잃은 자신의 남자 무숙이를 올바른 삶으로 돌려 놓고 그들이 가정으로 돌아가도록 본처에 대한 공경도 잊지 않았기 때문이다.

그런데 지금 기준으로 볼 때, 이 여성 주인공들의 행동을 정말 훌륭하다고, 올바르다고 박수만 보낼 수 있을까? 물론 이 작품들이 널리 향유되던 조선 후기의 사회규범과 현실을 생각하면, 이들에게 열녀 혹은 현부賢婦의 칭호가 붙는 것은 이상하지 않다. 그러나 21세기 한국사회의 구성원 입장에서는 이들의 행동은 비합리적인 데가 많고, 이제 열녀와 같이 여성을 정절이란 이상한 잣대로 구속하는 개념은 사라져야 마땅한 적폐가 아닌가.

그럼에도 불구하고 판소리는 아직 명맥을 유지하고 있고, 사람들의 입에 오르내리는 우리의 고전이다. 어떻게 일부종사一夫從事에 목숨을 거는 춘향이나, 아버지 눈을 뜨게 할 시주 쌀을 얻자고 인당수에 몸을 던진 심청의 이야기가 지금도 사람들 입에 오르내릴 수 있을까? 비록 소리를 잃어버렸지만, 창극으로, 마당극으로 혹은 드라마로 끊임없이 재생산 및 재해석되는 실창 판소리의 서사들에는 어떤 힘이 있기에 계속 호명되는 것일까?

사실 이렇게 훌륭한(?) 판소리 여성 주인공들 곁에는 정말 부족하고 보잘것없는, 더 나아가 '부정적인 형상'을 드러내는 남성 주인공들이 함께 있다는 것을 잊어서는 안 된다. 춘향을 사랑하면서도 자신의 입신양명을 위해서 헌신짝처럼 버리고 떠나는 이 도령이나, 비록 신체적 불편이 있긴 하나 딸의 삶을 제대로 돌보지 못하고 딸의 죽음 이후 방탕한 삶을 사는 심 봉사 같은 이들 말이다. 실창 판소리의 남성 주인공들도 그 양상은 비슷하다. 현실의 실리에 밝고 더 치졸하며 도덕과 윤리의 경계선을 넘나드는 부정적 형상을 보이기도 한다. '룸펜 프롤레타리아'의 전형인 변강쇠는 아무런 경제활동도 없이 아내 옹녀를 들병이로 몰아 매춘을 시킨다. 장끼는 아내의 옳은 말을 귀담아듣지 않으며 폭력을 행사하고, '간나위년'으로 몰아간다. 골생원의 변태적인 호색은 말할 것도 없고, 무숙이의 패가망신은 앞에서도 언급한 바 있다.

판소리 여성 주인공들이 어떻게든 열심히 살아가려고 애쓰는 데 비해 남성 주인공들에게서 두드러지는 부정적 형상은 무엇을 의미할까? 판소리의 남성 주인공들의 '부정적인 형상'은 당장 우리 옆에서도 발견할 수 있는 평범한 모습이다. 가정폭력, 남편의 도박이나 유흥으로 인한 가정경제 피폐 등등. 판소리 남성 주인공들이 보여주는 행태들은 지금 남성들의 것과 큰 차이가 없다. 정도의 차이, 혹은 법적 처리 여부의 문제만 다를 뿐, '부정적 남성 형상'으로 인해 발생하는 사건 사고는 지금도 그대로다. 이 글에서는 이러한 남성 주인공들의 '부정적인 형상'을 가부장제와 남성성/들 Masculinities의 문제로 알아보고자 한다. 이를 위해 사회적인 성性을 의미하는 젠더 논의도 함께 할 것이다.

먼저 남성성/여성성의 문제부터 살펴보자. 여성성이나 남성성이란 개념은 한 가지로 또는 한마디로 규정할 수 없다. 이를테면 '남성성'이란 이름 아래 모든 남성들이 가지고 있는 특성을 하나로 묶을 수 없다. 판소리 남성 주인공들 모두가 탐욕과 배신을 일

삼지는 않는다는 사실만 봐도 알 수 있는데, 세상에 존재하는 모든 남성들이 다 문제적인 인간은 아니지 않은가. 따라서 판소리 등장인물의 남성성에 주목하는 이유는 이렇게 하나로 규정할 수 없는 남성성의 다양한 양상들이 부정적인 남성 형상과 함께 판소리 서사 곳곳에 드러나기 때문이다. 그리고 이 남성성의 문제는 판소리가 널리 인기를 끌던 조선 후기의 문제가 아니라 가부장제가 아직 공고한 지금 우리의 남성성을 돌아볼 수 있는 소중한 기회이기 때문이기도 하다.

일단 남성/여성 혹은 남성성/여성성이라는 구분 자체는 성별 이분법을 지탱하는 '가부장제' 혹은 '남성 지배체제'라는 일원론을 기반으로 한다는 점이 중요하다. 즉 남성성/여성성이 동시에 존재할 수 있더라도, 가부장제는 결국 일원론적 이원론에 의한 남성이라는 하나의 성만을 중시하기 때문이다. 실제로, '가부장제'는 남성 중심의 지배체제로서, 남성/여성이라는 이분법이 존재한다 하더라도, 언제나 남성 중심의 위계질서를 가진다. 무엇보다 중요한 것은 이 위계를 남성들 사이에서도 찾아볼 수 있다는 사실이다. 그리고 이 위계에서 드러나는 '남성성'의 민낯이 부정적 형상의 남성 인물을 만들어내는지도 모른다.

그러면, 하나로 규정할 수 없는 다양한 '남성성들' 그것도 '부정적인 형상'의 '남성성들'이 표출되는 판소리의 양상에 주목해 보기로 하자. 사실 남성성이란 개념은 '여성적 시선'에 의해 드러난다. 가부장제 하에서 주도적 위치에 있는 남성들이 스스로를 부정적으로 인식하기는 쉽지 않기 때문이다. 물론 남성들 스스로도 자신들 행동의 문제점을 인식할 수는 있다. 그것이 언제인가 하면, 남성들 간의 위계질서가 작동하는 곳에 있을 때다. 남성성이란 개념이 등장할 수 있다는 것, 남성들의 부정적 행동이 풍자 혹은 비난의 대상이 될 수 있다는 것은 남성이 객체화될 수 있는 대상이라는 뜻이고, 이로써 이들을 객체·대상으로 바라보는 시선의 주체가 등장하고 있음을 알 수 있다. 돌려 말할 것 없이, 남자들의 문제점을 있는 그대로 인식하는 여성들의 시선이 드러나기 시작했다는 뜻이다. 사실 판소리만 아니라 21세기 대한민국 사회에서도 남성들이 객체화되는 경우는 찾기 쉽지 않다. 대부분의 남성들은 스스로를 약자나 비남성 젠더로 인식해 본 적이 없기에 자신들의 행동이 다른 젠더에게 부정적 인식의 대상이 되거나 객체화될 수 있다고 생각지 않았다. 간혹 남성·남성성이 대상화 혹은 객체화될 때는 논란으로 이어지곤 했다.[1]

이제 본격적으로 풀어내고자 하는 것은 위계화되고, 내부 모순에 가득 차 있는 '남성성/들'의 문제다. 어떻게 보면, 대부분의 남성들 역시 '가부장제'라는 강고한 사회적 제도 모순에서 결코 벗어날 수 없는 존재라 할 것이다. 판소리의 남성 주인공들이 보여주는 '부정적인 형상'은 상당수가 여성 주인공들과의 관계에서 드러난다. 어사출도 이후에도 끝까지 춘향이의 마음을 의심하고, 자신의 출세를 위해 사랑하는 여성을 버린 이 도령이나, 잘못된 약속으로 딸 심청을 잃게 된 심학규가 그렇다. 한편 옹녀는 변강쇠의 문제적 행동을 처리하다 이야기의 끝에서는 어디로 갔는지 알 수 없는 존재로 남는다. 골생원과 배비장의 호색과 망신은 매화와 애랑을 매개로 일어나며, 장끼가 보여주는 뒤틀린 형상은 모두 까투리의 시선을 통해 드러난다. 무숙이의 방탕함은 기생 의양과 그의 본처에 의해 드러나며, 무숙은 그들로 인해 구원받는다.

### 남성성의 인식과 분화, 그리고 헤게모니적 남성성들

남성성이란 개념은 범박하게 살펴보자면, 일단 생물학적인 남성 개체들이 드러내는 특징을 의미한다. 남성성이 존재하는 것처럼 여성성도 존재하고 다른 성Sex의 경우에도 적용할 수 있다. 하지만 성은 생물학적인 것만으로 결정되지 않는다. 생물학적 성과 사회적 성Gender이 일치하지만은 않기 때문이다. 더 나아가 성

---

1 벌써 10년의 세월이 지났지만, 당시 TV에서 방영하던 유명한 예능프로그램에서 한 여성 출연자의 발언이 해프닝을 일으킨 적이 있다. "키 180cm 이하 남성은 루저"라는 발언에 많은 남성들이 공분했던 일이다. 남성의 외모가 여성에 의해 평가 대상, 즉 객체화가 될 수 있다는 사실에 충격을 받고 소위 '열폭'했던 반응은, 여성성과 대비되는 남성성이 가시화되었다는 증거다. 그전까지 남성은 스스로 시선의 대상 혹은 객체로 머문 적 없었다. 그리고 판소리에서는 이렇게 여성적 시선에 의해 대상화 혹은 객체화되는 남성성의 편린들을 확인할 수 있다.

적 정체성은 이제 개개인 선택의 문제가 될 수도 있다. 생물학적 성도, 단순한 남성/여성의 이분법 외에도, 소위 간성Intersex의 구분도 가능하다.

사회적 성, 즉 젠더를 바라보는 관점은 매우 다양하다. 젠더가 실재한다는 젠더 실재론, 젠더는 구분할 수 없다는 단일 젠더론, 집단과 계열은 다르다는 전제 아래 펼쳐지는 젠더 유명론과 유사성 유명론, 여성은 사회적 개념일 뿐이라는 사실을 다시 조망하는 신젠더 실재론 등이 그것이다. 특히 남성성/여성성과 같은 젠더의 구분이 불가능하다는 논의는 주목을 요한다. 어떤 개인이 젠더화된 존재로 그 젠더만의 본질적 속성을 가진다면, 그 자체가 그 개인을 혹은 개인들이 모인 집단을 남성/여성으로 규정해버리는 젠더 핵심을 가질 수 있기 때문이다. 젠더 핵심을 가지게 되면, 그것이 요구하는 특성을 획득하지 못하는 존재는 규정된 젠더에서 벗어난 이상한 존재가 된다. 이를테면 남성/여성으로 규정하는 젠더는 성적 소수자들을 설명할 수 없다. 결국 젠더는 현재 지배적인 권력구조로 유지되는 환영일 뿐이다. 남성다움을 강조하는 젠더 분위기에서 남성이 남성답지 못한 행동을 하는 것은 용납되지 않는다. 마찬가지로 여성에게 여성다움을 강조하는 경우 여성답지 못한 행동은 언제나 문제된다. 여성들에게 강요되는 몸가짐의 문제가 대표적이다.

주디스 버틀러는 여성/남성이라는 젠더 구분이 불가능하다고 주장한다. 성적 지향은 여자답거나 남자다운 행동에서 나올 뿐, 그 자체로 규정할 수 있는 것이 아니라고 본다. 또한 이를 코드화하는 젠더 핵심 역시 환영이라고 주장한다. 젠더 핵심은 여성과 남성에게 속해 있는 것처럼 구성되기 때문이다. 따라서 젠더는 행위의 양식화된 반복여성적인 행동 혹은 남성적인 행동을 통해 구성되는 것이며, 더 나아가 젠더는 어떤 사람이 그러한 바(여성으로 태어났거나 남성으로 태어났거나)가 아니라 그 사람어 행하는 바일 뿐이라는 설명을 제시한다. 우리는 여성/남성이라는 젠더를 구성하는 것이지, 규정하고 구분할 수 있는 것이 아닌 셈이다.

이러한 논의에 의하면 사실 남성성/여성성이라는 젠더 구분 혹은 서로 다른 섹슈얼리티의 특성은 무의미한 것처럼 보인다. 그러나 젠더 구분, 즉 남성성/여성성과 같은 구분이 무의미하다 하더라도, 다른 시각에서 바라보는 논의도 있다. 미콜라 마리가 설명하는 젠더 유명론 혹은 젠더 유사성 유명론에서는 집단과 계열Cluster을 구분한다. 이 논리에 따르면 먼저 집단은 그 구성원이 특정 목표, 기획, 특징 그리고 자아관을 의식적으로 공유하는 반면, 계열은 그 구성원이 어떤 공통점도 필수적으로 공유하지 않으면서 각자 개별적 목표를 추구한다. 이렇듯 차이가 분명하다면, 집단과 계열의 구분은 가능하다. 하나의 젠더를 집단이 아닌 계열로 파악할 수 있는 셈이다. 젠더를 계열로 보는 관점은 남성성에 관한 주요한 논의에서도 확인할 수 있다. R.W.코넬은 남성성을 크게 헤게모니적 남성성, 종속적 남성성, 공모적 남성성, 주변화된 남성성으로 구분함으로써, 남성성이 단일하지 않으며 다양한 층위에서 살펴볼 수 있다고 지적한다. 코넬의 남성성 개념이 남성이라는 젠더를 집단이 아닌 계열로 바라본 것이라고 단정할 수는 없지만, 남성성의 다양한 분화와 차이에 주목했다는 점에서 유의미한 연구이다.

이러한 젠더성 인식의 분화는 젠더를 단일한 것으로 보는 입장에서도 나타난다. 샬럿 윗은 생물학적 육체가 가지는 재생산의 기능을 기존 논의와 구분한다. 여성과 남성은 출산에 있어 서로 다른 기능을 담당할 뿐이라는 지적이 그것이다. 또한 사람들을 개인persons, 자기의식을 지닌 자, 인간human beings, 생물학적으로 인간인 자, 사회적 개인social individuals, 공시적 통시적으로 사회적 위치를 점유한 자으로 구분한다. 이들은 다른 지속성 및 정체성을 지닌다는 점에서 조건이 동등하지 않으며, 사회적 규범은 문화마다 다른 반면 생물학적 규범은 그렇지 않기 때문에, 사회적 개인으로 존재하는 것과 인간으로 존재하는 것은 동등하지 않다고 주장한다. 왜냐하면 사회적 개인은 사회적 현실에서 위치를 점유하는 사람이기 때문이다. 이렇게 젠더를, 그중에서도 남성성을 '장소'의 의미로 파악하는 것은 윗과 코넬이 같다. 실제로 젠더란 고정되어 있는 실체라기보다는 실천과 수행에 따라 변화할 수 있는 것이다. 버틀러의 논의처럼 젠더는 구성되는 것이기도 하다. 그렇다면 남성성이란 젠더의 다양한 분화는 충분히 가능한 일이다. 이에 따라 코넬은 남성성을 다음과 같이 정의한다.

> 남성성은 젠더관계 속의 장소이자, 그 장소에서 남녀가 관여하는 실천이고, 그런 실천이 육체적 경험, 인격, 문화에서 만들어내는 효과이다.

젠더가 이렇게 실천을 통해 구성될 수 있는 것이라면, 사회적 관계 속에서 남성성의 다양한 분화는 충분히 가능한 일이 된다. 더 나아가 젠더는 결국 사회적 실천에 질서가 부여되는 방식으로 볼 수도 있다. 사회적 실천이 젠더를 배치한다면, 우리가 남성적이라고 부르는 행동 혹은 실천이, 남성성이란 젠더를 배치하는 셈이 된다. 또한 젠더가 사회적 실천의 특수한 유형이 아니라 사회적 실천을 구조화하는 방식이라면, 사회 구조와 권력 관계 안에서 젠더는 유형화되며, 그 사회를 구성하는 계급, 문화와 상호 교차하게 된다. 즉 젠더는 사회를 구성하는 계급, 문화와 분리해서 설명할 수 없다.

그렇다면 남성성은 하나로 설명되기보다는 복수로 이해되어야 하며, 이를 위해 남성성들 사이의 관계를 검토해야 한다. 코넬은 먼저 '헤게모니적 남성성'을 주장한다. 헤게모니란 사회적 삶에서 주도적 위치를 점유, 유지하는 집단의 문화적 역학으로, 어느 시기에나 한 형태의 남성성이 다른 것들보다 문화적으로 칭송받는 것이다. 따라서 헤게모니적 남성성이란 가부장제의 정당성 아래 현재 수용되는 답변을 체현하는 젠더 실천의 형태라고 정의할 수 있다. 그러므로 가부장제로 인해 벌어지는 모든 젠더 모순의 중심에 선다고 볼 수 있다. 즉 조선 후기 가부장제는 당대인 조선 후기 사회에 수용되는 답변을 수행하는 모든 모습들은 '헤게모니적 남성성'과 깊은 관련이 있다. '헤게모니적 남성성'을 획득하지 못하기에 '공모된 남성성들'을 보여주거나, '헤게모니적 남성성'에서 '주변화되는 남성성들'을 보여주는 것이다. 구체적인 예를 들자면, '헤게모니적 남성성'을 획득할 수 있는 극소수의 양반 남성(이 도령, 변학도)들을 제외하고는 모두 객체화된 대상이 된다.

이는 가부장제에 적극적 협조하는 여성들, 특히 기녀들에게도 적용된다. 춘향은 기녀이기에 요구되지 않은 정절을 스스로 지켜 가부장제에 적극적으로 협조하는 것처럼 보이면서도 당대 사회가 용납하지 않은 양반 자제와의 사회적 공인을 얻어냈으니 이에 해당하기는 어렵겠다. 그러나 〈배비장전〉의 애랑이나 〈게우사〉의 의양은 기녀 혹은 첩에게 요구되지 않은 열녀 이데올로기를 자신의 의사로 지켜냄은 물론 본처에 대한 공경을 바탕으로 배비장과 무숙이가 '헤게모니적 남성성'을 획득할 수 있는 근거를 제시하고 자신들도 이에 협조한다. 한편 가부장의 권위를 획득하기 위한 양반 남성들의 경제 활동은 놀부에게서 엿볼 수 있고, 반대로 경제적 무관심으로 헤게모니적 남성성에서 밀려나는 모습은 흥부, 변강쇠, 장끼 등에게서 공통적으로 드러난다. 이 도령과 변학도를 제외한 판소리에 등장하는 남성 인물들 대부분은 '헤게모니적 남성성'을 구현하지 못하고 '주변화'되거나 '공모하는' 남성성들의 다양한 사례 집합이라고 하겠다.

조선 후기 사회에서 주도적 위치를 점유하는 집단, 즉 '헤게모니적 남성성'을 획득할 수 있는 계층은 이성애자 양반 남성이다. 이들은 가부장제 내에서 소위 '가장'의 역할을 수행하고 실천하는 것으로 '헤게모니적 남성성'을 획득한다. 다른 계층의 남성들은 어떠한가? 같은 양반 남성이라 하더라도 흥부처럼 경제 능력을 갖추지 못할 경우 '헤게모니적 남성성' 획득은 불가능하다. 양반 남성의 조건과 형상이 갖추어졌다 해도, 자신보다 더 높은 지위의 존재에게는 '헤게모니적 남성성'을 인정받을 수 없다. 〈가람본 별토가〉에 등장하는 별주부는 용왕이라는 절대 권력에 목숨을 구걸해야 하고, 살아남기 위해 자신의 아내를 토끼의 하룻밤 상대로 보내는 모멸을 겪는다. 결국 코넬의 지적처럼 '헤게모니적 남성성'은 남자들의 지배적 위치와 여성 종속을 보증하는 답변을 채택하고 있으며, 이 범주에 포함되는 남성은 극소수에 불과하다.

결국 조선 후기 몇몇 양반 사대부 혹은 경제적으로 매우 부유한 일부 남성들을 제외한 대다수 남성들은 '헤게모니적 남성성'이란 범주에서 벗어난 존재다. 즉 특권을 부여받지 못한 남성 역시 남성으로 간주되지 않는다.[2] 객체화되는 셈이다.

페미니즘에서 '객체화'는 여성의 차별, 소외를 설명하는 중요한 개념 중 하나다. 마사 누스바움은 사람을 객체로 대하는 사고방식에 담긴 일곱 가지 특징으로 도구성, 자율성의 부정, 비자발성, 대체 가능성, 신체 경계선의 침범 가능성, 소유, 주체성의 부정을 들었다. 누스바움의 객체화 논의는 남성에 의한 여성 객체화를 설명하는 데 알맞다. 그런데 소위 '헤게모니'를 쥔 극소수의 남성을 제외한, 즉 특권을 전혀 부여받지 못하는 일반적인 남성에게도 거의 동일하게 적용할 수 있다. 헤게모니를 쥔 남성을 제외한 나머지 남성들도 여성들과 마찬가지로 객체화되기 때문이다.

조선 후기 남성들 중 대부분은 양반에 의해 도구화되거나, 신분 차별에 따라 자율성을 부정당하고, 자유행동에 제약이 따르는 존재들이다. 계급이 낮은 양민 혹은 소작인들에게 양반이 자행했던 횡포는 옛 문헌 곳곳에서 확인할 수 있다. 양반은 강력한 권위로 체벌 등 양민들의 신체를 침범하고, 임의로 소작인을 교체하거나 목숨을 빼앗을 수도 있었다. 소작농은 부치던 땅을 빼앗기면 바로 생존을 위협받기 때문에 그들은 양반의 대단위 농장의 소유

---

2 해스랭어라는 학자는 젠더 실재론의 입장에서 생물학적 성, 즉 섹스(Sex)로 결정되는 억압을 전혀 받지 않는 여성들은 여성으로 간주되지 않는다고 주장한다. 예를 들어 영국 여왕은 생물학적 성별을 근거로 억압받지 않으니 여성으로 간주되지 않으며, 이와 똑같이 특권을 부여받지 못한 남자도 남성으로 간주되지 않는다고 설명한다. 미콜라 마리, 전기가오리 역, 『섹스와 젠더에 대한 페미니즘의 관점들』, 2018, 61쪽.

물이나 다름없다. 이렇게 '헤게모니적 남성성'의 범주에 속하지 못하는 객체화된 존재들은 주체성을 갖지 못한다.

이제 다시 판소리의 남성 주인공들에게 돌아가 살펴보면, 이들 중 소위 조선 후기 당대 사회의 '헤게모니적 남성성'을 획득한 주체는 이 도령과 변학도뿐이다. 이 도령은 춘향을 한번 버리고 시험했다는 부정적인 행위를 했지만, 장원 급제하여 벼슬을 얻은 일종의 권력자로서 도구화되거나 객체화될 일이 없다. 더군다나 천한 기생을 정실부인으로 삼으면서 이를 사회적으로 공인받았으니, 그는 '헤게모니적 남성성'을 구현한 인물이라고 볼 수 있다. 하지만 변학도는 가부장제를 올곧게 구현할 수 있는 인물이 아니다. 그 유명한 〈십장가〉에서 춘향은 '신하는 모름지기 한 임금을 섬기는데, 어찌 여자는 한 남자를 섬길 수 없느냐'고 반문하며, '맡은 일을 제대로 하지 못한다'고 변학도에게 직접적인 비난을 퍼붓는다. 이는 가부장제를 수호하는 '헤게모니적 남성성'에 치명적인 타격인데, 변학도는 바로 이 문제로 봉고파직을 당한다. 변학도는 '헤게모니적 남성성'을 획득하지 못함으로써, 가부장제 내에서 '헤게모니적 남성성'의 중요성을 부각시키는 존재로 남을 뿐이고, 그 반사 이익은 이 도령에게 그대로 돌아간다.

판소리의 남성 주인공들은 이렇게 이 도령을 제외하고는 모두 '헤게모니적 남성성'에서 벗어나 있다. 그런데 '헤게모니적 남성성'은 고정된 규범은 아니다. 코넬의 지적처럼 '헤게모니적 남성성'은 '지금 바로 여기서 수용되는' 전략을 체현하기 때문이다. 따라서 가부장제를 수호하는 조건이 달라지면 특정 남성성이 지배하는 데 필요한 기반도 침식되고 변할 수 있다. 판소리의 남성 주인공들은 당대 사회의 가부장제를 수호하는 조건의 변화를 직접 대면하고 있는 것으로 보인다. 그들의 형상 대부분이 '부정적'으로 드러나고 지금 사회에서도 그런 부정적인 모습이 익숙하게 느껴지는 이유는, 조선 후기나 21세기 지금 대한민국에서나 가부장제적 질서가 공고하기 때문일지 모른다. 판소리 서사는 '헤게모니적 남성성'을 획득하지 못하는 주체들의 시선으로 당대 사회 가부장제가 가지고 있는 모순을 펼쳐 보인다.

따라서 판소리의 남성 주인공들은 대부분 '객체화'된 존재들이다. 중심에서 벗어난 존재이며, 그들이 보여주는 서사의 흐름은 당대 사회의 이념과 삶의 정상 범주에 포함될 수 없는 것들뿐이다. 흥부는 경제적으로 몰락한 양반일 뿐이고, 〈적벽가〉에 등장하는 병사들은 그 자체로 모두 '헤게모니적 남성성'에 의해 소외된 존재들이다. 토끼와 자라는 각자 원하는 것(벼슬과 부귀, 토끼의 간)을 얻어내지 못한다는 점에서, 헤게모니를 쥐고 있는 용왕이라는 존재와 이를 구현하는 사회 모순의 피해자이다. 변강쇠와 장끼는 사회 최하층의 유랑민이며, 배비장과 무숙이는 중인 계층으로 그들은 상층의 주체들에게 치이거나 당대 사회 이념에 비추어 비웃음거리로 전락하는 존재이다. 골생원의 신분은 양반이지만, 기괴하기 이를 데 없는 그의 신체는 객체화될 여지가 많다. 따라서 이들이 보여주는 남성성은 정상적이지 않고, 규범에서 벗어나 있다. 다음 절에서는 R.W.코넬의 남성성의 논의를 더 확장하여 이들의 남성성이 '헤게모니적 남성성'에 '공모'하고 '주변화되는' 양상을 살펴볼 것이다.

### 공모된 남성성들

'헤게모니적 남성성'은 고정되어 있지 않다. 당대 사회의 가부장제와 사회 이념을 통해 남성들의 지배적 위치와 여성 종속을 보증하는 것이 '헤게모니적 남성성'이다. '헤게모니적 남성성'은 당대 사회의 이념에 따라 가부장제 아래의 남성 지배를 공고히 하도록 항상 그 성격을 변화시킨다. 그러나 앞에서 예로 든 인물들처럼 '헤게모니적 남성성'을 획득할 수 있는 남성은 별로 없다. 그렇다면 왜 수많은 남성들은, 자신들도 획득할 수 없는 '헤게모니적 남성성'을 지지하는 것처럼 보이는가? 이는 가부장제를 지지하는 헤게모니 안에서 남성들 대부분이 이득을 얻기 때문이라고 코넬은 주장한다. 즉 가부장제가 만드는 전반적인 여성 종속의 결과로 남자들은 직간접적 이익과 배당금을 누리기 때문이라는 것이다. 이들 남성들은 헤게모니적 남성성과의 공모 관계를 인식하고, 가부장제의 제일선 부대가 되어서, 가부장제의 모순에 대한 비난을 직접 받아내는 긴장이나 위험을 감수하지는 않지만 가부장적 배당금을 실현하는 방식을 보여준다는 것이다.

이러한 공모 관계는 판소리에만 등장하지 않는다. 가부장제가 존속되어온 동안 수많은 문학 작품에서 '헤게모니적 남성성'에 대한 공모 관계를 확인할 수 있다. 그럼에도 유독 판소리 남성 주인공들이 보여주는 남성성에는 남다른 특징이 있다. 앞서 설명한 바와 같이 조선 후기 다른 문학 갈래에서 찾아볼 수 있는 보편적 관습적 긍정적 '남성성'보다, 여성 주인공들과의 관계에서 더 '부정적인 형상' 정확히는 '부정적인 남성성'이 포착된다는 점이다. 이런 부정적 형상을 두고 단순히 이들이 풍자와 조소의 대상이 되었다고만 설명하기에는 어렵다.

판소리의 '공모된 남성성'을 가장 잘 보여주는 사례는 배비장과 무숙이의 일면이다. 이들은 또 다른 '공모', 즉 색色에 대한 과도한 경계를 비웃고자 하는 남성들의 공모에 희생되는 것처럼 보인다. 실제로 이러한 이야기들은 '훼절담'[3]이란 용어로 지금까지 불린다. 배비장과 무숙이는 여성들에게 직접적인 폭력을 행사하

---

3 사실 남성에게 '훼절'이란 용어가 어울리는지는 애매모호하다. 가부장제 하에서 성적 순결은 여성에게만 강요되는 경향이 강하기 때문이다. 남성은 자신의 의지에 따라 동정 혹은 순결을 결정할 수 있지만, 여성에게는 사회적으로 정절이 강요된다. 따라서 '훼절'이란 용어가 다른 것으로 대체되거나 의미가 달라져야 할 필요가 있지만, 이 글에서는 마땅한 대안을 제시할 만큼 깊은 논의를 펼치기에는 한계가 있어서 기존의 '훼절'이란 용어를 사용하도록 한다.

지 않으며 오히려 여성을 존중하는 것처럼 보이기도 한다. 뿐만 아니라 여성에게 속거나 이용당해서 자신이 가진 모든 것을 잃는가 하면 동시에 그들 덕에 다시금 자신들의 원래 위치를 회복하기도 한다.

남성성이라는 것이 젠더 수행과 실천의 장소이며, 남성성이란 장소가 남녀가 동시에 참여하여 실천하는 곳이라 본다면, 무숙이와 배비장의 공모된 남성성은 오히려 의양과 애랑이라는 여성 주인공들에 의해 더 정확히 드러난다.

〈배비장전〉과 〈게우사〉를 읽어보면, 애랑과 의양은 일견 주체적인 여성으로 보인다. 애랑은 '훼절'의 공모자이지만, '남성 공모'의 주동자인 제주목사보다 더 능동적인 행동을 보인다. 의양은 기생에서 첩으로 위치가 바뀌면서 가산을 일구는 사대부 여성처럼 무숙이의 방탕함을 계교로 물리치고, 수많은 재산을 지켜내어 무숙이의 원래 가정을 복원하는 데 성공한다.

애랑과 의양이는 소위 '나쁜 기생'의 섹슈얼리티에서 '열녀 기생'의 섹슈얼리티로 넘나든다. 처음 그들은 자신의 가치를 최대한 이용하여 남성을 유혹하거나 받아들인다. 즉 자신의 여성성을 교환수단으로 삼아 하나의 '게임'에 참여하는 것이다. 남성들이 공모한 훼절 내기에서 보여준 애랑의 적극성은 놀랍다. 이때 애랑이 주도적 행동을 보이는 이유는 표면적으로는 제주목사가 내건 상금에 있다. 또한 애랑은 정비장에게 많은 재물을 뜯어낸 것처럼 이

번에도 배비장에게 똑같은 방식으로 무엇인가를 뜯어낼 준비가 되어 있다. 애랑은 소위 '나쁜 기생'이며, 나쁜 기생의 섹슈얼리티는 자신의 육체와 상대방의 재물을 교환하려는 정확한 욕망과 목적을 가지고 있다.

이는 의양도 마찬가지다. 의양이 바라는 것은 비록 남의 첩이 될지언정, 자신의 정조를 지키고 훌륭한 남편감을 얻는 것이다. 일찍이 평양에서 유명한 기생으로 자자했던 명성을 뒤로하고 선뜻 서울로 무숙이를 따라나선 것도, 어떻게 보면 자신의 뜻을 이루기 위함이었을지 모른다. 그리고 수많은 풍류객들 중에서 가장 돈이 많고, 소위 '풍류'를 아는 무숙이를 만나 몸을 허락한다. 이 과정 역시 어떤 의미에서는 '나쁜 기생'의 섹슈얼리티를 있는 그대로 드러낸다. 자신이 원하는 바를 정확히 인지하고 이를 실천하기 위해 노력한다는 점에서.

하지만 이들의 '나쁜 기생' 섹슈얼리티는 금세 당대 사회의 가부장제 이념과 '헤게모니적 남성성'에 권위를 부여하는 '열녀 기생'의 섹슈얼리티로 바뀐다.[4] 비록 후대의 개작으로 추정되지

---

4 "담론 속에서 '나쁜 기생'은 남성의 쾌락을 확장하기 위해, '열녀 기생'은 남성의 성공에 헌신하기 위해 존재할 뿐이다. 한쪽에는 관능의 화신이, 다른 한쪽에는 무성적(無性的)인 지고지순한 열녀가 있다." 이러한 논의는 가부장제를 체현하는 '헤게모니적 남성성'에 '공모된 남성성'을 구성하는 여성의 실천과 수행을 잘 보여주는 지적이라 생각된다.(김진희, 「조선조 서사물에 나타난 기생 섹슈얼리티의 함정」, 『한국고전여성문학연구』 23, 한국고전여성문학회, 2011, 366쪽)

만, 유일본으로 남아 있는 신구서림본에서 애랑은 자신이 곤경으로 빠뜨렸던 배비장을 직접 구원한다. 그뿐만이 아니다. 1년간 둘만의 오붓한 시간을 보내고 난 뒤에 배비장은 정의현감이라는 벼슬을 제수받기에 이른다.

눈에 띄는 점은 배비장이 누리는 이처럼 환상적인 결말은 그의 '호색'이 '헤게모니적 남성성'으로 대표되는 기존의 도덕관념에 무릎을 꿇은 뒤 이어진다는 점인데, 이에 따라 애랑의 섹슈얼리티도 '열녀 기생'으로 바뀌고, 기존 도덕과 젠더 관념을 탈주하고자 하는 '나쁜 기생'의 섹슈얼리티는 개인의 욕망이 아닌 집단의 욕망으로 환원되어 애랑은 남성 중심의 가부장제를 추종하는 존재가 된다. '나쁜 기생'의 섹슈얼리티가 당대 사회의 '헤게모니적 남성성'에 권위를 부여하고 그들과 공모하는 입장으로 뒤바뀌는 것이다.

의양의 결말을 보자면, 유일하게 남아 있는 〈게우사〉는 작품의 말미가 떨어져 나가 정확한 결말을 알 수 없지만, 과도한 풍류남아였던 무숙이 의양의 계교로 자신의 처지를 인식하여 개과천선하는 흐름으로 예상할 수 있다. 이렇게 풍류남아가 '열녀 기생'의 노력으로 회개하면, 역시 당대 가부장제가 요구하는 '헤게모니적 남성성'은 더욱 공고해진다. 의양 개인의 섹슈얼리티는 열녀 기생이라는 집단의 섹슈얼리티로 환원되어, 기생이란 결국 객체화된 존재이며 가부장제 이데올로기에 종속되어 있음을 드러내는 것이다.

다시 한번 지적하지만, 남성성은 젠더 관계 속의 장소로, 남녀가 함께 실천할 때 구성된다. 따라서 판소리에서의 남성성은 가부장제에서 탈주하고자 하는 여성들의 시선, 혹은 여성적 시선에서 확인된다. 가부장제에 공모하는 남성들은 앞서 지적한 것처럼 가부장제의 권위를 수호하려는 최전선에 서지 않는다. 오히려 그들은 여성들에게 협조적이고, 여성들을 존중하며, 폭력을 행사하지 않는다. 그렇게 하면서도 가부장제가 주는 '배당금'을 충분히 얻을 수 있기 때문이다.

이러한 점에서 배비장과 무숙이의 가부장제에 대한 공모는 선명해진다. 그들은 '남성들의 공모'와 여기에 주도적인 것처럼 보이는 여성들의 참여로 '망신'과 '개과천선'을 동시에 얻어낸다. 이 남성들은 당대 사회의 가부장제 이념이 주장하는 '헤게모니적 남성성' 측면에서는 문제적 대상이지만, '나쁜 기생'과 '열녀 기생'의 섹슈얼리티를 넘나드는 존재와 타협하고, 그들의 기생 섹슈얼리티의 탈주에 공모함으로써, 결과적으로 가부장제가 주는 배당금을 다시 획득한다. 이들이 부정적인 형상으로 그려지는 것은 역시 '헤게모니적 남성성'을 얻지 못하기 때문이다. 색色을 멀리하고자 하는 배비장의 의식은 당대 남성성에 포섭될 수 없었다. 풍류를 마음껏 즐기는 무숙이의 행동은 그 자체로 부러움의 대상이었지만, 무숙이의 풍류가 헤게모니적 남성성에서 인정받을 수 있는 성질의 것은 아니었다.[5] 오히려 무숙이는 풍류남아로 의양의 마음을 얻어내지만, 그 풍류를 지속하면서 오히려 의양이 원했던 삶을 이루지 못하게 된다. 아이러니하게도 '열녀'가 되고 싶던, 가부장제 이념 아래 자신의 온존한 삶을 구성하고 싶어 하는 의양의 계교에 따라 무숙은 자신이 낭비했던 수많은 재산을 복구함으로써 가부장제에 공모한 배당금을 획득할 수 있었다.

### 주변화된 남성성들

판소리 남성 주인공들이 가지고 있는 공통적 남성성들 중 하나는 과도한 성적 욕망과 이에 대한 집착이다. 이 도령의 성적 욕망은 아름다운 사랑으로 귀결되기는 했지만, 양반 자제가 이른 나이부터 기생을 찾는 것은 그 자체로 문제적이다. 춘향의 집을 찾아가는 것에서부터 그의 성급하고도 강한 성적 욕망이 드러난다. 변학도는 말할 것도 없다. 기생은 관기이기에 지방 수령으로서의 권리 아닌 권리를 행사하겠다는 것은 그 당시 법으로 문제가 없을지는 모르나, 부임하자마자 처음 한 업무(?)가 기생점고라는 점에서

---

5 무숙이의 이러한 모습은 '주변화된 남성성'으로 설명 가능하다. 다음 장에서 더 자세히 설명하겠지만, 무숙이의 풍류가 많은 '부러움'을 사고, 남성성을 강화하는 측면이 있다 하더라도, 그의 풍류가 주류적 위치를 차지할 수 없기에 그의 남성성은 헤게모니적 남성성을 다른 남성들에게 전파하는 '낙수 효과'를 누리지 못한다.

그의 잘못된 성적 욕망이 어느 정도였는지 짐작할 수 있다. 〈수궁가〉의 토끼는 또 어떤가. 앞서 잠깐 설명한 〈가람본 별토가〉에서의 토끼는 별주부에 대한 복수로 별주부 아내와의 동침을 요구한다. 도덕적으로도 윤리적으로도 제대로 된 데가 없다. 여성을, 그것도 다른 남성의 아내를 탐하는 행동은 어떤 말로도 변호가 불가능하다.

실창 판소리로 넘어가면 남성들의 과도한 성적 욕망은 그 도를 더욱 넘어선다. 변강쇠나 골생원도 그렇고, 색을 밝혀 망신당한다는 점에서 배비장이나 무숙이도 여기 포함된다. 다른 남성보다 뛰어난 성적 능력 혹은 호색한의 모습은 어떤 남자들에게 부러움의 대상이 되기도 하고 그 자체로 남성들 사이의 위계를 만들어내거나 새로운 권력으로 작용할 수 있다. 특히 성기의 크기는 성적 관계 시 상대방의 만족도와 상관없이, 남자들 사이에서는 곧잘 남성성의 중요한 상징처럼 여겨지기도 한다.

그런데 판소리 남성 주인공들이 드러내는 과도한 성적 남성성이 그 자체로 남성들 사이의 '헤게모니'를 선취하는 것처럼 보이지만, 그 영향력이 다른 남성들에게로 파급되지 않는다는 한계가 있다. 토끼가 자라의 아내와 동침한다고 해서 그 행동으로 '헤게모니적 남성성'을 획득할 수는 없다. 다른 사람의 아내를 빼앗는 것은 가부장제의 근간을 흔드는 행위이기 때문이다. 이 도령이 춘향을 얻어낸 경우는 그가 이미 '헤게모니적 남성성'을 획득한 자인 데다가 기생을 나름 합법적으로 취할 수 있는 양반 사대부 남성이기에, 그와 춘향의 결연은 가부장제에서 큰 문제가 되지 않는 것과 대조적이다.

성적 쾌락을 논의하기 이전에 강한 성적 능력의 기본 전제는 생식력이다. 성은 유희적으로도 쓰이지만 종족 번식을 위한 근본 도구이기 때문이다. 가만히 살펴보면 판소리 남성 주인공들의 강한 성적 욕망 한편에는 생식 능력이 소거된 불모성不毛性이 있다. 변강쇠는 청상살을 지닌 옹녀의 성적 능력을 이겨낼 수 있는 강함을 지니고 있지만, 그들에게 후사는 없다. 토산불이로 대표되는 골생원의 기이한 성기 혹은 성에 대한 과도한 집착은 그 자체로 희화화되고 놀림거리 이상 이하도 아니다. 구대정남九代貞男을 자처했으나 실제로는 풍류남아에 호색한임이 드러난 배비장은 호색으로 인해 철저히 놀림거리로 격하된 이후에야 생식 능력을 발휘하여 애랑과의 사이에서 자식을 얻을 수 있었다. 19세기 도시 유흥의 극치를 보여주는 무숙이의 '풍류' 아닌 '풍류'는 의양을 첩으로 얻는 데 성공하지만, 그 호색함이나 풍류는 의양의 계교에 의해 교정되기 전까지 아무런 의미를 가지지 못한다. 더군다나 〈게우사〉는 무숙이의 뉘우침 이후 서사가 어떻게 진행되었는지 추측만 할 수 있을 뿐이다.

이들의 호색이나 다른 남성들을 뛰어넘는 과도한 성적 능력을 바탕으로 한 남성성은, 오히려 지배 집단의 '헤게모니적 남성성'에 권위를 부여한다.[6] 과도한 성적 능력의 결말은 처참하다. 변강쇠는 자신의 남성성을 강조하다 장승 동티에 걸리고, 전국 장승들의 저주에 온갖 병을 얻어 눈을 부릅뜬 채 서서 죽음을 맞이하게 되며, 시신조차 3등분되고 남은 시신은 절벽에 갈려 나간다. 토산불이로 대표되는 골생원의 과도한 성기는 호색의 수단으로 묘사되며, 골생원의 색에 대한 경도와 그에 대한 묘사는 〈변강쇠가〉를 뛰어넘기도 한다. 화공을 불러 매화의 나신을 그린 뒤, 그 그림을 밤마다 어루만져, 특정 부위가 상하는 내용이 작품 문면에 있는 그대로 드러날 정도다.

'성性'이라는 본능적 측면에서 이들의 뛰어난 성적 능력은 남성성의 헤게모니를 쥘 것처럼 보이지만, 앞서 지적한 바와 같이 이들의 성은 불모不毛이기에 영향력이 없다. 이들의 과도한 성적 능력은 처절히 응징되어 징음懲淫에 대한 권계로 끝나거나, 한갓 놀림거리가 되어 골생원의 경우 부사가 담뱃불로 그의 육체를 지지는 모욕으로 귀결된다. 따라서 강한 성적 능력 혹은 과도한 남성성은 당대의 '헤게모니적 남성성', 즉 색을 인간 본연의 본성飮食男女 人之本也으로 인정하는 분위기 속에서 부러움을 살 수는 있지만, 그것은 예禮를 통해 규제되어야 하는 것으로 간주되어 기존의 도덕 혹

6 R.W.코넬은 현대 미국의 사례를 들어 설명한다. 예를 들어 특정한 흑인 운동선수는 헤게모니적 남성성의 모범이 될 수 있지만 스타 개인의 명성과 부에 낙수 효과가 없다. 그 흑인 스타의 명성이 흑인 남성 일반의 사회적 권위를 산출하지 않기 때문이다.

은 사회 이념에 오히려 권위를 부여한다. 사실상 유교적 예를 지켜야 하는, 이 규범에 적용되는 남성들은 말 그대로 '헤게모니적 남성성'을 획득할 수 있는 극소수의 사대부 남성들뿐이다.

골생원의 신분은 양반이기에 그의 행동은 예를 지키지 못한 것 정도로 볼 수 있으나, '천하잡놈'이자 '룸펜프롤레타리아'였던 변강쇠에게 '헤게모니적 남성성'은 적용되지 않는다. 따라서 변강쇠의 과도한 성적 능력은 그 자체로 남성들에게 부러움의 대상이 되어 하나의 헤게모니를 획득할 것처럼 보이지만, 그 남성성은 불모성不毛性을 지니고 있기에 변강쇠와 같은 유랑민 혹은 하층 남성들에게 헤게모니를 부여하거나 권위를 주지 못한다. 더 나아가 변강쇠의 과도한 성적 능력은 징음의 교훈으로 귀결되기에 사대부 남성들이 보유한 '헤게모니적 남성성'에 권위를 부여한다. 골생원은 사대부 양반 신분이라도 과도한 성적 능력과 호색이 놀림거리가 되므로 마찬가지로 당대 사회의 가부장제가 요구하는 '헤게모니적 남성성'에 권위를 부여한다.

성에 대해 과도하게 집착하거나 풍류남아의 삶을 누리다 패가망신의 찰나에서 구제받는 배비장과 무숙이에게서도 이런 '주변화된 남성성'을 확인할 수 있다. 그들은 '객체화'된 여성을 얻는다. 애랑이 주체적으로 배비장 망신 공모에 참여했더라도, 애랑은 남성에게 소비되는 기생의 섹슈얼리티를 갖고 있다. 의양 또한 기생이면서도 첩으로나마 제대로 된 남자를 만나 안존한 삶을 꿈꾼다는 점에서 기생의 섹슈얼리티를 가지고 있다.

따라서 배비장과 무숙이가 아름답고 이름난 기생과 어떻게든 관계를 맺게 되었다는 것은 소위 남성들 사이에 부러움을 사는 남성성의 획득에 해당하나, 그들의 이 같은 남성성은 무의미하다. 앞서 설명한 바와 같이 이들이 얻어낸 것은 사실상 '헤게모니적 남성성'에 권위를 부여하는 '주변화된 남성성'일 뿐이다. 배비장이 애랑과 관계를 맺게 된 원인은, 여성을 멀리하고자 하는 배비장을 골려주려는 남성들의 공모에서 출발한 것이다. 또한 무숙이 의양을 선택한 것처럼 보이지만, 실상은 기생 의양이 무숙이를 버리지 않고 '열녀 기생'의 사회적 섹슈얼리티를 획득하여 무숙의 본처와 그 식솔을 단단히 챙김으로써 가부장제 이념의 권위를 더욱 강화한다. 애랑과 의양은 옹녀처럼 자신의 미모 혹은 여성성을 생존을 위한 도구로 사용하여, 가부장제 모순에서의 탈주를 꿈꾸면서도 역설적으로 가부장제의 권위를 강화시키는 셈이다. 이로써 배비장과 무숙은 '헤게모니적 남성성'의 권위를 부여하는 '주변화된 남성성'만을 획득하게 된다.

가부장제의 권위를 강화하는 모습은 장끼에서도 확인할 수 있다. 장끼는 옳은 말을 하는 아내 까투리에게 직접적인 폭력을 행사한다는 점에서 변강쇠와 같다. 〈장끼전〉은 제목과 서사의 내용 간에 약간의 거리가 있다. 가사로 향유되는 〈장끼전〉 중에서는 '까투리가'처럼 까투리가 작품 제목의 전면으로 나서는 경우가 많다.

작품의 제목이 장끼나 까투리 어느 쪽에 초점이 맞춰졌든 간에 이야기를 끌고 나가는 주체는 까투리다. 장끼의 죽음을 기점으로 서사를 크게 전반부와 후반부로 나눌 수 있는 것을 생각하면 더 그렇다.

장끼는 무능력한 남편이다. 아내와 아홉 아들 열두 딸을 데리고 엄동설한에 거처할 곳 없이 헤매는 모습으로 보아 유랑민 같다. 장끼네 가족은 넓은 들에서 콩 하나를 발견한다. 함께 고생하는 가족에 대한 생각은 전혀 없이 장끼는 자신이 가장임을 내세워 눈밭 위에 놓인 콩을 독차지하려 한다. 가부장제에서 남성 가장에게 요구하는 바가 경제적 능력임을 생각할 때, 경제적 무능을 드러내면서도 다른 가족을 돌보지 않고 자신만을 생각하는 장끼의 태도는 문제적이다.

장끼와 달리 '헤게모니적 남성성'을 구현할 수 있는 사대부 남성들이 보여주는 가부장적 독단과 폭력의 배경에는 자신의 신분과 지위를 지탱할 수 있는 수많은 사회·문화·경제적 기반이 있었다. 또는 현명한 아내가 부족한 가정 경제를 책임지고, 과거 급제라는 허울 좋은 희망 속에서 학문에만 정진할 명분이 주어진다. 하지만 장끼에게는 이러한 배경이 없다. 헤게모니적 남성성을 구현할 수 없는, 어떻게 보면 신분적으로 헤게모니적 남성성에 종속되어 있는 피지배계층 남성에게 남은 거라곤 가부장제의 위계에 공모함으로써 약자 위에 서는 것뿐일지 모른다. 자신보다 강한 남성에게 도전할 수 없는 사회 구조상, 자신의 위계를 정립하기 위해 제압할 수 있는 가장 좋은 대상은 여성, 그것도 함께 사는 여성일 가능성이 높다. 그래서 장끼는 논리 정연한 까투리의 설득을 이기지 못하자 폭력을 사용한다.

장끼의 폭력은 물리적인 것에만 그치지 않는다. 남편을 위하는 아내를 '간나위년'으로 몰아붙이고, 다른 남자와 정을 통하는 음녀로 매도한다. 가정 경제에 소홀하고 자기가 하고 싶은 일을 하면서도, 가부장이란 지위를 누리는 헤게모니적 남성성에서 장끼는 또 한번 '주변화될' 뿐이다.

장끼가 폭력을 통해 가부장의 권위를 내세우기 때문에, 장끼가 보여주는 남성성은 '공모된' 것처럼 보이기도 한다. 하지만 '공모된 남성성'은 가부장제의 지위를 유지하기 위해 표면적으로 여성과 타협을 이루거나, 노골적인 지배 및 권위 과시가 없다는 점에서 분명한 차이가 있다. 가부장의 권위를 지키겠다고 폭력을 불사하는 것은 오히려 가부장제에 내재한 모순을 극명하게 드러내므로 장끼 본인은 절대로 올바른 가장이 될 수 없다. 오히려 장끼와 같은 가장이 문제임을 직설적으로 폭로함으로써, 올바른 가장의 모습, 올바른 가장 중심의 가정이라는 가부장제 이념에 권위를 부여할 뿐이다.

그리고 중요한 사실은 이렇게 가부장제에 '주변화된 남성성' 역시 여성적 시선으로 폭로된다는 점이다. 장끼의 폭력의 대상은 여성인 까투리이며, 까투리는 기존에 여성에게 주어지지 않았던 것처럼 여겨지는 논리성을 바탕으로 장끼의 모순과 어리석음을 폭로한다.

ᄭᅡ투리 이른 말이 그대 ᄭᅮᆷ 그러하나 이내 ᄭᅮᆷ 해몽解夢하면 무비無非다 흉몽凶夢이라 어제밤 이경초二更初의 쳣잠드러 ᄭᅮᆷ을 ᄭᅮ니 북망산北邙山 음지작의 구진비 훗ᄲᅮ리며 쳥텬靑天의 쌍무지개 홀지의 칼이 되여 자내 머리 뎅경 베여 내리치니 자네 죽을 흉몽凶夢이라 졔발 그 콩 먹지 마소 쟝ᄭᅵ란 놈 하난 말이 그 ᄭᅮᆷ 염녀마라 츈당대春堂臺 알셩과謁聖科의 문관장원文官壯元 참례하여 어사화御賜花 두 가지를 머리 우의 ᄭᅩᆽ여 ᄭᅩᆽ고 장안대도상長安大道上의 왕내往來할 ᄭᅮᆷ이로다 과거科擧나 심써보세 ᄭᅡ투리 ᄯᅩ한 말이 삼경야三更夜의 ᄭᅮᆷ을 ᄭᅮ니 쳔근千斤드리 무쇠가마 자네 머리 흠벅 쓰고 만경챵파萬頃蒼波 깁흔 물의 아조 풍덩 ᄲᅡ졋거날 나 혼자 그 물가에셔 대셩통곡大聲痛哭하여보니 자네 죽을 흉몽凶夢이라 부대 그 콩 먹지마라 장ᄭᅵ란 놈 이른 말이 그 ᄭᅮᆷ은 더욱 좃타 대명大明이 즁흥中興할 졔 구완병救援兵 청請하거든 이내 몸이 대장大將되여 머리 우의 투구 쓰고 압록강鴨綠江 건나가셔 즁원中原을 평정平定하고 승젼대장勝戰大將 되올 ᄭᅮᆷ이로다[7]

7 이유경·서유석·김선현·최혜진·이문성, 『장끼전의 작품세계』, 보고사, 2013, 368~369쪽.

이 장면보다 앞서 까투리는 논리적인 근거를 들어 눈밭에 놓인 콩이 덫일 가능성을 제기한다. 하지만 그 콩을 독차지하려는 '괴물' 같은 형상의 장끼에게 까투리의 논리는 통하지 않는다. 이러한 어리석은 남편을 설득하는 것은 여성에게 주어지지 않았던 것처럼 여겨진 논리성이다. 까투리는 정확한 논리와 유려한 한문 어구로 남편을 설득하지만 그럴 때마다 장끼는 잘못된 가부장제의 모순을 폭로하는 행동과 올바른 가장의 중요성을 반증하는 행위만을 보여준다.

무능한 장끼는 까투리의 올바른 꿈 해몽을 정반대로 해석한다. 그 해석에는 허세가 가득하다. 중요한 점은 그 허세 속에서 이야기되는 내용이, 당대 사회가 요구하는 올바른 가장 혹은 '헤게모니적 남성성'의 전형이라는 사실이다. 자신의 식솔이 당한 굶주림조차 해결하지 못하는 유랑민이면서 장끼의 포부는 장원급제하여 어사화를 꽂는 것이고 대장이 되어 중원을 평정하는 것이니, 당대 사회가 생각했던 규범적 남성이 어떠한 모습인지를 확인하는 것은 어렵지 않다. 문제는 장끼가 이러한 '헤게모니적 남성성'을 획득할 수 없다는 데 있다. 이렇게 '훌륭한' 남성의 현 처지는 가족을 돌보지 않은 채 혼자 음식을 독점하려 함은 물론 자신의 논리가 아내 까투리의 논리에 밀리자 폭력을 불사하는 '뒤틀린' 모습을 드러내기 때문이다. 이렇게 '부정적인 형상'의 남성성은 역설적으로 '헤게모니적 남성성'에 권위를 부여한다. 헤게모니를 획득할 수 없는 존재들은 부정적인 형상을 통해 올바른 가장의 모습이 어떠한지를 반면교사로 드러낼 수 있기 때문이다.

폭력이 남자들 사이의 젠더 정치에 중요하다는 점도 상기할 필요가 있다. 특권을 지닌 집단의 많은 사람들이 지배를 지속하려고 폭력을 사용한다. 여성을 학대하면서 남성들은 자신이 이상하다고 생각하지 않는다. 장끼는 아무렇지도 않게 아내인 까투리에게 폭력을 행사하고, 남은 자식들을 다 키운 뒤 자신을 따라 죽으라는 발언까지 골고루 한다. 장끼와 같은 남성들은 자신이 가부장의 권리를 행사하기 때문에 정당하다고 생각하는데, 남성우월주의, 가부장제를 체현하는 '헤게모니적 남성성'에 속할 수 없는 이 '주변화된 남성성'은 폭력적 남성들에게 권위를 부여한다.

이렇게 '주변화된 남성성'을 체현하는 존재들은 사회 모순을 사회의 문제로 생각하지 못하고 개인의 문제로 환원하는 한계를 드러내기도 한다. 같은 우화 계열 작품인 장끼전과 토끼전을 비교해보면, 〈토끼전〉이 수궁세계를 부정하고 조롱하는 데 비해 〈장끼전〉은 탁첨지로 대표되는 세계의 횡포에 대한 비판이 존재하지 않음을 확인할 수 있다. 즉 자신들의 삶을 조건 지은 세계의 모순을 비판하지 않고 불행의 원인을 개인의 결함에서 찾는 것이다.

이는 가부장제에서 '주변화된 남성성'이 어떻게 젠더를 실천하고 수행하는지 잘 보여주는 모습과도 통한다. '헤게모니적 남성성'에서 주변화된 장끼는 자신의 불우한 처지, 가족을 돌보지 못하는 커다란 문제가 유랑민의 증가라는 사회 모순에 있다고 생각하지 않는다. 대신 까투리에게 문제를 덮어 씌워 자신의 죽음이라는 불행이 개인의 결함이라고 몰아붙인다. 이런 장끼에게 남은 것은 자신에게 주어질 수 없는 가부장제의 특권을 스스로 전면에 내세우는 방법뿐이다. 그렇게 함으로써 장끼는 '헤게모니적 남성성'을 획득한 기득권 남성들에게 권위를 부여한다. 한 남성의 모자라고 부족한 모습이 드러날수록 '헤게모니'를 획득한 남성들의 우월함은 더 강화되기 때문이다. 그리고 장끼는 결국 '헤게모니'에 '주변화'된다. 그리고 스스로 '주변화된 남성성'을 구현하고 있다는 사실도 모르는 상태에서 장끼는 까투리에게 자신의 죽음이라는 비극의 모든 책임을 덮어씌우고 수절과 자살을 강요하기에 이른다.

가부장제에서 '주변화된 남성성'은 변강쇠에서도 찾을 수 있다. 아무런 경제적 능력이 없었던 변강쇠가 보여주는 기괴하고 뒤틀린 모습은 장끼와 일치한다. 그나마 장끼는 온존한 가정을 이룬 흔적이라도 찾아볼 수 있지만 변강쇠의 성은 불모다. 장끼와 마찬가지로 자신의 잘못으로 비극적인 죽음에 이르면서도 변강쇠는 옹녀에게 치상 이후 수절과 자결을 강요한다. 이 역시 가부장제의 헤게모니에 접근할 수 없는 스스로의 한계를 드러낸다는 점에서 장끼와 다를 바 없다.

### 남성을 바라보는 전혀 다른 시선 - 여성적 시선의 존재 가능성

남성성은 하나의 특성으로 정의하거나 개념화할 수 없다. 이는 여성성에도 똑같이 적용된다. 남성성의 종류는 다양하며, 그 모든 남성성은 가부장제를 수호하는 조건의 변화에 따라 그에 맞는 전략을 체현하는 것임을 앞에서도 살핀 바 있다. 그리고 이것이 '헤게모니적 남성성'이다. 또한 젠더가 수행과 실천의 장소이며, 이 수행과 실천은 남녀가 함께 관여한다는 점에서 남성성은 남성들만의 의식이나 시선으로 만들어지는 것이 아님을 살펴보았다. 남성성의 분화는 모두 가부장제를 체현하는 '헤게모니적 남성성'과의 관계에서 비롯된다. 가부장제가 남성에게 주는 이익과 배당금을 위해 가부장제와 '공모된 남성성', 그리고 가부장제의 헤게모니에 접근할 수 없는 원초적인 존재들이 '주변화된 남성성'을 통해 오히려 가부장제에 권위를 부여하는 모습도 살펴보았다. 이러한 가부장제의 변화와 남성성의 분화가 조선 후기에 드러나는 양상을 판소리에서 찾아볼 수 있다.

마지막으로 살펴볼 것은 남성을 객체로 파악하는 시선의 주체가 누구인가 하는 점이다. 판소리는 기본적으로 연행되는 갈래임을 생각해야 한다. 판소리의 남성 주인공들이 보여주는 이 기괴하고, 불편하며, 뒤틀린 행동이 무대 위에서 드러날 때, 이를 보고 듣고 즐기던 판소리 향유층은 어떠한 시선으로 판소리의 남성 주인공을 바라보고 있었을까? 이들의 문제적 모습은 단순한 풍자와 비웃음의 대상이었을까? 변강쇠와 장끼가 보여주는 기괴하고 폭력적인 모습은 지금 이 시대 우리네 가부장들의 전형적인 모습이라고 볼 수도 있다. 만약 연행을 보는 향유층이 이 남성들의 모습에 문제가 있다고 공감한다면, 이는 분명 '나'와는 다른 시선에서 바라본 남성성의 모습을 인식했기 때문이며, 동시에 '내' 안에 있는 적나라한 뒤틀리고 불편한 현실을 감지했기 때문이다. 즉 판소리가 구현하는 다양한 남성성이 불편하게 느껴진다면, 그 까닭은 이들 인물이 당대 향유층이 생각했던 남성들의 모습과 다르기 때문이 아니라 사실은 바로 우리 자신과 닮았기 때문인 것이다. 낯설음의 대상들은 모두 종종 가면을 쓴 내 자신의 모습이라는 리처드 커니의 주장[8]은 이를 잘 설명한다.

변강쇠와 장끼를 불편하게 바라볼 수 있는 시선은 타자적 시선, 정확히는 판소리의 여성 주인공들의 시선, 더 나아가 판소리 향유층이 가지고 있던 남성을 객체화해서 다른 시각으로 바라볼 수 있는 '여성적 시선'일지 모른다. 일상에서 쉽게 발견할 수 있는 가부장의 폭력이 판소리 연행으로 혹은 서사의 문면으로 있는 그대로 발화되는 건, 스스로의 행동을 돌아보지 못하는 존재, 즉 가부장제에 '공모'하고 '주변화'되어 있는 남성들에게는 불가능한 일이다. 하지만 그 폭력의 대상이 스스로의 시선으로 폭력의 주체

8 리처드 커니, 『이방인, 신, 괴물』, 개마고원, 2004, 132~135쪽.

를 스스로 시선의 대상화하여 포착하면, 이들은 정상이 아닌 괴물로, 불편하고 뒤틀린 기괴한 존재로 등장하게 된다.

이러한 '여성적 시선'의 존재를 상정한다면, '헤게모니적 남성성'에 공모하고 주변화되어 있는 가부장제의 모순과 남성성의 다양한 문제점을 '여성적 시선'이라는 존재가 전혀 다른 시각에서 포착하고 있다는 가정이 가능하다. 여기서 '여성적 시선'이란 여성의, 여성들만의 시선을 의미하지 않는다. 가부장제 수호 조건의 변화를 포착한 남성의 남성들의 달라진 시선일 수도 있다. 이는 그 자체로 젠더 실천을 통한 헤게모니적 남성성의 수호를 위해, 새롭게 변화하고자 하는 남성성들의 다른 모습일지도 모른다. 결국 판소리가 구현하는 다양한 남성성은 조선 후기 분화하는 가부장제 이념의 모순에 대응하는 젠더적 결과물이라 할 수 있다.

# 여성영웅, 젠더 이탈자, 괴물

조현우

## '여성영웅'의 어색함, 그리고 젠더 괴물

'영웅소설'은 조선 후기에 큰 인기를 얻었던 소설의 한 장르이다. 영웅소설의 주인공 남성은 부친의 원수를 갚고 위기로부터 나라를 구하는 초인적 활약을 펼친다. 그런데 같은 시기 뛰어난 능력을 가진 여성이 남장을 하고 사회에 진출해 자신의 능력을 발휘하는 이야기가 유행했다. 이러한 소설을 '여성영웅소설'이라고 부른다. 여성영웅소설과 영웅소설 사이에는 큰 차이가 없다고 보는 관점도 있다. 주인공의 성별이 바뀌었을 뿐이라는 생각이다. 그러나 여성영웅소설은 조선시대의 굳건했던 남성과 여성에 대한 차별적 인식에 의문을 제기했던 소설이기에 인기 있는 기존 장르를 단순히 변형한 것 이상의 의미를 갖는다.

사회마다 젠더 규범이 존재한다. 이 규범은 성별에 따라 어떻게 살아야 하는가를 규정한다. 여성영웅소설의 주인공인 여성영웅은 여성으로 살도록 요구하는 젠더 규범을 거부하고 남장을 통해 사회로 진출한다. 여성영웅은 곧바로 자신이 가진 뛰어난 능력을 발휘하면서 국가를 위기에서 구원한다. 조선은 남녀의 성별에 따른 역할과 위계가 엄격하게 구분되었던 사회였다. 그러한 사회에서 억압과 차별의 대상이었던 여성이, 남장을 통해 사회에 진출하고 공을 세우는 이야기가 널리 읽혔다는 것은 매우 흥미로운 문화적 현상이다.

'자웅雌雄을 결정한다'는 말이 있다. 이 말은 경쟁관계에 있는 두 사람 사이의 승패나 우열을 결정한다는 뜻이다. '자웅'이란 암컷과 수컷을 의미한다. 암컷과 수컷 혹은 여성과 남성을 분별한다는 말이 둘 중 누가 이기고 졌는가 혹은 누가 더 우월하고 열등한가의 의미를 갖게 된 것이다. 이 말에는 성별의 차이를 우열의 문제로 이해하는 사고가 담겨 있다. 이러한 사고에 따르면, '여성영웅'은 모순적인 표현이다. 이 말은 '영웅' 앞에 '여성'을 추가한 것에 불과해 보인다. 그러나 '영웅英雄'이라는 말이 '뛰어난 남성'이라는 뜻이기에 여성영웅은 '(열등한) 여성인데 뛰어난 남성'이라는 무언가 이상하고 어색한 표현이 되고 만다.

여성영웅은 여성이면서 남성이라는 점에서 젠더 이분법의 체계 내에 안정적으로 포함되지 않는다. 젠더 이분법은 모든 사람이 남성과 여성 중 하나에만 속해야 한다는 믿음 체계를 말한다. 이러한 체계는 남성용과 여성용 딱 두 가지로만 나뉜 화장실에서, 남과 여 중 하나를 골라야 하는 서류에서, 혹은 1과 2로 시작되는 한국의 주민등록번호에서 잘 드러난다. 여성영웅은 여성으로 태어났지만 남성으로 살았다는 점에서, 그리고 여성에게 금지되었던 일들을 성공적으로 수행했던 특별한 인물이라는 점에서 두 젠더 사이를 가로지르는 존재다. 이러한 여성영웅의 젠더 횡단은 그/녀가 남성인지 여성인지 딱 잘라 말하기 어렵게 만든다.

여성영웅의 특별함은 여성이 남장함으로써 젠더를 변화시켰다는 점에서 비롯된다. 남장은 '여자가 남자옷을 입었다'는 옷차림의 문제만은 아니다. 남장은 여성으로 태어났으면 여성으로 살라는 사회적 규범을 어기는 일이다. 여성영웅은 여성으로 태어났지만 남성으로 살았으며, 여성이면서 혹은 여성인 채로 남성이었던 인물이다. 여성영웅은 여성과 남성을 오갔을 뿐만 아니라, 성별을 남성과 여성만으로 구분하는 젠더 이분법 자체에 의문을 제기하고 균열을 가했던 존재였다.

서구문화 속의 '타자'를 깊이 있게 연구했던 리처드 커니는 타자를 이방인, 신, 괴물이라는 세 종류의 형상으로 설명한다. 이 중 괴물은 짐승과 인간의 이종교배로 태어나 인간과 비슷하면서도 다른, 내부자인 동시에 외부자인 존재를 상징한다. 괴물은 합리성의 어떤 경계 지점에서 나타나 정체성과 관련된 공적인 규범에 의문을 던지는 존재다.[1] 괴물은 인간과 인간 아닌 것의 경계를 문제삼으면서, 인간이 스스로 규정한 인간다움, 곧 인간의 정체성에 균열을 만들어낸다. 따라서 문학작품에 나타나는 괴물의 모습으로부터 인간다움이란 무엇인가에 대한 고민의 흔적을 발견할 수 있다.

인간다움이 무엇인가를 탐구했던 소설로 메리 셸리의 『프랑켄슈타인』이 있다. 이 작품은 인간이 만들어낸 괴물에 대한 소설이면서, 인간과 인간 아닌 것의 경계를 탐구했던 소설이기도 하다. 이

1 리처드 커니, 이지영 역, 『이방인, 신, 괴물』, 개마고원, 2004, 12~88쪽.

소설은 프랑스혁명 이후 모든 것이 혼란에 빠졌던 시대상을 아버지와 아들, 혹은 창조자와 피조물 사이의 갈등에 담아 표현한다. 작자인 메리 셸리는 프랑스혁명으로부터 비롯된 혼란이라는 모호하고 표현하기 어려운 주제를 가족드라마라는 익숙한 형식으로 풀어냈다. 인간이기도 하고 아니기도 한 괴물 프랑켄슈타인은 바로 그 혼란을 형상화한 존재이다.

『프랑켄슈타인』을 통해 '괴물'에 대한 중요한 시사점을 얻을 수 있다. 첫째, 괴물은 쉽게 형상화하기 어려운 모순과 모호함에 대한 재현이다. 둘째, 익숙한 이야기 형식으로 만들어낼 수 있다면, 괴물이 드러내는 모순은 이야기를 통해 상상적으로 해소된다. 이 두 가지는 여성영웅의 성격 이해에 큰 도움을 준다. 여성영웅은 그 이름 자체에서 알 수 있듯, 여성과 남성으로 인간을 구분하는 젠더 규범과 그로부터 비롯되는 젠더 정체성에 균열을 내는 존재이다. 그렇다면 여성영웅은 괴물이고, 더 정확히는 젠더-괴물이다. 괴물로서의 여성영웅은 남성과 여성이란 무엇이고 어떤 기준으로 구별될 수 있는가를 의문시하는 존재다.

여성영웅소설의 대표적 작품인 『방한림전』에는 젠더-괴물로서의 여성영웅이 잘 드러나 있다. 여성영웅소설 중에서도 『방한림전』은 무척 흥미로운 줄거리를 가지고 있는 작품이다. 대개의 여성영웅들은 남장하고 사회에 진출해 놀라운 활약을 보이지만 여성임이 탄로나면 결국 혼인해 누군가의 부인이자 며느리로서 살아간다. 혼인이 여성영웅의 정체를 밝히는 주요한 서사적 장치였던 셈이다. 그러나 『방한림전』의 주인공 방관주는 혼인을 앞두고도 자신의 남장을 포기하지 않고 영혜빙이라는 여성과 혼인까지 감행한다. 남장했더라도 여성인 방관주가 같은 여성과 혼인을 거행한 것이다.

방관주의 삶을 따라가면서 방관주가 조선시대의 젠더 규범에 어떤 문제를 야기하는가를 살펴보고자 한다. 삶의 각 국면마다 방관주는 어떤 선택을 하고 있으며, 그러한 선택과 행위가 그에게 강요되는 젠더 규범과 어떤 갈등을 빚는가 그리고 그는 그러한 갈등을 어떻게 해결하는가를 검토할 것이다. 이 과정에서 여성이자 남성이었던, 그래서 젠더-괴물이었던 방관주가 조선시대의 젠더 규범에 어떤 균열을 일으키는가를 살필 수 있을 것이다.

### 남장을 통한 없었던 아들 되기, 그 '난잡한 복종'

방관주는 방 씨 집안의 유일한 자손이다. 그는 딸인데도 어린 시절부터 남복을 착용한다. 그런 행동이 가능했던 이유는 부모가 딸의 남장을 금지하지 않았기 때문이다. 그의 부모는 방관주의 나이 여덟 살 때 갑자기 사망한다. 부모의 급작스러운 죽음은 어떤 목적을 위해서 만들어진 설정이다. 방관주의 부모는 이름조차 소개되지 않는다. 그들이 서사 속에서 하는 유일한 기능은 방관주가 여성임에도 남장하는 일을 너그럽게 허용했던 것뿐이다. 방관주가 딸에서 아들로 변화하자, 부모는 서사에서 곧바로 사라진다.

그렇다면 방관주가 여성에서 남성이 되기로 한 결정에 반대한 이는 아무도 없었을까? 이 소설에서 방관주의 남장에 반대하는 인물은 그의 유모다. 유모가 친부모는 아니기에 여성영웅의 남장을 되돌릴 능력은 없다. 그러나 유모는 방관주의 성공적 남장을 통해 손쉽게 위반된 것처럼 보이는 젠더 규범을 지속적으로 상기시키는 역할을 담당한다.

유모는 방관주에게 유교적 젠더 규범인 『예기』를 들어 남장을 비판한다. 『예기』 「내칙」에는 남녀가 일정한 나이가 되었을 때 어떻게 행동해야 하는가를 규정하고 있다. 『예기』에서 남녀가 극명하게 나뉘는 시점은 10세부터이다. 10세가 되면, 남성은 집 밖으로 나가 머물며 공부해야 한다. 그러나 여성은 10세부터 집 밖으로 나갈 수 없고 지켜야 할 예절을 본격적으로 배워야 한다. 이러한 규범에 따르면, 10세가 된 남녀는 문 밖을 나설 수 있는가를 기준으로 완전히 다른 삶을 살게 된다.

> 이후 소저는 독서에 더욱 몰두해 이백과 두보의 문장을 갖추고, 간혹 병서를 보며 무예도 익혀 손무와 오기의 책략을 흉중에 감춰두었다. 그러는 사이 세월은 빠르게 흘러 부모의 삼년상을 마치니, 소저는 부모님의 자취를 그리워하며 더욱 슬퍼했다.[2]

그사이 또 세월이 흘러 초겨울이 되었다. 흰 눈이 펄펄 날리고 서리와 이슬이 가득 쌓인 곳에 홍매화가 활짝 피어 향취가 은은하게 풍기고, 북쪽에서 불어오는 찬바람이 비단 저고리를 나부끼게 하니, 집을 떠난 지 어언 일 년이 되었다. 푸른 당나귀를 되돌려 타고 집으로 돌아오니 부모님 생각에 서러움이 새롭게 일어나고, 부모님 영전에 나아가 곡을 하며 절을 올릴 때는 뼈에 사무치게 부모님을 그리워했다. 이후 시 짓기와 글쓰기로 세월을 보냈는데, 시간이 흘러 다음해 봄이 되었다. 이때 방공자의 나이 열두 살이었다.[3]

방관주는 부모상喪이 끝난 후 곧바로 1년간 집을 떠나 산천을 유람한다. 방관주는 유람을 통해 『예기』에서 요구하는 규범을 준수하면서 어엿한 남성으로 변모한다. 인용한 글은 집을 떠나기 직전 방관주의 모습과 집으로 돌아온 이후 방관주에 대한 서술이다. 방관주는 집 밖으로 나가기 이전에도 남장하고 있었고 병서와 무예를 익히면서 남성으로서 살아간다. 그 시점에서 방관주에 대한 서술자의 지칭은 '소저'였다. 그런데 방관주가 집을 떠나 일 년을 돌아다닌 후 돌아왔을 때 방관주에 대한 서술자의 지칭은 '방공자'로 변경된다. 이러한 변화는 집 떠남과 복귀를 통해 방관주의 젠더가 변화했음을 잘 보여준다.

2 이상구 역, 『방한림전』, 문학동네, 2017, 18쪽.

3 위의 책, 19쪽.

방관주는 남자 옷입기와 남자에게 요구되는 규범적 행동을 그대로 따름으로써 여성에서 남성으로의 젠더 바꾸기를 성공적으로 완수했다. 그의 '남자 되기'는 규범을 위반한 것일까 아니면 그것에 순종한 것일까? 언뜻 보면 방관주는 여성으로 태어나 남성으로 산다는 점에서 젠더 규범을 위반한 것으로 여겨질 수 있다. 그러나 방관주가 '남성으로 산다'는 점에 주목해야 한다. 방관주가 남성으로 살기 위해서는 10세 때에는 집 밖으로 나가야 한다는 규칙을 지켜야 했고, 남성에게 요구되는 옷차림을 비롯한 행동 규범을 준수해야 했다. 이렇게 보면 방관주의 남장은 규범에 대한 위반인 동시에 준수이기도 하다. 그는 동일한 젠더 규범을 위반하고 동시에 준수한다. 방관주는 남성과 여성은 어떻게 살아야 한다고 강요하는 젠더 규범을 거부했지만, 동시에 바로 그 규범에 따라 행동했기에 남성이 될 수 있었다.

방관주는 자신의 타고난 성별을 감추고 남성으로 '가장假裝' 한다. 가장은 나 아닌 다른 사람이 되는 것인데, 이는 두 가지로 구분된다. 하나는 자신의 정체를 은폐하는 것이고, 다른 하나는 자신을 누군가로 위장하는 것이다. 이 두 가지가 함께 나타날 수 있다 해도, 둘 중 어느 쪽에 더 무게를 두는가에 따라 그 결과가 달라진다. 첫 번째가 주된 목적이라면, 실제 자기 자신과의 거리를 벌려 자신을 부정하고 은폐하는 것이 우선이다. 두 번째가 주된 목적이라면, 가장하려는 대상과의 유사성을 통해 그 사람처럼 보이는 일이 더 중요하다.

젠더 변환을 통한 가장은 다른 고소설에도 나타난다. 가령, 『구운몽』에서 양소유는 자신에게 어울리는 짝이라고 추천받은 정경패의 얼굴을 보고 싶어 한다. 그러나 정경패는 양가집의 규수이기에 그녀의 얼굴을 보는 일은 쉽지 않았다. 양소유는 그녀의 얼굴을 보기 위해 초나라 출신의 여도사로 변장한다. 이때 양소유가 한 여장은 가장의 두 가지 목적 중 첫 번째에 치중한 것이다. 양소유는 특정한 여도사로 보이기 위해서가 아니라 남성인 자신의 정체를 은폐하기 위해서 가장했기 때문이다. 이와 달리 『창선감의록』에서 윤여옥은 자신의 누이인 윤옥화에게 닥친 위기를 구원하기 위해 그녀로 위장한다. 이와 같은 윤여옥의 여장은 가장의 두 번째 목적에 치중한 것이다. 윤여옥은 단순히 자신의 정체를 은폐하는 것에 그치지 않고, 특정한 대상인 윤옥화가 되기 위해 여장했기 때문이다.

방관주의 남장은 지금까지 살펴본 가장과는 미묘하게 다르다. 방관주는 타고난 성별인 여성으로서의 자신을 감추기 위해 남장한다. 그러나 방관주는 단순히 자신을 은폐하려고 익명의 남성으로 위장하는 것이 아니다. 방관주는 불특정한 누군가가 아니라, 자신의 남자 형제가 되기 위해 위장한다. 문제는 그 대상인 남자 형제가 실재하지 않는 가공의 인물이라는 점이다. 방관주의 남장은 '자신의 정체 숨기기'와 '다른 사람 되기'를 동시에 목표로 하면서도, 존재하지 않았던 남자 형제를 그 대상으로 한다. 특정 대상처럼 위장하려면 그의 특징을 부각하고 모사해야 하지만, 방관주의 가장 대상은 존재하지 않는다. 따라서 방관주는 모사할 대상이 없다. 그는 존재하지 않는 대상이 되기 위해 이상적인 남성상을 모방한다. 방관주는 이상적 남성성을 모방하여 존재하지 않았던 자신의 남자 형제가 되었다.

방관주는 남장을 통해 새로운 '아들로서의 나'가 되지만, 같은 부모의 '없었던 아들'이기에 예전의 '딸로서의 나'가 완전히 사라진 것은 아니다. 그는 예전의 '나'를 새로운 '나'와 합체하고 있다. 방관주는 자신이 원래 있던 그 자리에서 조금도 움직이지 않은 채 존재하지 않았던 남자 형제가 된다. 방관주는 심지어 이름조차 바꾸지 않는다. 그런 점에서 방관주는 여전히 자기 자신이면서도 동시에 자신이 아니다. 나를 나로 호명하는 젠더 규범을 거부하면서도 새로운 나가 되기 위해 젠더 규범에 복종한다. 방관주의 남장에는 이처럼 젠더 규범에 대한 거부와 복종이 기묘하게 공존한다.

방관주는 가상의 남자 형제가 됨으로써 단순히 성별의 혼란만이 아니라 친족체계에도 혼란을 야기한다. 방관주는 없었던 아들이 되고 이를 통해 가문의 적법한 후계자가 된다. 방관주는 죽은 부모의 딸이면서 아들이 되었고, 방 씨 가문의 유일하고도 적법한 후계자로 널리 인정받는다. 그는 가부장제를 유지하는 법에 순종하지만, 그 순종은 거부를 통해서 이루어진 것이다. 따라서 방관주의 순종은 가부장제에 일정한 균열을 야기할 수밖에 없는데, 순종하는 주체인 방관주의 위치, 특히 그의 젠더적 위치가 불분명하기 때문이다.

주디스 버틀러는 소포클레스의 희곡 〈안티고네〉에서 안티고네가 오빠를 잃고 적절한 애도에 실패한다는 사실에 주목했다. 안티고네는 죽은 오빠 폴뤼네이케스의 매장을 두고 삼촌인 크레온과 격렬하게 대립한다. 안티고네는 폴뤼네이케스를 매장해야 한다는 자신의 주장이 합법적인 것이라고 믿었다. 안티고네는 오이디푸스가 그의 어머니와 혼인해 낳은 딸이었기에, 오이디푸스의 딸이자 동시에 여동생이다. 그런 점에서 안티고네는 명확한 관계가 중요한 친족체계를 혼란스럽게 만드는 존재이다. 그 결과 안티고네는 법을 지키려 하면 할수록 법과 체계의 안정성을 위협하는 존재가 되고 만다. 그녀는 어떤 질서나 체계에 저항하는 것이 아니라 순종하려 했지만, 그러한 행위를 하는 주체의 위치가 모호하기에 오히려 순종이 더 문제가 되었던 것이다. 버틀러는 이를 '난잡한 복종'이라고 불렀다.[4]

버틀러의 〈안티고네〉 분석은 방관주의 삶에도 잘 적용될 수 있다. 방관주는 여성이자 딸로서 규범에 순종하도록 요구받는다. 그러나 그는 그 요구에 저항하는 것이 아니라 남성이자 존재하지

---

4 주디스 버틀러, 조현순 역, 『안티고네의 주장』, 동문선, 2005, 13~52쪽.

않았던 아들로서 순종한다. 그 결과 방관주는 순종과 거부가 교차하는 불안정한 장소로서의 주체가 된다. 방관주가 가부장제 사회에서의 젠더 규범을 지키려고 하면 할수록 그러한 순종은 오히려 문제가 된다. 그 이유는 그 규범을 지키려 하는 방관주의 위치가 모호하기 때문이다. 방관주의 규범 준수는 난잡한 복종이었던 셈이다.

방관주를 포함한 여성영웅의 남장을 남성 선망으로 이해하는 관점이 존재한다. 이러한 관점에 따르면 여성영웅들은 '남자가 되고 싶었던 여자'가 된다. 그러나 자신에게 강요되는 젠더를 거부하는 일이 곧 다른 젠더가 되고 싶은 소망과 같다고 할 수 있는 것일까? 젠더 이분법이 완강한 사회라면, 자신에게 강제된 젠더를 거부하고 나면 선택지는 그리 많지 않다. 여성영웅은 여성이라는 젠더를 거부하기 위해 남성의 복장을 선택한다. 그러나 그렇다고 해서 그것이 곧 남성 선망이라고는 볼 수 없다. 여성 젠더 거부를 남성 선망으로 이해하는 일은 '여자 되기를 거부하고 남자옷을 입었다'를 '남자가 되고 싶어 남자옷을 입었다'와 동일하게 간주하는 것이다.

'여자 되기를 거부하고 남자옷을 입는' 과정에는 명백한 선후가 존재한다. 젠더 규범에 대한 거부가 먼저고 그에 대한 순종이 나중이다. 젠더 이분법은 젠더가 자연스럽게 두 개로 나눠져 있는 현실을 반영한다기보다는 그러한 현실을 생산한다. 이렇게 될 경우, 남자가 아니면 여자, 여자가 아니면 남자라는 방식의 강제가 작동한다. 자신이 여자가 아니라고 생각하지만 남자 범주와도 거리가 있다고 생각하는 주체는 젠더 이분법 체계에 안정적으로 포함될 수 없다. 이와 같은 주체는 '젠더 이탈자'라고 불린다.[5]

방관주를 두고 젠더-괴물이라고 부를 수 있는 이유는 그의 젠더적 위치가 모호하기 때문이다. 방관주는 젠더 규범 내에 안정적으로 위치하고 있는 인물이 아니며, 그런 점에서 그는 젠더 이탈자인 것이다. 젠더 이탈자로서의 방관주는 남장을 하고 사회에 진출한다.

## 딱 맞는 짝 찾기와 무성애 부부의 탄생

『방한림전』에는 동성혼이 등장한다. 동성 간 혼인이라는 설정은 현대적인 관점에서 바라보아도 파격적이다. 『방한림전』 이외의 여성영웅소설들에서도 동성혼이 나타날 수 있는 상황은 있었다. 여성영웅소설은 여성영웅이 남장 후 뛰어난 활약을 펼치다가 여성과 혼인을 해야 하는 상황이 닥치게 되면 스스로 여성임을 밝히는 줄거리를 가진 작품들이 있었기 때문이다. 이들이 혼인을 앞두고 자신의 성별을 드러내지 않았다면 『방한림전』에서와 같이 동성혼이 가능했을 것이다.

---

5 주디스 핼버스탬, 유강은 역, 『여성의 남성성』, 이매진, 2015, 49~61쪽.

그렇다면 왜 다른 여성영웅들은 혼인을 넘어서지 못할 장벽으로 여겼을까? 왜 하필 혼인을 앞두고 지금까지 쓰고 있던 '가면'을, 심지어 스스로 벗는 것일까? 그 이유는 여성영웅소설에서 혼인이 젠더 규범의 위반에 대한 최후의 안전판과 같은 역할을 담당했기 때문이다. 이러한 설정에는 적어도 혼인만은 이성애적 결합으로 유지되어야 한다는 생각이 담겨 있다.

『방한림전』에서의 동성혼은 많은 여성영웅소설들과는 달리 '혼인까지 시켜본다'는, 다시 말해 서사적 가능성을 밀어붙이는 과정 속에서 생겨났다. '만약 여성영웅이 혼인을 앞두고서도 남장을 포기하지 않는다면 어떻게 될까?'와 같은 상상이 『방한림전』의 동성 간 혼인을 만들어낸 셈이다. 여성영웅소설의 핵심은 남장한 여성의 정체가 언제 어떻게 탄로나는가의 문제였다. 동성 간의 혼인은 이제 어떤 일이 벌어질 것인가에 대해 여성영웅의 비밀을 알고 있는 독자가 서사에 더욱 더 몰입할 수 있도록 만든다.

그러나 동성혼은 새로운 문제를 야기한다. 혼인은 여성영웅이 지속적으로 남장을 유지해야 한다는 점을 의미한다. 다른 여성영웅소설들에서 혼인을 앞두고 자신의 정체를 스스로 고백하는 일은 서사적 흥미를 극대화하는 것인 동시에 젠더 규범의 위반을 안전하게 봉합하는 방식이었다. 아무리 완벽해 보이는 남장한 여성영웅이라도 혼인만큼은 '여성'으로서 이성애적 결합을 했던 것이다. 따라서 이를 포기하고 혼인을 도입할 경우, 단순히 서사적 사건 하나의 추가가 아니라 서사 구성 전반의 수정이 필요하게 된다. 또 여기에는 젠더 규범의 근본적 위반에 대한 봉합 역시 요구된다. 아무리 젠더를 전환했다 해도, 그리고 방관주를 서사 속 인물 모두가 남성으로 인식한다 해도, 독자들은 그를 여성으로 생각하기에 이들의 결합은 동성애로 받아들여질 가능성이 충분하기 때문이다.

동성애의 문제는 『방한림전』 이외의 다른 여성영웅소설에서도 나타난다. 남장을 하고 사회에 진출한 여성영웅에게는 어렸을 적 정혼한 남성이 있거나, 이후 혼인할 남성을 동료로서 만나게 된다. 문제는 정혼자건 동료 관리이건 간에, 이들이 여성영웅을 '같은 남성'으로 인식하고 있다는 점이다. 장차 혼인할 상대끼리 감정적 교류가 생겨날 수 있는데, 남성 주인공들이 여성영웅을 같은 남성으로 인식하면서도 그에게 끌린다면 이는 동성애로 이해될 수 있다.

> 장학사 이학사를 보매 풍채 더욱 쾌락하여 추파를 나직이 하였으니, 푸른 귀밑 터럭은 소세梳洗를 아니하였으나 자약한 태도가 반개한 모란화 동풍에 흩어지는 듯한지라. 새로이 경탄하여 호탕한 뜻이 전보다 더하여 오직 바라볼 따름이더라.
>
> —『이학사전』[6]

최진이 벽주의 손을 잡고 웃으며 말하기를, "금일 형의 용모를 본 즉

실로 소제의 마음에 흠모함이 심하매, 타일 현달顯達한 후 형 같은 부인을 얻어 일생동락코자 하노라". 벽주가 웃으며 답하여 말하기를, "장부가 공명을 이룬 후 숙녀 얻기를 어찌 근심하리오?"

—『옥주호연』[7]

조선 후기의 또 다른 여성영웅소설인 『이학사전』과 『옥주호연』에 나오는 장면이다. 『이학사전』에는 남장한 여성인 이형경과 뛰어난 능력을 가진 남성 장연이 주인공으로 등장한다. 이들은 어린 나이에 과거시험에 우수한 성적으로 합격한 인재들이다. 『옥주호연』은 여성영웅 세 자매인 자주 · 벽주 · 명주와 세 형제인 최완 · 최진 · 최경 사이의 인연과 활약을 다루는 소설이다. 이 두 작품에서 남성 주인공들은 남장하고 있는 여성영웅에게 성적으로 매혹되는데, 그 이유가 '풍채'와 '용모'와 같은 외모라는 점은 흥미롭다. 그들은 여성영웅을 명백하게 남성으로 인식하면서도, 그들의 외모를 보고 성적 매혹을 느낀다.

남성 주인공이 남장한 여성영웅에게 끌리도록 설정된 것, 특히 천정에 의한 배필 찾기의 일환으로 설정된 것은 다분히 관습적이다. 여성영웅의 남장, 그리고 그녀의 천정배필과의 숙명적인 만남, 상호 간의 끌림, 그리고 그들 사이를 가로막는 유일한 것이자

6 김기동 · 전규태 편저, 『금오신화 · 이학사전 · 허생전』, 서문당, 1994, 119쪽.

7 정병헌 · 이유경 편, 『한국의 여성영웅소설』, 태학사, 2000, 122쪽.

가장 강력한 장애물인 남장이 들통나는 과정이 쉴새없이 진행되면서 서사적 흥미를 만들어낸다. 그러나 이러한 설정에는 동성에 대해 강력한 성적 매혹을 느끼는 남성 주인공이 분명히 포함되어 있다.

이와 같은 동성애적 설정이 별다른 문제없이 수용될 수 있는 이유는 무엇인가? 독자가 남주인공과는 달리 여성영웅의 정체를 미리 파악하고 있으며, 결국에는 두 주인공이 이성애적 결합을 하게 되리라는 것을 알고 있기 때문이다. 그런데 독자가 이미 알고 있다는 점을 고려할 때, 여성영웅소설에서 남장은 또 다른 의미를 갖게 된다. 남주인공이 남장한 여성영웅에게 성적으로 매혹되는 장면이 구체적으로 서술되지 않더라도, 남장한 여성영웅과 남주인공의 관계는 '잠재적' 동성애 관계로 간주될 수 있다. 이들은 서사 내에서 지속적으로 '함께' 있으며, 동성의 동료이자 상하 관계를 맺고 있다. 그러나 이들은 언젠가 맺어져야 할 배필이라는 점을 알고 있기에, 여성영웅의 남장이 완벽하면 할수록 그리고 이상적 남성성을 발현하면 할수록 그 시점에서의 동성애 문제는 점점 더 강화된다.

여성영웅소설에서 '신기함'이란 결국 남장의 완벽함과 관련되어 있다고 할 때, 그 남장이 언제 어떻게 폭로되는가, 그리고 폭로 이후 여성영웅이 어떻게 사회로 복귀하는가의 문제는 서사에서 중요한 의미를 갖는다. 남장이 너무 쉽고 빠르게 폭로되어서는 안 되지만, 동시에 남장이 지나치게 완벽하고 너무 오래 지속되어서도 안 된다. 그렇게 되면 두 사람 사이의 결합이나 이끌림의 문제가 동성애라는 금기를 지속적으로 위반하게 되기 때문이다. 신기하지만 위험하지 않은 수준으로, 혹은 금지 가능한 수준으로 동성애를 생산해야 하는 것이다.

동성애는 억압되기 위해 생산된다. 이 말은 이성애 제도가 안정적으로 유지되려면, 금지와 억압의 대상으로서의 동성애가 논리적으로 필요함을 의미한다. 이성애는 논리적으로 이해 가능한 동성애를 생산하고 동시에 그것을 금지함으로써 유지된다. 이는 TV드라마나 영화에서의 동성애가 일종의 '오해에서 비롯된 소동'으로 재현되는 방식을 통해 이해할 수 있다. 성적으로 매혹되면서도 동성이기에 곤혹스러웠던 대상이 알고 보면 이성이었다는 설정은 동성애를 재현하는 것처럼 보이지만, 사실상 동성애를 금지하고 이성애 규범을 강제하는 기능을 담당한다.

그렇다면 『방한림전』에서는 동성애의 문제를 어떻게 처리할까? 특히 다른 여성영웅소설과는 달리 혼인을 앞두고 '여성이었음'을 밝히는 것이 아니라 동성 간 혼인까지 하도록 만드는 설정이라면? 그런 점에서 혼인의 또 다른 당사자인 영혜빙의 인물 설정을 좀 더 세밀하게 검토할 필요성이 생겨난다. 다음은 영혜빙의 외모와 성격을 묘사한 부분이다.

① 용모를 따져본즉, 얼굴은 팔월 보름달이 맑은 물에 비친 듯했고, 하얀 연꽃 같은 귀밑과 맑고 깨끗한 두 뺨은 복사꽃이 갓 피어난 듯했으며, 앵두처럼 곱고 예쁜 입술은 단사를 찍어 바른 듯했다. 밝은 별처럼 반짝이는 눈동자와 가볍게 나부끼는 두 어깨는 봉황이 운산을 향하는 듯했으며, 가냘프고 여린 허리는 촉 땅에서 나는 좋은 비단을 묶어 놓은 듯했다.

② 기질은 가을달 같고, 성정은 동쪽 하늘에 막 떠오른 한월 같았으며, 그 마음은 철석과 빙옥처럼 굳고 맑고 깨끗했다. 또한 행동거지에 거침이 없고 자신감이 흘러넘쳐 세속의 자질구레한 일에는 전혀 구애를 받지 않았다.[8]

①에 나타나는 영혜빙은 뛰어난 용모를 가진 성적 매력이 넘치는 여성이다. 그러나 곧바로 이어지는 ②에서 영혜빙은 '차가움'으로 가득한 인물로 그려진다. 그녀의 성격은 가을달, 찬 달, 철석, 빙옥처럼 차가움이 담겨 있는 단어들로 묘사된다. 이러한 단어들은 다른 소설에서라면 정혼자를 둔 여성이 자신의 정절을 지키겠다고 맹세하는 장면에서 사용되는 경우가 보통이다. 그런데 『방한림전』에서는 영혜빙의 남성 일반에 대한 태도를 묘사하면서 사용

8 이상구 역, 앞의 책, 26쪽.

된다. 그 결과 영혜빙은 성적 매력이 충만한 여성이지만, 남성과의 성적 관계를 전혀 원하지 않는 여성으로 나타난다.

영혜빙은 기존 여성영웅소설의 여성인물들과는 근본적으로 다르다. 영혜빙은 방관주라는 인물을 주인공으로 설계한 '이후에' 만들어진 인물이다. 이 말은 방관주가 남장을 지속해 혼인까지 하는 설정을 염두에 두고서, 그에 어울리는 짝으로서 영혜빙을 설계했을 것이라는 뜻이다. 방관주는 '혼인할 수 없는데 혼인하려 하는' 인물이며, 그 배우자인 영혜빙은 '혼인할 수 있는데 혼인하려 하지 않는' 인물이다. 이는 영혜빙이 가진 특성들이 방관주를 고려하면서 만들어졌음을 알 수 있게 해준다.

영혜빙은 방관주와 결연하더라도 그것이 동성애로 오인받거나 혼인에 다른 문제가 생기지 않을 수 있도록 세심하게 만들어진 인물이다. 그녀는 아름답지만 차가운 여성으로, 사실상 무성애에 가까운 모습으로 형상화된다. 만약, 영혜빙이 평범한 여성이거나, 여성을 성적으로 좋아하는 여성이거나, 여성을 가장한 남성인 경우를 상상해보자. 이 모든 경우는 곧바로 동성애의 문제를 야기하거나, 반대로 방관주와의 혼인 생활에 심각한 문제를 불러일으킬 것이다.

이후로 두 사람은 화평하고 즐겁게 지냈다. 한림이 조정에 갔다 오면 내당에서 종일토록 지내고 외당에 손님을 모으지 않으니, 사람마다

두 사람의 고요한 생활을 더욱 칭찬하더라.[9]

서평후는 시랑처럼 마음에 드는 좋은 사위를 얻고, 두 부부가 잠시도 떨어지지 않을 정도로 사랑하니 크게 기뻤다. 그러나 두 사람 사이에서 일어난 일을 어찌 알겠는가?[10]

위의 인용문은 방관주와 영혜빙이 혼인 이후 행복하게 지내는 모습이다. 방관주가 조정에서 돌아오면, 두 사람은 내당에서 함께 종일 시간을 보낸다. 이러한 모습은 사람들에게 칭찬의 대상이 된다. 영혜빙의 부친은 두 사람이 화락하여 '잠시라도 떨어지지 않는 모습'을 보며 기뻐한다. 그러나 그를 포함한 사람들은 '두 사람 사이에서 일어난 일'을 알지 못하기에, 방관주와 영혜빙의 진정한 관계를 알 수는 없다.

그런데 바로 이 지점, '두 사람 사이에서 일어난 일'을 알지 못하는 것이야말로 영혜빙이 왜 무성애적인 면모를 갖도록 설정되었는가를 짐작하게 해준다. 『방한림전』에서 방관주와 영혜빙 사이에는 성적 관계에 대한 암시조차 존재하지 않는다. 만약 방관주와 영혜빙 사이에 '사랑'이 존재하는 것으로 그려졌다면, 이들의 관계를 동성애적 관계로 바라볼 수도 있다. 그러나 이 작품에서 두

---

9 위의 책, 38쪽.

10 위의 책, 40쪽.

사람 사이는 성적인 관계가 없다거나 없어야 할 것처럼 서술된다. 동성 간의 '성적인 사랑'이 전혀 나타나지 않고, 심지어 동성 간의 성적 관계를 상상하지 않도록 하는 세심한 노력이 드러나고 있는 것이다.

이와 달리 앞서 인용한 『옥주호연』과 같은 소설에서는 명백하게 상대방이 동성임을 인식하면서도 사랑의 감정을 느끼는 인물들이 등장한다. 이들은 성적 매력을 느끼는 동성에 대해 '형 같은 부인'을 얻고 싶다고 표현했다. 명백한 동성애처럼 보이는 이러한 설정은 독자가 여성영웅이 사실은 남장한 여성임을 알고 있기에 가능하다. 그러나 동시에 잠시라도 동성애처럼 여겨질 수 있다는 것과 그들이 천정배필이었다는 사실이 독자의 흥미를 극대화한다. 그런 점에서 『옥주호연』은 동성애를 재현하는 것처럼 보이지만, 사실 '오인을 통한 소동'의 방식으로 금지한다. 이와 달리 『방한림전』의 동성애는 사실상 금지되어야 할 대상으로조차 재현되지 못하고 있다. 그런 점에서 동성애가 '동성' 간의 '(성적인) 사랑'이라는 점에 주목할 필요가 있다. 『옥주호연』이 주인공들 사이의 결연을 오해로 비롯된 소동으로 정리하면서 '동성'을 부인하고 있다면, 『방한림전』은 '(성적인) 사랑'을 부인한다. 다시 말해 『옥주호연』이 '사랑'은 맞지만 '동성'이 아니라는 방식이라면, 『방한림전』은 '동성'은 맞지만 '사랑'이 아니라는 방식이다.

그러나 바로 이 지점, 동성 간의 '사랑'으로 인식되지 못하게

끔 만드는 이 목소리는 역설적으로 방관주와 영혜빙 사이의 결합이 과연 어떤 성격인가를 다시금 의심하게 만들어준다. 이들의 혼인은 '단순히' 여성-여성 간의 결합이 아니라, 좀 더 복잡한 의미를 갖는다. 이들은 적어도 표면적으로는 남성과 여성의 결합이었으며, 정상적인 이성애적 결합으로 보인다. 그러나 이들의 흠잡을 것 없어 보이는 결합은 사실 방관주의 짝을 만들어내는 과정에서 파생된 것이다. 다시 말해 이들의 결합은 방관주라는 '흠 있는 남성'에 딱 맞는 짝을 만들어내는 과정에서 '흠 있는 여성'을 만들었고, 각각의 흠은 서로의 흠을 메워주는 역할을 하게끔 설계되었다. 이 과정에서 서로의 결함은 정확히 들어맞는다.

그리고 그 결과 『방한림전』에는 이성애적 젠더 규범을 준수하는 무성애 혼인이라는 새로운 형태의 기이한 결합이 나타나게 된다. 방관주와 영혜빙의 혼인은 동성 간의 결합이지만 이성애 젠더 규범을 준수한다. 이성애 젠더 규범을 따르지만 두 사람 사이는 무성애적 관계이다. 이들은 남녀로 구성된 이성애적 결합도 아니지만, 그렇다고 동성애적 결합도 아니다. 이들의 관계를 규정하기 어려운 이유는 그 관계를 무엇이라고 혹은 무엇이 아니라고 딱 잘라 말할 수 없기 때문이다. 이러한 기이함은 서사 내에서 자연스러운 이성애적 혼인으로 보이도록 만드는 과정과 동성애로 오인되지 않도록 영혜빙을 무성애자로 만드는 과정이 결합되면서 생겨났다. 젠더 규범의 준수가 무성애와 혼인의 공존이라는 예상 밖의 결과물을 만들어낸 셈이다.

방관주와 영혜빙 사이에 어떻게든 성애를 삭제하고자 하는 노력은 아들 '낙성落星'을 얻는 과정에서도 나타난다. 방관주는 혼인 이후 간신의 농단으로 중앙 정계에서 밀려나 지방인 형주로 좌천된다. 그 간신은 이 때 단 한 번 등장할 뿐 이름조차 없다. 방관주가 형주에 도착한 이후의 성공적 행적도 단 몇 줄로 정리된다. 방관주의 형주행은 서사 내에서 오직 낙성을 얻기 위한 것이다. 낙성은 '하늘에서 떨어진 별'이라는 이름 그대로 갑자기 방관주의 인생에 나타난다. 그가 형주에서 홀로 쓸쓸히 지내던 어느날 벼락이 친 후 갑자기 발견된 아이가 낙성이다.

방관주는 영혜빙과 헤어진 후 낙성을 얻는다. 그리고 낙성을 얻고 꽤 오랜 시간이 지나서야 영혜빙과 재회한다. 방관주와 영혜빙은 그들의 '아들'이자 방 씨 가문의 후계자인 낙성을, 서로가 완벽하게 분리된 상태에서 얻고 있다. 결국 방관주의 형주행은 두 사람이 같이 있을 때 아들을 얻지 못하도록 하기 위해 만들어진 설정인 셈이다.

앞서 언급했던 것처럼, 이들은 동성혼이지만 동성 간의 혼인으로서의 성격만을 갖고 있는 것은 아니다. 방관주는 남장한 여성이지만, 남성성을 충분히 갖고 있다. 혼인이라는 설정을 만들어내려면, 방관주에게 충분한 남성성을 부여하고 '없었던 아들'로서 방 씨 가문의 후계자가 되도록 만들어야만 했다. 영혜빙은 이성애자 여성(처럼 보)이지만, 무성적이다. 낙성을 얻는 과정에서는 두 사람을 완벽하게 분리시킨다. 이와 같은 설정들은 방관주와 영혜빙의 관계에 대해 어떤 성적 암시조차도 피함으로써 두 사람 사이의 성적인 결합을 상상하지 않게 하려는 조바심에 가까울 정도의 노력을 보여준다.

## 실패한 종결, 실패한 가부장제

『방한림전』을 포함한 여성영웅소설에는 영웅소설만큼 뚜렷한 적대자가 등장하지 않는다. 이러한 적대자의 부재는 단순히 한 인물의 유무만이 아니라 서사 구성 전반에 큰 차이를 만들어낸다. 영웅소설에서 남성영웅에게는 분명한 목표가 있다. 그는 무너진 가문을 다시 일으켜야 하며, 동시에 부모의 원수인 적대자에게 복수해야 한다. 그는 심각한 고난을 겪고 있더라도 자신의 목표를 잊지 않고 복수를 위해 노력한다. 그의 앞에는 끊임없이 고난이 다가오지만, 그는 그 고난을 통해 한층 더 성장하게 된다. 영웅이 겪는 고난과 성취, 혹은 하강과 상승의 곡선은 적대자와 정확하게 상반된 모습으로 그려지면서 서사적 흥미가 생겨난다.

영웅소설에서 적대자의 존재는 단순히 서사적 흥미만을 위한 것은 아니다. 가령 『유충렬전』에서 정한담은 서사적 흥미를 배가시킬 뿐만 아니라, 서사 전체를 종결시키는 역할도 담당한다. 유충렬이 정한담을 붙잡아 처형하면서 서사의 주요한 갈등은 해결된다. 이후 그가 헤어졌던 가족과 재회할 때 독자는 자연스럽게 이야기가 끝났음을 직감할 수 있다. 서사의 플롯이 긴장과 해결의 과정이라고 한다면, 종결이란 서사 내에서 지속되던 주요한 긴장과 갈등이 완벽하게 해결되는 것을 의미할 것이다. 영웅소설에서 악인의 최후는 그런 점에서 서사를 종결짓는 기능을 담당한다.

적대자의 존재가 명확하지 않은 여성영웅소설에서는 일반적으로 혼인이 서사를 종결하는 역할을 맡는다. 혼인은 여성영웅소설에서 젠더 위반으로 인한 혼란과 공포를 안전하게 해소해주는 설정이다. 여성영웅이 혼인 앞에서 어쩔 수 없이 스스로의 정체를 밝히고, 원래의 배필로 예정되었던 남성과 혼인하면서 서사는 자연스럽게 종결된다. 이와 비교해보면, 『방한림전』은 마땅히 서사를 종결시킬 만한 장치가 없다. 다른 여성영웅소설들에서 서사의 종결을 가능하게 했던 혼인을 다른 방식으로 활용했기 때문이다. 『방한림전』에 명백한 적대자가 존재하는 것도 아니기에 해소할 갈등이 있는 것도 아니다.

그렇다면 『방한림전』에서 젠더 규범을 회복하는 동시에 동성혼인으로 시작된 젠더 규범 위반을 봉합하여 서사를 종결하기 위해 만들어낸 설정은 무엇일까? 『방한림전』의 후반부에는 다른 여성영웅소설과 차별적인 두 가지 특징이 드러난다. 첫 번째는 방관주의 죽음에 대한 천상계의 과도한 개입이고, 두 번째는 낙성과 그 후손들에 대한 유별난 관심이다.

방관주가 형주에서 낙성을 얻은 후 서사는 급속도로 빨라져 곧바로 낙성이 정혼하는 과정이 서술된다. 이후 갑작스런 북방 오랑캐의 침략이 이어지고 방관주는 자원 출전해 큰 공을 세우고 귀환한다. 그는 이 공으로 제후의 지위에 오르고 죽은 부모 역시 사후 추존이 되는 영광을 누리게 된다. 그는 자신이 남장을 하면서 유모에게 다짐했던 '입신양명을 통해 부모의 후사를 빛내겠다'는 약속을 지킨 것이다. 이 시기 방관주에게는 연이어 경사가 일어난다. 낙성의 혼인과 과거 급제에 이어 낙성 부부에게 아들이 생김으로써 불과 몇 년 전 위기에 빠졌던 방 씨 가문은 급속도로 번영한다. 방관주가 인생의 절정을 맛보던 순간, 서사는 급변하고 방관주에게 죽음의 그림자가 드리운다. 그리고 이러한 분위기의 변화는 그에게 지속적으로 응원을 보내던 동반자 영혜빙으로부터 시작된다.

부인이 쌀쌀맞게 웃으며 말했다. "폐하께서 군자에게 상급하신 것을 아들과 그대는 나누어 가지되, 어찌하여 첩에게는 아무것도 주지 않나이까?" 승상이 웃으면서 말했다. "이것들은 모두 부인에게 쓸모없는 것이기에 주지 않았을 뿐이고. 하나 지금 부인이 몸에 걸치고 있는 것이 모두 내게서 나온 것이니, 그것만으로도 충분히 넉넉하다 할 것이오. 그런데도 이렇듯 투정하시니 부인의 욕심이 지나치게 심하구려." 부인이 가만히 웃으면서 말했다. "나에게 쓸모없는 것이 어찌 유독 그대에게만 쓸모가 있겠소? 그런데도 굳이 이렇게 쾌활한 척하십니까?" 승상이 웃던 얼굴을 찡그리고 홍이 사그라들어 말했다. "부인은 더 이상 그런 말을 들먹이지 마오. 지금 사람들은 나를 어엿한 관료로 생각할지언정 그중에 특별히 의심하는 사람을 보지 못했소이다." 부인이 가만히 웃기만 했다.[11]

위의 인용문은 황제의 하사품을 받은 방관주에게 영혜빙이 냉소하는 장면이다. 표면적으로 본다면 이 장면에서 영혜빙은 왜 자신에게는 황제의 하사품이 없느냐는 불평하고 있는 것처럼 보인다. 그러나 영혜빙이 갑자기 방관주의 타고난 성을 언급하면서 공격하고 있다는 점을 주목할 필요가 있다. 영혜빙은 방관주에게 '당신도 나와 같은 여자'라는 사실을 상기시킨다. 이는 영혜빙이 방관주가 사실 남장한 여자이기에 혼인하기로 결심했던 것과는 상반되는 태도이다. 가장 든든한 지원군이었던 영혜빙의 공격에 방관주는 아무도 자신을 여자로 의심하지 않는다는 궁색한 변명을 한다.

이 시기 방관주가 '여자일 뿐'임을 지적하는 것은 영혜빙만이 아니다. 영혜빙과의 사소해 보이는 다툼 이후 방관주 앞에 한 도인이 등장해 그의 죽음을 예언한다. 도사는 방관주가 천상의 존

---

11 위의 책, 74쪽.

재였는데, 호색好色이 지나쳤기에 지상에 적강해 그 '죄'로 부부 사이의 즐거움인 금슬지락琴瑟之樂을 누릴 수 없도록 만들었다는 내용의 글도 남긴다. 방관주의 죽음은 이후 꿈에 나타난 선친의 말에 의해 한번 더 확인된다. 그의 선친은 병이 든 방관주에게 여성으로서 남장했음을 지적하면서 '오래지 않아 만날 것'을 언급한다. 결국 방관주는 황제에게 자신이 여자였음을 스스로 밝히고 죽음을 맞이하게 된다.

이러한 장면들이 하늘에 의해 방관주의 삶이 예정되어 있었다는 것을 드러내고 이를 통해 젠더 규범 위반을 완화시킨다는 점을 감안한다 해도, 방관주의 정체 탄로와 죽음은 상당히 공을 들여 서술되고 있다. 이러한 장면은 영웅소설이나 혼인을 통해 젠더 규범 위반이 봉합되는 다른 여성영웅소설들의 결말과는 미묘한 차이가 존재한다. 가령, 영웅소설에서는 남성영웅이 부귀영화를 누리고 자손이 번영했다는 간략한 서술 뒤에 승천하는 방식으로 이야기가 마무리된다. 『옥주호연』이나 『홍계월전』도 여성영웅이 장수를 누리다가 평화롭게 세상을 떠난다는 간략한 서술로 종결된다. 이에 비해 『방한림전』에서 방관주의 죽음은 여러 단계의 과정을 통해 상당한 분량으로 서술되고 있다. 그렇다면 방관주는 왜 이토록 복잡한 과정을 거쳐서 죽어야만 했던 것일까?

여기서 새삼스럽게 방관주의 죽음으로 끝나는 이 서사에서 어떤 갈등이 해결되는가를 질문하게 된다. 『방한림전』에서의 주요 갈등은 어떤 사건이나 그 속에서의 인물 간 갈등이 아니라, 방관주의 남장과 혼인, 그리고 낙성을 통한 가문의 계승에서 생겨나는 젠더 규범과의 갈등이다. 적대자와의 갈등이 중심축인 소설에서라면 적대자의 죽음과 주인공의 성공이 곧바로 서사의 종결을 의미할 수 있지만, 젠더 규범과의 갈등은 그렇지 않다. 따라서 『방한림전』에서 방관주가 일종의 '처벌'로 죽음을 맞이해야 했던 이유를 알 수 있게 된다.

방관주가 '처벌'을 받아 죽게 되는 것만으로는 젠더 규범과의 갈등이 완전히 해소되지 않는다. 그와 영혜빙의 죽음만으로 이 소설에서 이루어진 젠더 규범의 지속적이고 강렬한 위반이 충분히 봉합되지 않기 때문이다. 방관주는 단순히 남장을 통해 음양을 바꾼 것에 그치지 않고, 남장을 지속해 혼인하고 가문을 이룬 사람이기 때문이다. 따라서 그 이후의 문제까지 해결하지 않는다면 서사 내 주요 갈등은 온전히 해결된 것이 아니다. 낙성과 그의 자손에 대한 유별난 관심은 이러한 이유에서 나타나게 되었다고 할 수 있다.

방한림 사후 방 씨 가문은 대단히 성공하고 번성한 가문이 된다. 낙성은 두 명의 부인에게서 10명이 넘는 많은 자녀를 낳는다. 낙성의 자녀들도 모두 성공할 뿐만 아니라 70명이 넘는 손자와 손녀까지 생겨 가문은 크게 번성한다. 딸인 방관주 하나만 남아 그 존속이 위태로웠던 가문의 상황이 완전히 달라진 것이다. 방관주와 영혜빙은 이후 낙성의 꿈에 나타나 자신들이 원래 천상에서는 남성과 여성이었고 지상에서는 '허명의 부부'였다는 언급을 남긴다. 결국 방관주의 젠더 규범 위반은 죽음에 이르는 과정에서 그리고 죽음 이후에도 여러 차례에 걸쳐 봉합되고 있다. 이처럼 여러 차례의 봉합은 역설적으로 방관주의 젠더 규범 위반과 그로 인한 갈등이 매우 심각했던 것임을 알게 해준다.

이 작품의 결말에서 낙성은 재상의 지위에 올라 행복하게 살다가 평화롭게 세상을 떠난다. 열 명이나 되는 그의 아들들 역시 모두 높은 벼슬에 올라 방 씨 가문은 엄청난 명예와 영화를 누린다. 방관주는 '없었던 아들'이 되어 적법하게 계승했던 방 씨 가문이 번영했다고 말할 수 있을까? 문제는 이 질문에 대한 답이 그렇기도 하고 아니기도 하다는 점이다. 방관주 이후 방 씨 가문은 방 씨 가문이지만 방 씨가 아니다. 가부장제는 남성 혈통의 보존과 계승을 기반으로 하지만, 낙성 이후의 가계는 방관주 이전의 남성 혈통과는 아무런 상관이 없다. 방관주가 방 씨 가문의 대를 잇는 데 실패했다고 해야 하겠지만, 그렇게 단정하기도 어렵다. 방 씨 가문은 공식적인 후계자로 인정받은 낙성을 통해 유지되고 번영했기 때문이다.

이렇게 본다면 방관주는 방 씨 가문의 혈통을 이은 최후의 방 씨이자, 비혈연으로 이어진 가문을 만들어낸 최초의 방 씨이며, 가문의 종결자이자 가문의 창시자이다. 그러나 이 가문이 성공할

수록 가문의 종결자이자 창시자로서의 방관주는 계속 기억된다고 할 수 있다. 낙성 이후의 방 씨 가문이 이성애를 기반으로 하는 젠더 규범을 충실히 지킨다 해도, 이 가문에는 창시자로서의 방관주가 수행한 젠더 규범의 원초적 위반이 각인되어 있기 때문이다.

이러한 혼란은 젠더 규범과의 갈등이라는 『방한림전』의 핵심 갈등이 충분히 해결되지 못했음을 의미한다. 따라서 이 서사에서 갈등의 최종적 해결로서의 종결은 실패했다고 말할 수 있다. 왜 이런 실패가 생겨났을까? 방관주의 죽음에 대한 천상계의 개입, 낙성 이후 번성한 가문에 대한 상세한 서술은 '과도한' 봉합이라고 할 수 있다. 동성혼과 남장의 유지라는 파격적 위반을 무마하기 위해 과도한 설정을 동원하여 과도하게 봉합한 것이다. 번성한 가문이라는 해피엔딩 속에는 서사적 종결의 실패, 그리고 젠더 규범의 필연적 실패도 함께 아로새겨져 있다. 『방한림전』은 흥미를 위해 몇 가지의 새로운 설정을 도입하고 이를 봉합하기 위해 노력한다. 이러한 봉합'들', 이성애 젠더 규범에 대한 복종들은 상호 충돌하면서 규범 내부의 모순을 드러냈다. 『방한림전』에는 젠더 규범의 모순과 실패가 야기할 불안함과 우울함이 드리워져 있다.

『방한림전』은 서사 구성 면에서 혼인 이후의 이야기를 포괄함으로써 가능성을 확대했던 작품이다. 이는 여성영웅소설이 가진 흥미의 원천인 통속성 추구와 깊은 관련이 있다. 그러나 남장의 지속과 혼인이 새로운 설정과 그에 대한 봉합을 필요하게 했다. 그 과정에서 방관주와 영혜빙의 결합으로 나타날 수 있는 동성애 재현을 막기 위해 영혜빙의 인물 설정이나 무성애적 표현, 낙성의 가문 계승과 비혈연 가부장제의 탄생 등으로 과도함끼리의 충돌이 일어난다. 이는 서사적 종결의 실패로 이어지는 원인이 되었다.

『방한림전』은 통속적 흥미를 높이려 했던 작자의 의도와는 무관하게 '젠더 이분법의 필연적 성공이자 실패'를 징후적으로 드러낸다. 이 작품은 대단한 저항이나 의식적 성찰의 결과물이 아니라, 장르 관습의 이행과 살짝 비틀기, 흥미를 노린 통속적 목적의 서사 바꾸기가 파생한 우연한 성취이자 젠더 이분법에 대한 불안과 우울을 노출한 작품이다. 그러나 오히려 바로 그 이유 때문에 이 작품이 드러내는 불안과 실패는 더욱 높게 평가받아야 한다. 서사적 가능성의 확인과 관음증적 통속성의 증대를 노린 동성혼인이라는 사고실험 혹은 장르운동의 결과가 점증되던 젠더 이분법의 불안을 폭발시켜버린 것이다. 『방한림전』은 조선시대 이성애 젠더 규범이 그리 안정적이거나 일관된 것만은 아님을 잘 보여주는 작품이다.

## 젠더 이탈자 이야기의 문화적 함의

영화 〈코니와 칼라Connie And Carla〉2004 끝부분의 공연 장면에는 두 명의 여성과 네 명의 남성이 등장한다. 네 명의 남성은 게

이인데, 드랙퀸으로서 여성 복장을 즐긴다. 두 명의 여성은 이성애자이고 생물학적으로도 여성이지만, 그리 매력적이지 않은 외모 탓에 여장한 남성으로 오해를 받고 있다. 그 결과 이들 여섯 명은 서로 다른 생물학적 성을 가지고도 '같은' 드랙퀸이라고 여겨진다.

흥미로운 것은 네 명의 드랙퀸이 입은 복장이다. 이들은 드랙퀸 특유의 짙은 눈화장을 하고 있다. 바로 직전의 무대에서 여장을 하고 공연을 한 후다. 이어지는 무대에서 그들은 선원의 복장을 하고 나온다. 선원복 혹은 해군복은 그 자체로 남성성의 상징이다. 이들은 게이이고, 과도하게 여성적인 화장을 한 상태에서, 남성성의 상징인 수염을 붙이고 해군복을 착용한다. 이 모든 것들은 각각 남성적이거나 여성적이지만, 그것이 동시에 한 사람의 몸에 구현됨으로써 무언가 기이한 느낌을 만들어낸다. 그 결과 남성과 여성이라는 양분된 젠더 체계에 대한 '균열'과 '틈'이 그들의 몸과 복장을 통해 드러난다. 이들은 자신들의 복장 자체로 남성도 여성도 아닌, 그 두 가지 범주로는 규정할 수 없는 어떤 지점을 보여준다.

여성영웅은 여성으로 태어나 남성으로 살았던 인물이며, 그들의 삶은 조선시대 엄격했던 젠더 이분법이 그 내부에 많은 균열과 내부적 모순이 있었음을 증언한다. 여성영웅소설의 의의에 대한 그간의 평가는 두 갈래로 나뉜다. 어떤 이들은 여성영웅이 결과적으로 남성일 때만 성공했다가 다시 가부장제로 돌아간다는 점에서 여성영웅소설에 남성 선망이 드러난다고 주장한다. 이와 달리 여성영웅소설을 남녀 차별이 심했던 조선사회에서 억압된 여성들의 분노와 저항, 여성들의 진보적인 의식이 반영된 소설이라고 보는 이들도 있다.

그러나 이러한 관점들은 모두 문제가 있어 보인다. 이 두 가지 관점은 모두 방관주에게 '너는 누구인가?' 혹은 '너는 남자인가 여자인가'를 물으면서 그중 하나로 방관주를 귀속시킨다. 젠더 이분법이 완강했던 시대에서 젠더 이분법을 위반하는 인물 방관주를 다루면서, 다시 젠더 이분법에 기초한, 혹은 그것으로 회귀할 수밖에 없는 질문을 던지고 있는 것이다.

『방한림전』에 나타난 젠더 규범과의 갈등에서 핵심적 특징은 규범을 위반한 것인가 그것에 순종한 것인가라는 질문에 모두 '그렇다'고 대답할 수 있다는 점이었다. 방관주의 남장은 젠더 규범을 위반한 것이면서 동시에 동일한 규범에 복종하는 것이었다. 방관주와 영혜빙의 혼인은 동성 간의 결합이지만 이성애 젠더 규범을 따르는 것이었다. 가부장제를 준수하는 것처럼 보이는 방관주의 가문은 번영했지만, 남성 혈통은 단절되었다. 이성애 젠더 규범은 강제적인 것이지만 내적 모순이 존재한다. 『방한림전』은 젠더 규범의 위반을 봉합하고 그것에 복종하고자 노력하지만, 그 노력은 역설적으로 규범 내부의 모순을 드러내는 방향으로 이어졌다. 이 작품에는 남성과 여성이라는 강제된 이성애 젠더 규범 자체가 무의미한 것일지도 모른다는 불안, 그리고 그것을 애써 억누르는 것에서 비롯되는 우울의 정서가 담겨 있다.

여성영웅은 서사의 흐름 속에서 '여성'이었다가, 남장 후 '영웅'으로 살아간다. 남장이 폭로된 이후에는 '여성(인 채로) 영웅'인 삶을 산다. 이 각각의 단계에서 여성영웅은 한번도 안정적으로 가부장제의 젠더 이분법 내에 포함되지 않는다. 여성영웅은 '여성'으로서의 삶을 거부했고, 음양을 변체한 '영웅'이었으며, '영웅'이었음을 주장하는 '여성(인 채로) 영웅'이기 때문이다. 그럼에도 여성영웅은 끊임없이 법을 인용하고 그것에 따르겠다고 주장한다. 여성영웅은 젠더 이분법에 안정적으로 속하지 못한 괴물이자 젠더 이탈자이며, 젠더 이분법 안에서 잘못된 위치에 서 있다. 그는 잘못된 위치에서 젠더 규범에 따르려 노력한다.

이렇게 되면, 여성영웅은 가부장제와 권력에 순응함으로써 그 구조의 안정성을 위협하는 존재가 된다. 여성영웅은 가부장제에서 권장하는 법을 준수하고자 노력하지만, 바로 그 때문에 역설적으로 미묘한 충돌과 딜레마가 생겨난다. 여성영웅이 예외적인 존재로서 체제 내에 수용되었을 때 배제되고 억압되었던 젠더 규범의 모순이 드러나기 때문이다. 결국 여성영웅의 법 준수, 그리고 그것으로 인한 법의 충돌은, 가부장제의 젠더 규범에 포함된 모순과 불안정성을 드러낸다는 점에서 전복의 가능성으로 이어질 수 있다. 여성영웅소설에서 발견되는 균열은 이처럼 체제의 '안'으로부터의 모순을 드러내준다.

여성영웅소설이 대단히 혁명적이고 전복적인 지향을 의식

영화 〈코니와 칼라〉(2004) 중 한 장면

적으로 담아낸 소설인가에 대해서는 쉽게 긍정하기 어렵다. 이 소설들은 문학사적으로 볼 때, 분명 영웅소설의 자장 안에서 태어난 소설이며, 통속화된 소설이다. 그러나 이 작품들에 대해 통속적이라든지, 혁명적이지 않다든지 하는 비판 역시 젠더 이분법을 그대로 받아들인 시선이라는 점 역시 분명하다. 여성영웅소설에서는 젠더 이분법에 대한 균열이 감지된다. 그리고 그 균열은 젠더 구분이 엄격했던 조선시대에도 억압의 체계를 안으로부터 뒤흔들 수 있는 불온한 징후가 꿈틀대고 있었음을 보여준다.

3부

# 다시 보는 고소설의 인물들

만귀비, 역사, 그리고 악녀의 탄생 **김문희**

홍길동, 슈퍼히어로, 그리고 괴물 **이정원**

# 만귀비, 역사, 그리고 악녀의 탄생

김문희

## 고전소설과 만귀비, 악녀 캐릭터

고전소설 속 악녀는 여성을 바라보는 당대의 성적 시각에서 만들어지는 집단적 인식이라고 할 수 있다. 고전소설 속 악녀는 한 여성의 인간적 성품을 문제 삼는 개인적 성향을 의미하기보다는 사회 혹은 집단의 규범이나 관습에 반대되고 공동체나 사회 혹은 그 집단을 위태롭게 하거나 해를 끼치는 인간형을 의미하는 경우가 많다. 이 때문에 고전소설 속 악녀는 어떤 시대이든지 존재하고 당대 사회가 여성을 바라보는 집단적 인식에서 만들어지는 가치 지향적 캐릭터라고 할 수 있는데 고전소설 속 악녀는 전통시대라는 시간과 조선이라는 공간 속에 살았던 집단과 공동체가 만들어낸 여성 캐릭터가 되는 것이다.

그렇다면 고전소설 속 악녀형 인물과 서사는 온전하게 고전소설 작가의 상상력 속에서 창조된 것일까? 고전소설 속 악녀형 인물과 서사는 작가의 상상력 속에서 창조된 경우도 있지만 역사의 영향 속에서 창조된 경우도 있다. 고전소설의 악녀형 인물 중에는 『명사明史』의 실존 인물에 기반을 두고 반복적으로 형상화되는 인물이 있다. 바로 중국 명나라 8대 왕인 헌종의 후궁인 만귀비가 그런 인물이다.

명나라의 역사 속 인물인 만귀비는 투기와 악행을 일삼는 중국역사의 대표적 악녀 캐릭터이다. 역사 속 인물 만귀비의 캐릭터는 현대의 드라마와 영화에서도 리바이벌된다. 대표적인 예가

**위** 중국드라마 〈후궁〉(2011)의 만귀비
**아래** 중국영화 〈용문비갑〉(2012)의 만귀비

2011년에 방영된 중국드라마 〈후궁〉과 2012년 서극이 제작한 영화 〈용문비갑〉이다. 두 작품에서 만귀비가 주인공으로 설정되는 것은 아니지만 주인공에게 고난을 가하는 악의 세력으로 드라마와 영화에서 중요한 역할을 하는 인물로 그려진다. 만귀비는 왕의 총애를 독차지하기 위해 왕의 사랑을 받는 다른 후궁을 없애고 악행을 저지르며 궁중 암투를 일으키는 캐릭터로 재현되고 있는 것이다. 뿐만 아니라 18~19세기에 창작된 우리 고전소설에서도 갈등을 만드는 악녀형 인물로 재현되고 있다.

## 역사 속 만귀비

만귀비의 본명은 만정아萬貞兒로 4살 때 궁궐에 들어가 궁녀가 된다. 손태후의 잔심부름을 하다 동궁에서 어린 헌종을 돌보다 헌종의 눈에 들어 헌종의 후궁이 되는 인물이다.

만귀비에 대한 역사적 기록은 중국 명나라 역사서인 『만력야획편萬曆野獲編』[1]과 『명사』에 자세히 기록되어 있다. 『만력야획편』은 명나라 심덕부1578~1642가 편찬한 총 30권 분량의 필기류인데 만귀비에 대한 기록은 3권인 「궁위宮闈」의 「효종생모」와 「만귀비」에 나타난다. 특징적인 것은 「효종생모」에서는 만귀비의 투기

1 『만력야획편』은 명나라 초부터 만력(1573~1620) 말까지 다양한 인물과 사건들을 다루고 있는 필기류로 정사가 아닌 야사류(野史類)이다.

와 악행은 거의 서술되지 않고 효종의 출생과 만귀비가 효종을 양육한 사실, 만귀비에 대한 잘못된 기록을 해명하고 있고, 「만귀비」에는 만귀비의 투기만 간단히 서술되어 있다. 즉, 야사인 『만력야획편』에서는 만귀비를 투기와 악행의 화신으로 기록하고 있지는 않는 것이다.

만귀비의 본격적인 악녀로서의 모습은 청나라 장정옥1672~1755이 완성한 정사正史인 『명사』에서부터 비롯된다. 『명사』의 113권 「후비后妃」에는 「효목기태후」와 「공숙귀비만씨」라는 부분이 있는데 여기서부터 만귀비의 투기와 악행, 효종의 고난이 한 편의 서사를 읽는 것처럼 풍부한 내용으로 기록되고 있다. 보통은 정사보다는 야사에서 상상력이 가미되어 인물의 숨겨진 비화나 일화, 후일담들이 기록되는 경우가 많은데, 정사인 『명사』에서 만귀비의 투기와 악행이 더욱 구체적으로 기록되어 있는 것이 특이한 점이라고 할 수 있다. 이 점은 야사보다 정사에서 만귀비에 대한 허구적 상상력이 더욱 활발하게 드러나고 있으며 만귀비를 바라보는 장정옥의 시각이 어떠한가를 알 수 있는 대목이기도 하다. 또한 우리는 정사라고 해서 사실에 입각한 사건과 해석만을 기록하는 것이 아니라 사안과 인물에 따라 허구적인 윤색이 가해진다는 점도 기억할 필요가 있다.

만귀비의 구체적 모습은 「효목기태후」와 「공숙귀비만씨」의 기록을 통해 살펴볼 수 있다. 효목기태후는 효종의 생모이고, 공숙귀비만씨는 만귀비를 가리킨다. 『명사』의 「효목기태후」는 효종의 생모인 기태후가 만귀비 몰래 효종을 낳고 효종이 황태자가 되는 과정을 서술한 것이고, 「공숙귀비만씨」는 만귀비가 궁녀가 되고, 헌종의 총애를 받고 악행을 저지르는 행적을 기록한 것이다. 두 편의 역사적 기록을 찬찬히 읽어보도록 하자.

1

효목기태후는 효종의 생모로 하현賀縣사람이다. 본래는 이민족 야오족의 토관土官의 딸이었다. 기 씨는 성화제 때 야오족 정벌 과정에서 포로로 잡힌 후 액정掖庭에 들어가 여사女史가 되었다. 총명하고 문자에 정통하여서 내장內藏을 관리하도록 하였다. 당시에는 만귀비가 총애를 받고 있었는데 만귀비는 질투심이 심하여 후궁 중에 임신한 이가 있으면 모두 강제로 낙태시켰다. 현비 백 씨는 도공태자를 낳았으나 역시 해를 당하였다. 황제가 우연히 내장을 거닐다가 기 씨의 응대가 황제의 마음에 들어 황제가 기뻐하였고 기 씨는 황제의 총애를 받아 임신하게 되었다. 만귀비가 이를 알고 매우 분노하여 궁녀를 시켜 그녀를 잡아와 다스리게 하였다. 궁녀는 그녀가 뱃속이 비틀리듯이 아프다고 거짓으로 고하고, 안락당에 보내 귀양살게 하였다. 오랜 후에 기 씨는 효종을 낳고 문감 장민張敏으로 하여금 아이를 물에 빠트려 죽이라고 했다. 장민이 놀라서 말하기를, "황제는 지금 자식이 없는데 어찌 버릴 수 있겠는가?" 하였다. 장민은 아기에게 쌀가루와 엿당을 먹이고 아이를 다른 집에 숨겼다. 만귀비가 날마다 살폈지만 찾지 못했다. 효종은 5, 6세가 되어도 감히 배냇머리를 자르지도 못하였다. 당시 오황후가 폐후되어 서내西內에 거주하였는데, 안락당과 가까워 몰래 이 일을 알고, 효종을 오가며 먹이고 키웠으나 황제는 알지 못하였다.

황제는 도공태자가 죽은 후로 오래도록 후사가 없어 안팎으로 모두 걱정하였다. 성화 11년 황제가 장민을 불러 머리카락을 빗기라고 하고 거울을 비추며 말하기를, "늙어가는데 자식이 없구나" 하며 한탄하였다. 장민이 엎드려 말하기를, "소인이 말씀드리자면 제가 죽을죄를 지었습니다. 황제께서는 이미 자식이 있으십니다." 황제가 놀라서 어디 있느냐고 물었다. 장민이 대답하기를 "소인이 당장 죽더라도 좋습니다. 황제께서는 황자皇子가 있으십니다" 하였다. 이에 태감 회은懷恩이 고개를 숙이고 말하기를 "장민의 말이 옳습니다. 황자는 지금 서내에서 몰래 자라고 있고, 이미 6세가 되었습니다. 숨겨서 키웠기에 감히 아뢰지 못했습니다"라고 하였다. 황제가 크게 기뻐하며 그날로 사신을 서내에 보내 황자를 맞이하였다. 사신들이 도착하자, 기 씨는 황자를 안고 울면서 "아들아, 가거라. 나는 이제 못살겠구나. 아들아 황포를 입고 수염이 있는 분을 보아라, 바로 아버님이시다"라 했다. 황자가 작은 빨강색 도포를 입고, 작은 마차를 타고 가자 많은 사람들이 계단을 옹위하였고, 긴 머리는 땅에 닿았고, 황제의 품으로 달려갔다. 황제는 황자를 안아 무릎에 놓고 한참 동안 어루만지며 희비가 교차하여 울며 말하기를, "내 아들아, 나를 닮았구나!" 하였다. 그리고 회은을 내각에 보내어 자초지종을 설명하게 하였다. 군신들이 모두 기뻐하였다. 다음 날 조정에 올라 축하하고 천하에 알렸다. 기 씨의 거처를 영수궁永壽宮으로 옮기고 자주 보았다. 만귀비는 밤낮으로 울며 말하기를, "이것들이 나를 속였구나" 하였다. 그해 6월, 기 씨는 병들어 죽었다. 어떤 이는 만귀비가 죽였다고도 하고, 또 어떤 이는 스스로 목매 죽었다고 한다. 시호를 공각장희숙비恭恪莊僖淑妃로 추시하였다. 장민도 두려워하여 금을 삼켜 자살하였다. 장민은 동안同安사람이다.

효종이 황태자로 즉위하였을 당시 효숙황태후가 인수궁仁壽宮에 거하였는데 황제에게 "아이를 저에게 맡기십시오"라고 하였다. 이에 태자는 인수궁에 있게 되었다. 하루는, 만귀비가 태자를 불러 음식을 먹이려 하자 효숙황태후가 태자에게 말하기를, "아가야. 거기 가서는 음식은 먹지 말거라" 하였다. 태자가 도착하자 만귀비가 음식을 주었으나 태자는 "이미 배가 부릅니다"라고 했다. 만귀비가 또 탕을 주니 태자는 "독이 있을까 의심스럽습니다"고 했다. 만귀비가 대노하여 말하기를, "이 아이가 몇 살 되지도 않았는데 이러하니, 뒷날 나를 잡아먹겠구나" 하고 분노하여 병을 얻었다.

—『명사』 권113 「후비」 '효목기태후'

2

공숙귀비만씨는 제성諸城사람이다. 4세에 액정掖廷에 들어가 손태후의 궁녀가 되었다. 자라서 동궁에서 헌종을 보살폈다. 헌종이 16세에 즉위할 때 만 씨는 이미 35세였고, 기민하여 황제의 뜻을 잘 살폈다. 이에 황후 오 씨를 중상모략하여 폐위시켰고 육궁六宮은 황제를 침석에서 모시기 어려웠다. 황제가 매번 놀이를 하는 행사에서 만 씨는 융복戎服을 입고 말을 타고 행렬 앞에 인도하였다. 성화 2년 정월에 첫 황자를 낳아 황제가 크게 기뻐하여 중사를 보내어 산천에 제사를 지내고 마침내 만 씨를 귀비로 봉했다. 그러나 황자가 일찍 죽고, 만 씨 또한 이때부터 다시 아이를 갖지 못했다.

당시에 황제가 아들이 아직 없어 조정 안팎으로 모두 걱정하여서 은혜를 베풀어 후사를 잇기를 진언하였다. 급사중 이삼李森, 위원魏元, 어사 강영소康永韶 등이 계속 후사가 절실함을 진언하였다. 4년 가을에 혜성이 여러 차례 출현하였다. 대학사 팽시彭時와 상서 요섭姚夔 또한 진언하였다. 황제가 말하기를, "이것은 집안일이다. 짐이 스스로 알아서하겠다" 하여 소용이 없었다. 만귀비는 더욱 교만하였다. 궁중 신하 중에 뜻을 어기는 자가 있으면 질책당하여 쫓겨났다. 액정에서 황제의 신임을 받아 임신한 궁녀가 있으면 약을 먹여 낙태시켰다. 효종이 태어날 때 정수리에 머리카락이 많이 없었는데 어떤 이는 만귀비가 넣은 약 때문이라고 하였다. 기숙비의 죽음도 사실은 만귀비의 소행이다. 아첨하는 전능錢能, 담근覃勤, 왕직汪直, 양방梁芳, 위흥韋興 등의 무리들은 공물을 바친다는 명목으로 가렴주구하여 부고府庫를 탕진하면서 만귀비의 환심을 사려 하였다. 기이하고 음란하게 사원에 제사지내며 낭비한 돈이 헤아릴 수 없었다. 오랜 후에 황제의 후궁이 자식을 점차로 많이 낳았다. 양방 등은 태자가 자라는 것이 두려웠다. 그가 제위에 올라 장차 자신의 죄를 물을 것이기 때문이다. 이에 만귀비와 공모하여 황제가 태자를 다시 바꾸도록 권하였다. 때마침 태산에 지진이 일어나 점치는 이가 말하기를 지진이 동궁의 폐위와 관련해서 일어난 것이라고 하였다. 황제가 두려워하였으며 사건은 잠잠해졌다.

만귀비가 23년 봄에 급병으로 죽자, 황제 또한 7일 동안 조정을 돌보지 않았다. 만귀비의 시호를 공숙단신영정황귀비恭肅端愼榮靖皇貴妃라 하였고, 천수산에 묻었다. 홍치弘治 초에 어사 조린曹璘은 만귀비의 시호를 삭제하기를 건의하였다. 어대현魚臺縣 승상 서욱徐頊은 기태후를 진찰한 어의를 잡기를 청하고, 만귀비 가속들을 붙잡아 기태후가 죽을 당시의 상황을 심문하였다. 효종은 이렇게 하는 것이 선제의 뜻을 어기는 것이라 여겨 멈추었다.

—『명사』 권113 「후비」 '공숙귀비만씨'

1은 효종의 생모 효목기태후에 대한 기록이고 2는 공숙귀비만씨에 대한 기록이다. 그런데 1은 기태후의 내력으로 시작하고 있지만 만귀비의 질투와 악행, 기태후의 효종 출산과 효종의 성장, 태자 책봉, 만귀비의 태자 독살 시도, 만귀비의 죽음을 서사적으로 서술하고 있다. 2는 헌종의 만귀비 총애, 만귀비의 질투와 악행, 만귀비와 간신들의 공모로 태자 제거 시도와 실패, 만귀비의 죽음을 서사적으로 서술하고 있다. 이처럼 「효목기태후」와 「공숙귀비만씨」는 헌종의 두 아내를 서술하고 있지만 이 역사적 기록을 다시 합쳐서 보면 만귀비의 투기와 악행의 이야기가 만들어진다.

헌종의 후궁으로 들어간 만귀비는 헌종보다 19살이나 연상이지만 기민하여 헌종의 뜻을 잘 읽고 헌종의 총애를 받는다. 만귀비는 황후 오 씨를 중상 모략하여 폐위시키고 헌종의 총애를 받아 임신한 후궁이 있다면 약을 먹여 아이를 낙태시키는 투기를 일삼는다. 또한 만귀비는 자기 뜻을 어기는 신하를 내쫓고, 아부하는 간신들과 함께 국고를 낭비하기도 한다. 기 씨를 독살하고 음식에 독을 넣어 태자를 죽이려는 악행을 저지른다. 간신들과 공모하여 태자를 폐위시키려고 하지만 성공하지 못하게 된다.

한편 「효목기태후」와 「공숙귀비만씨」는 효종의 고난의 서사로도 읽을 수 있다. 만귀비의 투기와 악행 때문에 기 씨는 낙태의 위협을 받고 주변의 도움으로 효종을 낳는다. 그러나 기 씨는 서슬퍼런 만귀비가 두려워 효종을 죽이려고 하지만 장민과 폐위된 오 황후는 효종을 몰래 숨기고 기르게 된다. 효종은 6세가 되어서야 아버지 헌종을 만나게 되고 황태자로 즉위한다. 그러나 만귀비는 효종을 죽이기 위해 마수를 뻗지만 효숙황태후는 자기의 처소인 인수궁에서 효종을 키우며 만귀비에게서 효종을 보호한다. 만귀비는 효종을 불러 독약을 넣은 음식을 먹이려고 하지만 효종은 배가 부르다고 하고, 독이 있을 것 같다고 하며 음식을 먹지 않고 위기를 모면한다. 간신들과 만귀비는 헌종에게 태자를 폐위시키라고 충동질한다. 때마침 태산에서 지진이 일어나자 하늘이 태자를 폐위시키는 것에 노했기 때문에 지진이 일어났다는 말을 듣고 헌종은 두려워 태자의 폐위를 멈춘다. 만귀비가 죽고 뒤이어 헌종이 죽자 효종은 명나라 9대 왕인 성치제로 즉위하게 되는 것이다.

「효목기태후」와 「공숙귀비만씨」는 헌종의 두 명의 부인에 대한 역사적 기록이지만 만귀비의 투기와 악행의 서사이면서 효종의 고난의 서사라는 구조를 지닌다. 이처럼 『명사』 「효목기태후」와 「공숙귀비만씨」의 기록은 연적戀敵을 향한 시기와 질투, 황제의 아들에 대한 음모와 제거라는 서사가 매우 상세하게 서술되어 있다. 역사 텍스트가 소설과 유사한 서사성을 지닐 수 있다는 것을 『명사』의 만귀비 기록에서 분명히 알 수 있는 것이다.

우리의 고전소설에서도 만귀비의 투기와 악행의 서사, 효종의 고난의 서사가 소설화되고 있다. 그렇다면 역사 텍스트인 『명사』 「효목기태후」와 「공숙귀비만씨」가 고전소설에서 재구성되는 이유는 무엇일까. 그것은 이 텍스트가 지닌 강한 서사성과 만귀비의 강한 캐릭터가 고전소설 작자에게 강한 인상을 주고 소설적 상상력을 불러일으켰기 때문일 것이다.

## 고전소설 속 만귀비의 소환

『명사』 속 만귀비의 역사는 고전소설에서 어떻게 그려지고 있는 것일까? 고전소설에서 만귀비가 서사적 사건과 역할로 재구성되는 작품은 『류황후전』, 「이씨효문록」, 「유효공선행록」, 「화문록」이다. 그런데 『류황후전』, 「유효공선행록」, 「화문록」에서는 만귀비의 서사가 사건으로 재구성되는 데 비해 「이씨효문록」에서는 만귀비의 캐릭터가 모방되고 있다. 이 작품들에서 만귀비가 소설적 사건으로 재현되고 인물로 구성되는 양상을 살펴보도록 하자.

### 남녀 주인공의 고난 강화적 서사 프레임으로 재구성

『류황후전』은 19세기 후반에 창작되었다고 추정되는 한글 필사본 고전소설로 유태아와 태자가 애정을 나누면서 유태아가 황후가 되는 과정에서 펼쳐지는 고난과 역경을 그려낸다. 『명사』의 만귀비의 투기와 악행의 서사, 효종의 고난의 서사가 『류황후전』에서는 남녀 주인공인 유태아와 태자의 고난 강화적 서사 프레임으로 재구성된다. 『류황후전』은 『명사』 「효목기태후」와 「공숙귀비만씨」의 만귀비의 투기와 악행, 효종의 고난이라는 서사 뼈대를 그대로 모방하면서 효종의 고난의 서사를 『류황후전』의 남녀 주인공인 유태아, 태자의 고난의 서사로 재구성하여 재현하고 있는 것이다.

『류황후전』에서 만귀비는 황상의 총애를 받고 그녀의 오빠 만풍경은 조정 권세를 잡아 현인을 모해하고 성총을 가린다. 정궁이 아들 창을 낳자 황상이 창을 태자로 삼자 만귀비는 이를 시기하고 또한 호부시랑 정운의 딸이 후궁으로 뽑히고 황상의 총애를 받아 정첩여로 봉해지자 만귀비는 정첩여도 시기하여 제거하려고 한다.

태자가 영안궁에 피접갔다가 우연히 유태아를 만나 반하고 유태아와 혼인하자 만귀비는 자신의 조카 만소저가 태자비가 될 것이라고 생각하다 일이 여의치 않게 되자 유태아를 해칠 것을 결심한다. 만귀비는 유태아를 제거할 심산으로 유태아에게 비단을 주며 황상의 용포를 지으라고 하고 황상에게는 유태아가 역심을 품고 태자의 용포를 짓는다고 거짓으로 말하고 황상의 분노를 산다. 또한 정첩여와 태자를 함께 얽어 없애기 위해 정첩여와 태자가 다정히 바둑을 두고 있으며, 황상이 불러도 태자가 정첩여의 품에서 잠이 들어 못 온다고 거짓으로 전하게 하여 또 한 차례 황상의 의심과 분노를 일으킨다. 만귀비가 아들을 낳고 홀연 아들이 병으로 죽자 만귀비는 죽은 아들의 입 속에 독약을 넣은 후 유태아의 소행이라고 일을 꾸미고 황상은 이를 그대로 믿고 만삭인 유태아를 영양궁에 가두고 아이를 낳으면 유태아를 죽이라고 명한다. 유태아가 아이를 낳자 태자의 부탁을 받은 태감 강문창은 꾀를 내어 유태아를 피신시키고 황상에게 유태아가 죽었다고 보고한다.

황상은 만귀비의 간언으로 만풍경의 딸 만소저를 태자비로 삼게 하고 태자가 만소저를 소원하게 대하자 만소저는 앙심을 품는다. 태자는 그녀가 남긴 편지를 읽고 그리워하는 글을 짓고 만소저가 이것을 보고 분노하여 만귀비에게 보인다. 만귀비는 정첩여의 글씨를 모방하여 태자를 사모하는 편지를 지어 태자의 글과 함께 황상에게 보이니 황상은 태자와 정첩여가 간통했다고 생각하여 정첩여는 강도궁에 가두고 태자는 폐궁에 거하게 한다.

유태아의 시비 유소애는 궁궐로 들어가 황상의 총애를 받아 숙의 직첩을 받고 만귀비의 간계를 말한다. 황상은 유소애의 말을 듣고 만귀비와 만풍경의 악행을 깨닫게 된다. 황상은 만귀비와 그 일족을 참하려고 하자 태자는 만귀비는 죄를 감하라고 주청하여 남해에 정배시킨다. 유태아와 태자는 상봉하고 황상은 태자에게 보위를 양위하여 황제가 되어 나라를 잘 다스린다.

이처럼 『류황후전』의 만귀비는 핵심적 갈등을 유발하는 인물이다. 『류황후전』에서 만귀비가 행하는 투기와 악행은 『명사』의 만귀비보다 강화된 형태로 재구성되어 남녀 주인공의 고난을 더욱 강화시킨다. 특히 유태아의 고난담은 『명사』 「효목기태후」와 「공숙귀비만씨」의 태자의 고난담과 일맥상통하는 면이 있다는 것을 발견할 수 있다. 효종의 생모 기태후가 임신하여 아이를 출산하고 만귀비가 두려워 아이를 익사키시라고 하자 태감 장민이 아이를 몰래 키우고 기태후를 보호한 것처럼 『류황후전』의 유태아도 황상이 사약을 내리자 태감 강문창과 여회진이 유태아가 죽었다고 거짓으로 고하고 유태아와 아이를 동교 암실에 두고 살리는 모티프는 『류황후전』이 『명사』를 모방한 것이라고 할 수 있다. 그러나 『류황후전』의 유태아와 태자에게 가해지는 고난의 내용과 강도는 『명사』의 효종보다 더욱 강하다. 만귀비는 태자가 왕이 되려는 역심을 가졌다고 황상을 자극하고 태자비가 자신의 아들을 죽였다고 모략하기도 하고 태자가 왕의 후궁과 간통했다는 패륜을 저질렀다고 황상의 분노를 불러일으켜 유태아를 죽이고 태자는 폐위시키려고 한다.

만귀비의 이와 같은 투기와 악행은 인간이 저지를 수 있는 추악한 악과 욕망을 적나라하게 펼치는 음모의 구조이자 소설적 구성이라고 할 수 있을 것이다. 『명사』의 만귀비의 투기와 악행, 효종의 고난의 서사는 『류황후전』에서는 남녀 주인공이 역심과 역모, 근친살해와 근친상간을 행하려고 했다는 보다 자극적인 사건으로 재구성하여 만귀비의 악행을 구체화하고 있는 것이다. 현실에서 금기시되는 역모, 근친살해와 근친상간과 같은 패륜을 남녀 주인공이 저질렀다고 누명을 씌우면서 남녀 주인공에게 해를 가하지만 이것은 만귀비의 악행을 통해 현실적 금기 너머에 있는 제어되지 않는 인간의 욕망을 그대로 표출하는 통로를 만들기도 하는 것이다. 이 때문에 『류황후전』의 유태아와 태자가 겪는 점층적 고난은 만귀비로 대변되는 악녀형 인물의 질투와 탐욕을 극대화하는 수단이자 악녀형 인물의 욕망을 드러내고 재현하는 소설적 프레임이라고 할 수 있다.

그러나 악녀형 인물의 질투와 탐욕, 욕망을 재현하는 수단으로 선택되는 『류황후전』의 만귀비 서사도 역사와 다른 결말을 구성하고 있다는 것을 지적할 수 있다. 『명사』와 『만력야획편』의 역사적 기록에서 만귀비는 죽음을 맞는 파국을 보여주지만 『류황후전』은 만귀비의 질투와 악행을 심각하게 심판하지 않는다. 『류황후전』에서는 만귀비의 악행이 발각되어도 만귀비의 죄를 죽음으로 처리하지 않고 절도에 유배 보내는 정도의 처결을 보여준다. 이것은 태자의 어짊을 보여주고 아버지의 총애를 받았던 만귀비를 죽여서는 안 된다는 효심의 발로이기도 하다. 『명사』와 『만력야획편』에서 만귀비는 병으로 죽었다는 말로와는 달리 『류황후전』에서는 악행을 저지르는 만귀비에 대해 관용을 베푸는 결말을 구성하는 것은 역사와는 다른 윤리적 시각이 고전소설에 투영된 것이라고 할 것이다.

### 새로운 악녀형 인물의 모방적 구성

『이씨효문록』은 18세기 전반에 창작되었다고 추정되는 국문장편소설로 이명현과 그의 아들 이재희를 중심으로 펼쳐지는 가족 갈등과 화해를 서사화한다. 『이씨효문록』은 전반부와 후반부의 서사 구조로 이분화할 수 있다. 전반부는 이명현과 유 부인의 갈등, 이명현의 처첩 갈등이 주를 이루고 후반부는 이명현의 아들이재희의 혼인담과 입공이 주를 이루는데 만귀비의 서사적 재현은 『이씨효문록』의 전반부에 집중되어 있다.

『이씨효문록』에서 만귀비는 임금의 총애를 받고 임금을 좌지우지하며 이명현과 이명현의 두 부인에게 고난을 가한다. 그러므로 『이씨효문록』에서도 만귀비는 가정내외적 갈등을 촉발하고 남녀 주인공의 고난을 가중시키는 역할을 한다. 그러나 『류황후전』처럼 핵심적 갈등을 만드는 갈등 유발자는 아니다. 『이씨효문록』에서 만귀비는 구체적 계략이나 음모를 꾸며 이명현과 두 부인에게 해를 가하는 것이 아니라 조카인 만 씨의 요청에 의해 임금을 움직여 주인공에게 고난을 가하는 매개자의 역할만 할 뿐이다. 『이씨효문록』에서 만귀비는 부차적 서사의 주변인물에 그치고 만귀비의 투기와 악행을 주도하여 주인공에게 직접적으로 고난을 가하는 인물은 만귀비의 조카 만 씨이다. 만 씨는 『명사』의 만귀비에 버금가는 투기와 악행을 저지르는 악인형 인물로, 『명사』의 만귀비를 모방하여 새롭게 만든 악인형 인물은 만 씨라고 할 수 있다.

만 씨는 임금의 총애를 받는 만귀비의 오빠 만염의 막내딸이다. 만귀비가 임금의 총애를 받고 막강한 권력을 가지자 오빠 만염 또한 권세를 가지게 되는데 만염의 딸 만 씨는 만귀비가 만승천자의 배필이 된 것처럼 자신도 뛰어난 사람을 남편으로 삼겠다는 욕망을 가지게 된다. 만 씨는 우연히 만귀비를 만나러 조정으로 갔다가 이명현에게 반해 상사병에 걸리고, 만귀비를 통해 임금을 설득하여 이명현의 두 번째 처로 이 씨 집안에 들어가게 된다.

만 씨의 악행은 신혼 첫날밤 이명현의 박대에서 비롯된다. 첫날밤 이명현이 신방에 들어와서는 말도 건네지 않고 잠만 자고 나가자 만 씨는 이에 분노하여 이명현과 그의 처 위 씨와 첩 서빙염을 없앨 생각을 하게 된다. 만 씨는 아들이 없는 집안에 양자로 들어와 모든 재산이 이명현에게 돌아갈 것을 못마땅해하던 시어머니 유 부인과 시누 영설 등과 결탁하여 이명현과 위 씨, 서빙염까지 죽이려는 계략을 꾸민다. 만 씨는 먼저 이명현의 처 위 씨를 없애기 위해 칼로 자해한 후 이명현과 위 씨가 자신을 죽이려고 했다고 만귀비에게 알리고 만귀비는 임금에게 이 사실을 고한다. 임금은 이명현을 옥에 가두고 위 씨는 본처 자리에서 폐위하여 장사로 정배 보내고 만 씨를 원비로 삼게 한다. 또한 만 씨는 자객을 보내 정배가는 위 씨를 죽이려 한다. 또 서빙염을 제거하기 위해 서빙염이 유 부인을 죽이려고 축사를 썼다고 누명을 씌워 후당에 감금시키기며 연적戀敵을 하나씩 없애간다.

이명현 또한 임금이 정궁을 폐하고 태자를 박대하자 만귀비의 잘못을 상소하다 형벌을 받고 역남국변으로 정배가게 된다. 이명현이 집안을 비우자 만 씨는 시누이인 영설과 함께 이명현의 아들을 살해하려고 공모한다. 그러나 임금이 죽고 태자가 즉위하여 만 씨의 삼족을 멸하고 그 화가 만 씨에게 미치게 되자 만 씨는 이 씨 집안의 재산을 훔쳐 사통한 노비와 도망간다. 결국 만 씨는 재산을 탕진하고 거지가 되어 돌아다니다 이 씨 집안에 잡혀와 처형을 당하는 말로를 맞게 된다.

이처럼 만 씨는 집안 내부에서는 유 부인과 영설 등과 공모하고, 밖으로는 만귀비의 원조로 이명현과 위 씨에게 고난을 가하는 『이씨효문록』의 전반부 갈등의 핵심적 유발자이다.

만 씨의 이와 같은 투기와 악행은 현실적으로 용인되지 않는 범법적 행위이다. 『이씨효문록』에서 만 씨는 자신의 권력 욕망, 애정 욕망, 성적 욕망이 충족되지 못하자 분노와 투기, 악행의 서사를 펼쳐보이고 있고 『이씨효문록』은 만 씨라는 악녀형 인물을 창조하여 적나라한 욕망의 세계를 표현하고 있는 것이다.

이 때문에 『이씨효문록』의 만 씨는 『명사』의 만귀비의 인물 자질에서 촉발되어 이와 유사한 인물 자질을 소설 속에 구성하려는 서사 충동에서 만들어진 인물이다. 『명사』의 만귀비는 권력 욕망, 애정 욕망에 따라 투기와 악행을 저질렀다면 만 씨는 권력 욕망, 애정 욕망, 성적 욕망에 따라 투기와 악행을 행하고 성적 일탈을 하는 인물로 구성하였다. 만 씨는 『명사』의 만귀비가 가진 투기와 악행의 자질은 그대로 반복하고 애정 욕망과 성적 욕망은 더욱 불어넣어 새로운 악녀형 인물로 창조되었다. 무엇보다도 이러한 만 씨와 같은 인물 구성은 이명현의 지극한 효성으로 모든 갈등이 해결된다는 『이씨효문록』의 유교적 주제에서 일탈하여 만 씨를 통해 악과 욕망을 유희적으로 펼치고 여성 욕망을 극대화하는 효과를 얻을 수 있다. 그러나 이런 여성 욕망의 극대화는 현실적으로 용인되지 않고 만 씨는 처형되는 말로를 맞게 되지만 만 씨는 『이씨효문록』에서 악과 욕망을 재현하는 통로가 되는 것이다.

주목되는 것은 악과 욕망을 펼친 만 씨는 『이씨효문록』에서 이명현에게 잡혀와 처형당하는 결말을 맞지만 임금을 기만하고 권력을 휘둘렀던 만귀비는 극형을 내리거나 유배를 보내는 것이 아니라 북궁에 안치하는 처벌을 내린다는 것이다. 임금은 죽으면서 만귀비와 간신들에게 현혹당한 자신의 잘못을 말하며 이들을 벌 줄 것을 명한다. 그러나 태자는 홍치제 효종으로 즉위하여 만씨의 삼족은 멸하지만 만귀비는 죽이지 않는다. 만귀비는 선제가 총애하던 후궁이기 때문에 죽이지 않고 북궁에 안치하는 선에서 마무리한다. 이 때문에 홍치제의 성덕이 높이 평가되고 조정과 재야가 칭송하게 되는 것이다. 이러한 결말은 『류황후전』에서 악행을 저지르는 만귀비에 대해 관용을 베푸는 결말과 유사하며 『이씨효문록』에서도 『류황후전』과 유사한 윤리적 시각이 작동하여 만귀비에 대한 관용을 보여주는 것이라고 하겠다.

### 핵심 서사와 부차적 서사의 상동적 프레임으로 재구성

고전소설 『유효공선행록』과 『화문록』에도 만귀비가 소설적으로 재현되고 있는데 이 두 작품에서 만귀비의 서사는 소설의 핵심적 서사와 부차적 서사 모두에서 구성되어 상동적 의미를 드러낼 수 있도록 구조화된다.

『유효공선행록』은 지극한 효성과 우애를 가진 유연과 편벽되고 어리석은 아버지 유정경을 좌지우지하여 장자 자리를 빼앗으려는 간사하고 시기심 많은 아우 유홍의 갈등이 중심이 되고 유연의 지극한 효우의식이 아버지와 아우의 갈등을 해소한다는 국문 장편소설이다.

『유효공선행록』에서 만귀비의 서사는 부차적 서사인 태자의 서사에서 본격적으로 재현된다. 태자의 서사는 『명사』의 만귀비의 투기와 악행, 효종의 고난의 서사를 모방하여 재현하고 있는데, 태자의 서사는 『유효공선행록』에서 부차적인 서사로 기능하여 핵심적 서사인 유연의 고난을 완화하고 해결하는 데 기여한다. 그러나 핵심적 서사인 유연의 서사도 태자의 서사와 일정한 상동성을 지니고 있다.

『유효공선행록』의 핵심적 서사인 유연의 서사는 어리석은 아버지가 간악한 작은 아들의 간계에 의해 어진 큰 아들에게 극심한 고통을 가하는 이야기이다. 간사하고 교활한 작은 아들 유홍은 요정에게 뇌물을 받은 일과 형수인 정 씨의 아름다움을 시기한 가사가 형 유연에게 탄로날까봐 아버지 유정경에게 유연의 죄를 거짓으로 고해 유연을 모함한다. 유홍은 온갖 흉계로 유연을 모함하여 적장자 자리에서 유연을 폐위시키고 자신이 적장자가 된다. 천자가 후궁 만귀비를 총애하여 황후를 폐하고 태자를 박대하자 유홍은 흉계를 내어 유연이 천자의 잘못을 아뢰는 상소를 올리게 하고 천자는 유연에게 분노하여 유연을 유배 보내게 된다. 유홍은 유배지로 떠나는 유연을 죽이기 위해 하인을 매수하기도 하고 유정경을 부추겨 유연에게 자결하는 칼과 편지를 보내면서 유연을 없앨 기도를 하게 된다. 태자가 왕위에 오르고 만귀비 일파의 죄상이 밝혀지고 유홍의 죄상도 밝혀짐으로써 유홍은 유배를 가게 된다. 아버지 유정경은 자신의 잘못을 깨닫고 유연은 아버지를 효성으로 모시고 유배지에서 돌아온 유홍을 우애로 대하고 다시 화목한 가문을 만들게 되는 것이다.

『유효공선행록』의 부차적 서사는 만귀비의 참소로 천자가 태자를 박대하는 이야기이다. 천자가 후궁 만귀비를 총애하자 만귀비는 황후를 참소하여 황후를 폐위시킨다. 만귀비는 태자를 참소하여 태자를 조주로 순행하게 하고 황후는 심궁에 갇혀 태자를 만나지 못하자 병이 들어 죽게 된다. 천자가 갑자기 병을 얻어 붕어하자 태자가 즉위하여 효종이 된다. 만귀비는 효종을 죽이려고 기도하다가 실패하고 효종은 만귀비 일파를 죽이거나 죄를 주지만 만귀비는 선제가 총애했기 때문에 죽이지 않고 심궁에 가둔다. 효종은 간악한 신하를 폐하고 천하의 인재를 등용하여 나라를 잘 다스리게 된다.

이처럼 만귀비에게 현혹되어 만귀비의 참소를 믿고 황후를 폐하고 태자를 박대하는 태자의 고난의 서사는 시기심 많고 간악한 아들 유홍의 참소와 계략에 빠져 유연을 박대하고 고통스럽게 하는 유연의 고난의 서사와 상동적이다. 태자의 서사가 후궁의 참소가 원인이 되고, 유연의 서사가 간악한 작은 아들의 참소가 원인이 된다는 것이 다르지만 사리를 분별하지 못하고 암혼한 아버지와 임금의 잘못된 판단이 아들에게 고난을 가한다는 점이 동질적인 것이다.

그러므로 『유효공선행록』의 유연의 서사와 태자의 서사는 어리석은 아버지 혹은 천자가 간악한 아들 혹은 후궁의 계략에 빠져 효우관인한 아들에게 극심한 고통을 가하는 상동적 구성을 보여준다. 『유효공선행록』에서 『명사』의 만귀비의 투기와 악행, 효종의 고난의 서사를 부차적 서사로 만들어 핵심 서사와 상동적인 의미를 지니도록 구성하는 이유는 무엇일까? 그것은 어리석은 가부장과 임금에 대한 비판적 시각을 보여주기 위해서이다. 『유효공선행록』은 『명사』에서 드러내지 않았던 헌종의 무력함과 암혼함을 재해석하여 핵심 서사와 조응하도록 구성하는 것이다.

한편 『유효공선행록』에서도 만귀비에 대한 처결은 그 악행에 비해 관대하다. 만귀비가 다시 임금을 해하려다 발각되지만 임금은 만귀비의 공모자 만염과 만귀비의 삼족을 죽이고 만귀비에게 응했던 궁인 칠십 여인을 죽이거나 귀향을 보내지만 만귀비는 선제가 총애하던 후궁이라 목숨을 살려 별궁에 안치하게 한다. 이와 같은 만귀비에 대한 임금의 처결은 앞서 살폈던 『류황후전』,

『이씨효문록』과 유사한 결말은 고전소설의 윤리적 시각이 반영된 결말이라고 할 수 있을 것이다.

『명사』의 만귀비의 서사가 부차적 서사로 핵심 서사와 상동적 관계를 갖도록 구성하는 것은 『화문록』에서도 발견된다. 『화문록』은 18세기 후반에 창작되었다고 추정되는 국문 장편소설로 화씨 가문의 처첩 갈등이 주를 이룬다.

『화문록』의 전반부인 화경과 호 씨의 서사는 첩의 간계로 처를 박대하고 고난을 가하다 호 씨의 간악함을 깨닫는다는 이야기이다. 화경은 외가에 갔다 오다 죽서루에서 호 씨를 보고 첫눈에 반해 호 씨를 첩으로 맞아들인다. 화경의 사랑을 독차지한 호 씨는 화경의 처인 이 씨를 없애기 위해 갖은 계략을 꾸민다. 시부모의 술잔에 독을 타서 이 씨의 소행으로 꾸미고, 이씨가 문객인 설경윤과 사통한 것처럼 꾸며 이 씨를 내쫓고 드디어 본처가 된다. 호 씨는 이 씨가 아들을 낳자 그 아들도 강물에 빠트려 죽이려고 한다. 서방을 순무하던 호경은 우연히 양진이라는 서생을 만나 첩에게 현혹되어 정실 부인을 죽인 이야기를 듣고 호 씨의 음모를 깨닫고 호 씨를 내쫓고 이 씨와 아이를 되찾아 다시 화락하게 된다.

『화문록』의 후반부인 임금과 만귀비의 서사는 후궁의 참소로 정궁과 태자가 박대당하다 임금이 붕어하고 태자가 즉위한다는 이야기이다. 임금이 만귀비에 대한 총애가 날로 더하자 임금은 태자를 내치고 조대 땅을 살피라고 내보내고 중전을 내궁에 가두

어버린다. 임금에게 잘못을 간하다 죄를 입은 신하와 벼슬을 버리고 고향으로 간 신하가 부지기수이고 만안 등 만귀비 일파가 민간에 무수한 폐단을 일으킨다. 갑자기 임금이 병이 들어 붕어하자 태자가 보위에 올라 유배갔던 신하를 부르고 충신과 어진 신하를 다시 쓰면서 나라를 다시 바로 세운다. 임금은 만귀비를 냉궁에 안치했다가 선제를 생각하여 다시 별궁으로 옮기게 한다.

『명사』의 만귀비의 서사는 『화문록』에서 후반부의 임금과 만귀비의 서사로 재구성되어 있다. 그러나 후반부의 만귀비의 서사는 독립적인 서사로 전개되는 것이 아니라 전반부의 화경-이씨-호 씨의 서사와 상동적인 의미를 가질 수 있도록 구성된다. 후반부에도 전반부의 화경의 서사처럼 임금-정궁, 태자-만귀비의 서사를 구성하여 판단력을 잃은 어리석은 가장과 임금이 첩의 계략에 빠져 부인과 아들을 고통 속에 빠트리는 서사를 재현하는 것이다.

핵심적 서사인 화경과 호 씨의 서사에서 나타나는 어리석은 가장의 잘못된 판단이 빚어내는 우여곡절을 부차적 서사에서도 유사하게 재현하는 이유는 무엇일까? 그것은 일부다처제에서의 어리석은 가부장과 봉건제에서의 어리석은 임금의 문제를 드러내기 위해 『명사』의 만귀비의 서사를 선택하여 핵심 서사와 부차적 서사를 상동적으로 구성하여 소설을 창작하는 것이다.

더불어 『화문록』에서도 악행을 저지른 만귀비에 대해서는 관용을 베푸는 결말을 보여주고 있다. 헌종이 승하하자 태자가 보위에 올라 만귀비를 궁녀들이 있는 냉궁에 안치한다. 그러나 시간이 흐른 후 임금은 만귀비의 죄가 중하지만 돌아가신 아버지가 총애했던 비妃이기에 냉궁에 오래 폐하여 두는 것이 편치 않다고 하면서 만귀비를 별궁으로 옮기게 한다. 이와 같은 『화문록』의 만귀비에 대한 임금의 처결은 임금의 인효를 드러내는 것인데 이것은 고전소설의 윤리적 시각이 반영된 결말이라는 것을 읽어낼 수 있는 것이다.

## 고전소설의 상상력과 악녀의 탄생

앞에서 우리는 『명사』의 역사적 인물 만귀비가 고전소설에서 새로운 서사와 인물로 소설화되고 있다는 것을 살펴보았다. 이제 우리는 고전소설에서 역사적 인물 만귀비를 선택하여 고전소설의 악녀로 탄생시키는 소설적 상상력이 무엇인가를 탐색해 볼 수 있을 것이다.

### 악과 욕망 재현의 유희적 상상력

『명사』 만귀비의 기록은 고전소설에서는 서사 구성적 측면에서는 남녀 주인공의 고난 강화적 서사 프레임을 만드는 데 활용되고 인물 구성적 측면에서는 새로운 악인형 여성 인물을 만들어내는 데 활용된다는 것을 확인하였다. 『명사』 만귀비의 기록은 서사 구성적 측면과 인물 구성적 측면에서 소설적 상상력을 촉발시키는 원동력이 된 것이다.

그런데 고전소설은 선행 텍스트라고 할 수 있는 『명사』 「효목기태후」와 「공숙귀비만씨」 및 『만력야획편』의 「효종생모」, 「만귀비」의 기록에서 나타나는 만귀비의 행위와 인물 성격을 그대로 모방하는 것이 아니라 소설적 상상력으로 새롭게 변용하고 있다. 『만력야획편』에서 만귀비는 투기와 악행을 본격적으로 저지르는 인물로 기록되어 있지 않고 『명사』에 이르러서야 만귀비는 임금의 총애를 받고 투기와 악행을 저지르는 인물로 고정된다. 또한 『만력야획편』과 『명사』에 기록된 만귀비는 민첩하고 기민하여 헌종의 뜻을 잘 맞추어 헌종의 총애를 받긴 하지만 젊고 아름답기 때문에 헌종의 총애를 받은 것은 아니다. 『명사』에서 만귀비는 4세에 액정에 들어가 손태후의 궁녀가 되었고 자라서 동궁에서 헌종을 보살폈는데, 헌종이 16세에 즉위할 때 만귀비는 이미 35세였고 기민하여 황제의 뜻을 잘 살폈다고 기록되어 있다. 이로 보아 헌종은 만귀비가 젊고 아름답기 때문에 총애한 것은 아니라는 것을 알 수 있다. 오히려 만귀비가 어렸을 때부터 헌종을 돌보았기 때문에 헌종은 만귀비에게 의지하고 만귀비에게서 모성 같은 정을 느꼈을 것이라고 추측할 수 있다. 또한 『만력야획편』에는 만 씨가 살이 쪄서 매번 행차할 때마다 반드시 군복을 입고 칼을 차고

좌우에서 시립하였는데 황제가 볼 때마다 매번 사모하였다고 기록된 것으로 보아 만귀비는 몸매가 날씬하고 외모가 아름다운 여성은 아니었다는 것을 알 수 있다.

그러나 고전소설에서 만귀비의 서사는 만귀비의 투기와 악행을 더욱 강화하고 있고 만귀비를 역사의 기록과는 달리 젊고 아름다운 여인으로 변형하고 있다. 외모는 매우 아름답지만 내면은 투기와 간악함으로 가득하고 악행을 자행하는 팜므파탈형 인물로 만귀비를 새롭게 구성하는 것이다. 이것은 역사적 인물 만귀비를 고전소설적 인물과 사건으로 재구성할 때 소설 작가는 만귀비를 통해 악과 욕망을 최대한으로 재현하고자 하는 유희적 상상력을 발휘한다는 것을 보여준다. 『명사』에서 나타나는 만귀비의 투기와 악행도 놀랄만한 것이지만 고전소설에서 재현되는 만귀비의 악행과 투기, 만귀비를 모방하여 새롭게 구성되는 여성 인물의 투기와 악행은 현실에서 금지하고 있는 극단적 범법 행위이다. 그러나 고전소설에서 재현되는 만귀비의 서사나 만귀비를 모방하여 구성되는 여성 인물은 이런 극단적 범법 행위를 정교하고 활발하게 수행하고 있다. 실제 역사적 기록보다 고전소설에 와서 만귀비는 더욱 극단적 악행을 저지르고 악녀의 화신으로 재탄생되는 것이다.

『류황후전』에서 만귀비는 후궁 중에서 가장 아름다운 미모를 지녔고 역모나 근친살해와 근친상간과 같은 패륜을 남녀 주인공이 저질렀다고 누명을 씌우면서 남녀 주인공에게 해를 가하고 있다. 『이씨효문록』의 만 씨는 뛰어난 미모를 지니고 있지만 남편에게 사랑받지 못하자 남편을 죽이고 남편의 처첩을 제거하며, 남편의 아이들을 살해하고, 모든 것이 여의치 않자 다른 남자와 사통하고 도망치기까지 한다. 이것은 『명사』의 만귀비의 투기와 악행, 만귀비의 성격을 참조하지만 고전소설에서 만귀비의 서사를 만들고 인물을 구성할 때는 보다 자극적인 구성과 인물 창조로 나아가고 있음을 보여주는 것이다. 이렇게 본다면 역사적 인물 만귀비는 고전소설에서 현실적 금기 너머에 있는 제어되지 않는 인간의 욕망을 그대로 표출하고자 하는 의도에서 선택된 인물이고 고전소설의 유희적 상상력에 의해 새로운 악인형 인물의 서사와 인물 구성이 만들어지게 되는 것이다. 이것은 인간이 가지고 있는 권력 욕망, 애정 욕망, 성적 욕망 등을 허구적으로 극대화하는 수단이 되며 적나라한 인간 욕망의 세계를 허구적으로 표현하는 통로가 되는 것이다. 『명사』의 만귀비의 기록에서도 만귀비의 욕망의 단초를 발견할 수 있었지만 고전소설의 만귀비의 서사 구성과 인물화에서는 이러한 욕망을 작정하고 드러내고 펼치게 하는 것이다.

무엇보다 『명사』의 만귀비의 기록에서 촉발되는 만귀비 서사와 만귀비의 성격은 국문 장편소설의 악녀형 인물을 구성하는 데 참조의 틀이 된다. 국문 장편소설은 17~18세기에 창작된 장편 거질의 소설로 여성 독자층을 중심으로 향유되었다. 국문 장편소설에서는 주로 처첩 갈등, 부부 갈등, 가족 갈등 등 다양한 인간관계에서 발생하는 갈등이 중요한 서사적 뼈대가 된다. 국문 장편소설에는 아름다운 외모를 지녔지만 투기와 질투에 사로잡힌 악녀형 인물의 투기와 악행의 서사가 반복적으로 그려지고 있다. 이들은 권력 욕망, 애정 욕망, 성적 욕망의 화신인 악녀로 전형화된다. 이와 같은 국문 장편소설의 악녀형 인물의 서사와 성격화는 『명사』의 만귀비 서사 같은 전형화된 악녀형 서사에서 촉발되어 그 뼈대를 만들고 그 다음으로 악과 욕망을 재현하려는 유희적 상상력이 살을 만들고 외형을 꾸미면서 역사보다 더욱 강화된 악녀형 인물의 서사와 인물이 창조되기도 하는 것이다. 『명사』의 만귀비의 기록에서 비롯되는 악녀의 서사와 형상도 고전소설에 와서 더욱 상상력에 날개를 달고 악녀의 캐릭터를 전형화하는 것이다.

### 어리석은 가부장에 대한 반감 재현의 비판적 상상력

우리는 앞에서 『유효공선행록』과 『화문록』에서 『명사』의 만귀비 서사는 주로 부차적 서사로 구성되었는데 이 부차적 서사는 핵심 서사와 상동적 구조를 지닐 수 있도록 구성되었다는 것을 살펴보았다.

그렇다면 『유효공선행록』과 『화문록』에서 핵심 서사와 상동적 의미를 가질 수 있도록 『명사』의 만귀비 서사를 선택하는 이유는 무엇일까? 『유효공선행록』과 『화문록』에서 『명사』의 만귀비 서사를 부차적 서사로 구성하는 이유는 암혼하고 어리석은 가부장에 대한 문제와 반감을 표현하기 위해서이다. 핵심 서사에서도 어리석은 가부장에 대한 서사가 펼쳐지고 있지만 부차적 서사에서도 이와 유사한 서사 프레임을 상동적으로 구성함으로써 현명한 판단을 하지 못하는 아버지와 어리석은 임금의 모습을 반복적으로 보여주고 있는 것이다.

그런데 『명사』에서는 만귀비의 투기와 악행이 강조될 뿐이지 헌종의 어리석음은 도드라지게 서술되지 않는다. 『명사』「효목기태후」와 「공숙귀비만씨」의 기록에서 헌종의 무력함과 어리석음은 배경화되어 있고, 만귀비의 투기와 악행은 양각화되어 있기 때문이다. 『명사』를 읽는 독자가 이 역사적 기록을 통해 만귀비의 투기와 악행을 수수방관하는 헌종의 무력함을 적극적으로 해석해야만 헌종의 어리석음을 발견해낼 수 있을 것이다. 그러나 고전소설의 작가는 『명사』의 「효목기태후」와 「공숙귀비만씨」에서 헌종의 무력함과 어리석음을 적극적으로 해석하여 고전소설의 부차적 서사로 만들고 핵심 서사와 유사한 관계를 가질 수 있도록 상동적 구성의 프레임을 짠다. 이것은 『명사』의 만귀비 서사를 만귀비의 개인적 악행의 서사로만 읽지 않고 현실에서 일어나는 문제를 반영할 수 있는 서사로 만들고자 하는 작가의 의도와 어리석은 가부장에 대한 반감을 재현하고자 하는 소설적 상상력이 작동하여 만들어내는 서사 구성이라 하겠다. 이것은 고전소설 작가의 적극적 현실 인식과 의도적 소설 구성의 결과를 보여주는 것이라고 할 수 있다.

그렇다면 작가의 적극적 현실 인식은 무엇일까? 이 질문에 답하기 위해서는 우리는 조선의 국가사회 체제인 봉건제와 일부다처제의 문제를 떠올리지 않을 수 없다. 한 명의 남성이 여러 명의 처첩을 거느리는 일부다처제 사회에서는 처첩 간의 반목과 갈등이 많았을 것이고 그 사이에서 현명한 판단을 하지 못하는 어리석은 가부장의 문제가 비일비재했을 것임을 짐작할 수 있다. 또한 임금이 절대 권력을 누리는 봉건제에서도 후궁과 간신들의 간계에 빠져 올바른 판단을 하지 못하고 정사나 가정사를 제대로 처리하지 못하는 임금도 많았을 것이고 그 후유증은 심각했다는 것을 지적할 수 있다.

『유효공선행록』과 『화문록』의 작가는 이와 같은 현실적 문제를 직시하고 『명사』의 만귀비 서사에서 이와 유사한 의미를 읽어내는 것이다. 작가는 현실에서 발견되는 암혼한 가부장과 임금의 부정적 처신을 소설적 모티브로 하여 핵심 서사로 만들고 『명사』의 만귀비 서사를 어리석은 가부장과 임금에 대한 비판적 시각으로 해석하여 소설적 변형을 통해 부차적 서사로 만드는 것이다. 여기에서 당대의 현실적 문제를 직시하고 소설화하는 서사 충동과 현실 비판적 상상력이 강하게 작동하게 되는 것이다. 고전소설 작가는 『명사』의 만귀비 기록에서 만귀비의 투기와 악행뿐만 아니라 헌종의 무력함을 포착하고 이것을 비판적으로 해석하여 현실의 문제와 연결시키는 것이다. 그렇기 때문에 『명사』의 만귀비 역사는 고전소설 작가에게 일부다처제와 봉건제에서 노출되는 문제를 구체적으로 말할 수 있는 소재거리가 되는 것이다. 작가의 현실적 문제를 비판하는 현실 비판적 상상력이 역사적 소재인 만귀비를 소설화하는 원동력으로 작용하여 『유효공선행록』과 『화문록』과 같은 만귀비 서사를 만들게 되는 것이다.

### 인효와 관용 재현의 윤리적 상상력

『류황후전』, 『이씨효문록』, 『유효공선행록』, 『화문록』의 결말에서 공통적으로 나타나는 만귀비에 대한 관대한 처분은 고전소설의 또 다른 상상력의 세계를 보여준다. 만귀비의 죄상이 밝혀졌지만 죽음으로 단죄하지 않고 선제를 생각하여 관용을 베푸는 이와 같은 결말은 임금의 어진 마음과 효성을 드러내는 것으로 이는 고전소설의 윤리적 시각이 반영된 결말이라고 할 수 있을 것이다.

이것은 『명사』와 『만력야획편』에서 죽음으로 끝나는 만귀비의 결말과 다른 고전소설의 변용이라고 할 수 있다. 『명사』에서는 만귀비가 급병이 들어 갑자기 죽은 것으로 서술하고 있다. 또한 『만력야획편』 「만귀비」에는 만귀비가 궁녀 하나를 때리다가 화가 끝까지 올라 숨이 막히고 가래가 올라 결국 죽게 되었고 황제도 만귀비의 죽음을 슬퍼하며 우울해하다가 조정 일도 돌보지 않고 끝내 죽었다고 서술하고 있다. 『명사』와 『만력야획편』의 역사적 기록에서 만귀비는 죽음을 맞는 파국을 보여주고 있는 것이다. 다만 『명사』 「공숙귀비만씨」의 마지막 부분에서 효종이 즉위한 후 어사 조린이 만귀비의 시호를 삭제하자는 건의를 하고 서욱이 기태후를 진찰한 어의를 잡아 기태후의 죽음과 관련된 만귀비의 사주를 심문하자고 했지만 효종은 더 이상 만귀비의 죄상을 들추어내는 것은 선제의 뜻을 어기는 것이라 하고 그만하게 하였다는 기록이 있다. 이 부분은 선제를 생각하여 만귀비의 악행을 덮어두려는 효종의 효성과 관용의 자세를 보여주는 것이라고 할 수 있다.

이런 점에서 『류황후전』, 『이씨효문록』, 『유효공선행록』, 『화문록』의 만귀비에 대한 처분은 『명사』의 효종의 효성과 관용의 자세에서 포착된 것일 수 있다. 그러나 고전소설에서는 『명사』보다 만귀비의 악행에 대해 더 너그럽고 관용적인 결말을 구성한다. 만귀비에게 목숨을 잃을 뻔한 절체절명의 고통을 받고도 임금은 아버지가 총애한 후궁이기 때문에 만귀비를 죽이지도 않고, 태장을 내려 만귀비의 신체를 훼손하지도 않으며 정배를 보내지도 않고 궁궐에 유폐시키는 정도의 벌을 내리는 것이다. 이것은 죽은 아버지에 대한 효성의 발로이자 새로 즉위한 임금의 인仁과 관용을 보여주는 것이다. 이러한 처결 때문에 조정과 재야에서는 임금의 효성과 성덕을 치하하고 진정한 성군으로 존경하게 되는 것이다.

고전소설의 이와 같은 결말은 아들의 지극한 인효를 강조할 뿐만 아니라 소설 향유층이 공유하고 있는 유교 윤리적 시각을 반영한 것이다. 만귀비의 서사를 소설화하는 고전소설이 만귀비의 악행을 죽음으로 되갚지 않고 관용으로 만귀비의 악행을 용서하는 결말을 만드는 것은 유가의 핵심 윤리인 인효를 드러내고 유교적 윤리를 강조하고자 하기 때문이다. 결국 인효, 관용을 강조하고자 하는 유교적 윤리에 강박된 윤리적 상상력이 이러한 소설 결말을 만드는 것이다. 이러한 소설 결말은 만귀비 서사를 소설화하는 고전소설의 결말에서 상호 텍스트적으로 반복되고 있는데 이는 소설 작가가 역사를 소설화할 때 이와 같은 유교 윤리적 상상력에 강하게 견인되고 있다는 것을 보여주는 것이기도 하다. 많은 국문 장편소설에서 계모와 양모가 악행을 저질러도 아들은 그들의 악행을 단죄하지 않고 용서하거나 회개하는 결말을 구성하는 것도 바로 이 인효와 관용을 재현하는 윤리적 상상력 때문인 것이다. 윤리적 상상력은 만귀비의 서사에서 나타나는 악행의 서사와 인물 형상화의 유희적 측면과 어리석은 가부장에 대한 현실 비판적 측면을 조율하여 고전소설이 공통적으로 중요하게 생각하는 당위적인 인효와 관용의 세계를 만들게 되는 것이다. 특히 인효와 관용 재현의 윤리적 상상력은 만귀비의 역사적 기록을 보다 현실의 맥락을 고려하여 적극적으로 변화시키는 소설적 상상력이 되는 셈이다.

## 만귀비의 현대적 재현과 새로운 상상력

역사적 인물 만귀비가 한국 고전소설 속 인물과 사건으로 다시 재현될 수 있었던 것은 일차적으로 역사 텍스트인 만귀비 기록이 보여주고 있는 서사성 때문일 것이다.

고전소설의 선행 텍스트가 되는 야사류인 『만력야획편』의 「효종생모」와 「만귀비」에서는 만귀비의 투기와 악행에 치중하지 않았고 서사성이 그리 높지 않은 편이다. 반면 정사인 『명사』의 「효목기태후」와 「공숙귀비만씨」에서는 만귀비의 투기와 악행, 효종의 고난이 보다 자세하게 기록됨으로써 만귀비 기록은 역사적 기록이면서 서사성을 지니게 된다. 우리 고전소설은 정사인 『명사』의 「효목기태후」와 「공숙귀비만씨」의 기록을 근간으로 하되 새로운 서사적 사건과 악녀형 인물 구성으로 만귀비를 허구화하는 소설적 상상력이 더욱 꽃을 피우게 된다.

고전소설 『류황후전』, 『이씨효문록』, 『유효공선행록』, 『화문록』에서는 역사적 인물 만귀비의 투기와 악행은 그대로 모방하여 만귀비를 악녀로 그리고 있다. 그러나 고전소설의 작가는 역사를 모방하는 것에만 그치지 않고 만귀비를 소설적 사건과 인물로 재구성할 때는 악행을 유희적으로 그려갈 것인가, 후궁과 첩에게 좌지우지되는 어리석은 위정자나 가부장을 그려갈 것인가, 악행과 어리석음을 감싸안는 관용과 포용의 자세를 그려갈 것인가 하는 소설적 구성의 구도에 따라 만귀비의 원텍스트와 다른 변형을 만들어내기도 한다.

무엇보다 고전소설이 역사적 인물 만귀비의 사건이나 인물에 매력을 느끼고 소설화하는 이유와 계기는 조선시대 소설 향유층이 지닌 소설적 상상력을 자극하기 때문일 것이다. 역사적 기록인 만귀비의 서사는 악과 욕망을 재현하고자 하는 유희적 상상력, 어리석은 가부장에 대한 반감을 재현하고자 하는 비판적 상상력, 인효와 관용을 재현하고자 하는 윤리적 상상력을 촉발하는 역사적 허구성을 지닌 질료이기에 고전소설에서 선택되는 것이다. 고전소설 작가는 명사를 참조하고 모방하여 만귀비의 악행과 투기의 서사와 인물 자질은 그대로 반복하지만 소설 장르의 특성과 당대의 현실 문제와 향유층의 윤리의식에 의해 만귀비를 재창조해낸다. 작가는 역사에서 연원하는 만귀비를 허구적 소설 세계의 인물로 되살리면서 악과 욕망을 재현하고, 현실에서 일어나는 어리석은 가부장에 대한 비판을 드러내며, 인효와 관용이라는 윤리적 시각을 재현하는 것이다.

만약 명사의 만귀비를 현대적 소설과 드라마, 영화로 다시 창작한다면 어떻게 될까? 고전소설의 작가가 살았던 시대적, 소설적 상상력이 만귀비의 서사와 인물을 새롭게 만드는 것처럼 만귀비를 현대화하는 작가들도 역사적 인물 만귀비의 사건과 인물을 새롭게 구성할 것이다. 무엇보다 역사적 인물 만귀비에 착안해서 만귀비를 더욱 강화된 악녀로 만들었던 고전소설 작가의 유희적 상상력은 현대에도 통용되는 기본적 상상력이라고 할 수 있다. 중국드라마 〈후궁〉이나 중국영화 〈용문비갑〉에서 여전히 만귀비가 『명사』의 만귀비처럼 유사하게 캐릭터화되어 요부나 극한의 악녀로 만들어지는 것을 보면 유희적 상상력은 만귀비를 소재로 하는 현대적 서사물에서도 여전히 유효한 상상력인 셈이다. 그러나 현실 비판적 상상력, 윤리적 상상력은 만귀비를 바라보는 조선시대 고전소설 작가의 특유의 상상력이기 때문에 현대적 서사물에서는 반복되지 않을 가능성이 높다. 역사적 인물 만귀비를 새로운 시각에서 해석한다면 만귀비는 나약한 남성을 품는 모성을 지닌 인물로 그릴 수 있으며, 정신과 신체가 강건한 결단력 있는 장부 스타일의 여성으로 만들 수도 있을 것이다. 『명사』 만귀비의 기록에서 연원하는 악녀로서의 만귀비의 모습은 현대소설, 드라마, 영화에서도 유사하게 반복되기도 하지만 한편으로는 작가의 상상력에 의해 만귀비의 새로운 모습이 만들어질 수 있는 가능성도 항상 열려 있다. 만귀비를 바라보고 재해석하는 현대의 새로운 상상력은 만귀비의 다양한 현대적 재현을 가능하게 하고 새로운 캐릭터를 창조하는 원동력이 될 것이다.

# 홍길동, 슈퍼히어로, 그리고 괴물

이정원

## 홍길동의 진화와 괴물 이야기

아비를 아비라 부르지 못하고 형을 형이라 부르지도 못하던 자가 율도국 임금까지 되었으니, 홍길동은 성공한 서자이다. 그의 생애를 돌이켜 보면, 가정불화에 갈등하던 십대 소년은 급기야 살인을 저지르고 가출했다가 자칭 의적 무리의 우두머리가 되어 민중 영웅으로 거듭난다. 이를 정의의 실현으로 보려는 소설에서 취해진 최고의 예우가 율도국 임금인 것이다.

길동의 성공은 허수아비를 자기 분신으로 만드는 변신술이나 비바람을 몰아오는 도술에 기대어 있지만, 이 허무맹랑한 이야기를 우리는 진지하게 받아들인다. 거기엔 적서차별을 직시하는 비판 정신이 있기 때문이다. 이러한 접근이 틀린 것은 아니지만, 그렇게까지 문학적이지도 않다. 성공의 정당성이나 의미를 신분제도 비판이라고 확인할 뿐, 그러한 비판을 담아내는 문학적 장치는 무엇이고 왜 하필 그러한 장치가 쓰였는지, 그리고 과연 그리고 그 장치를 통해 우리가 경험하는 것은 무엇인지 등은 설명하지 않기 때문이다. 「홍길동전」의 미학을 말하지 못하는 것이다.

소설로서 「홍길동전」을 제대로 이해하려면 이 문학적 장치를 들여다 보는 일이 매우 중요하다. 조선에는 길동의 성공을 바라는 수많은 독자들이 있었지만, 다른 한편에는 길동과 같은 도적놈을 미워하던 독자들도 있었기 때문이다. 가령 허균이 「홍길동전」을 지었다는 기록을 남긴 택당 이식李植, 1584~1647은 허균이 반란

죄로 처형된 것은 「홍길동전」과 같이 불온한 책을 지었기 때문이라고 저주하였다. 이런 독자들에게 길동의 도술이나 정의로움은 가당치도 않다.

그러니 지금의 「홍길동전」은 성공한 서자를 향한 응원과 저주의 엇갈린 시선 속에서 살아남은 결과이다. 그런데도 오늘날 우리가 성공한 서자만을 치켜세우는 까닭은 어쩌면 우리가 민주주의를 지고의 가치로 인정하기 때문일 것이다. 그러니까 근대 시민의 기원을 홍길동과 같은 반봉건주의자에게 두고, 그러한 존재가 진화한 결과로써 오늘날의 우리를 상상하는 것이다. 소설과 현실 그리고 역사를 넘나드는 이러한 상상은, 소설도 사회 문화의 일부라는 점에서 아주 틀린 것은 아니다. 하지만 정교하고도 은유와 통찰력이 넘치는 「홍길동전」을 허투루 보게 만든다는 점에서 여전히 문제가 있다. 성공한 서자 홍길동은 「홍길동전」이 선보이는 피상적인 결과일 뿐이다. 사회적 진화에 대한 통속적인 상상의 밑바닥에는 온갖 사회적 이해 관계 속에서 홍길동을 살아남게 만드는 이야기의 통찰력이 있고 그 통찰력을 담아내는 문학적 장치가 있었다.

나는 「홍길동전」의 진실한 힘을 이끌어내는 문학적 장치로서 괴물 홍길동에 주목하려고 한다. 「홍길동전」은 홍길동을 성공한 서자로서 선보이기에 앞서 괴물로 다루고 있다. 길동의 성공에 가려져 보이지 않았을 뿐이다.

복합적인 의미나 성격을 하나의 형상으로 담아내야 하는 예술 제재의 특성에 비추어 볼 때, 괴물이라는 제재는 매우 매력적이다. 괴물怪物, monster의 사전적인 의미는 "괴상하게 생긴 물체"이고 괴물스럽다monstrous는 "모양이나 생김새가 괴상한 데가 있다"이다. 즉 괴물이 외양이 정상적이지 않은 대상을 지칭한다면, 괴물스러움은 괴물다운 양상을 가리킨다. 이처럼 괴물은 '정상성'과의 긴장 관계 속에서 판단되고, 그래서 자연스레 정상성을 환기한다. 즉, 괴물 개념은 매체적 속성을 지녔다. 또한 '괴상한' 상태는 독자적인 실체가 없이 정상성과의 관계에서만 판단될 수 있기에 이것은 상대적이며 미확정적이다. 그리고 이러한 유동성을 통해 끊임없이 정상성의 범주를 흔들고 그 정당성과 현재적 가치를 의심하게 한다는 점에서 괴물은 전복적 성격을 지녔다. 예술 제재로서 괴물은, 매체성, 유동성, 전복성을 바탕으로 '정상'으로 취급되는 그 시대 문화의 낯선 면모를 환기하는 의의가 있는 것이다.

그러므로 동서양에서 괴물이라는 말에는 통찰과 경고의 속성이 담겨 있다. 한자어 괴물에서 '괴怪'는 대상에 대한 꺼림칙함을 가리킨다. 즉, 괴물이라는 말은 특정한 대상이 아니라 특정한 정서에 기대고 있는 것이다. 이는 괴물이 특정한 부류로 확정되는 순간 우리의 지식 체계 안에 포섭되어 괴물이 아니게 되기 때문이기도 하고, 동시에 꺼림칙함이라는 반응이 내포하고 있는 대상에 대한 본능적인 통찰과 경고가 이 괴물이라는 말의 성립에서 중요한 역할을 했기 때문이기도 하다. 괴물을 가리키는 서구의 말인 'monster'의 어원은 라틴어 'monstrum'에 있다. 이 말은 '경고하다warn'라는 의미의 'mon'에 접미사 'strum'이 붙은 것이다. 즉 'monster'는 괴상하게 생긴 어떤 생물이 아니라 무엇인지 모르지만 현실에 대하여 경고하는 것을 가리키는 말이다.[1]

이처럼 예술 제재로서 괴물은 정상의 범주에 포획되지 않는 타자성他者性으로 말미암아 한 시대 문화에 대한 통찰을 담고 있다. 그렇다면 홍길동을 괴물로 보기 위해서는 그가 정상의 범주에 들어갈 수 없는 타자성을 지니고 있음을 증명해야 할 뿐만 아니라 그것이 함축하고 있는 통찰이 무엇인지를 설명해야 한다. 나는 이 즐거운 작업을 이 글에서 해보려고 한다. 더구나 그 즐거움을 더하기 위해 괴물 홍길동의 이야기를 미국의 슈퍼히어로 장르와 견주어 가며 분석하려고 한다.[2]

슈퍼히어로 장르는 1938년 6월 미국의 만화 회사인 디씨코믹스에서 『액션 코믹스』 1호에 슈퍼맨을 연재하면서 태동한 대중예술 분야이다. 원래는 연재 만화에서 시작했지만 20세기 후반부터는 영화와 드라마로까지 영역이 확장되었다. 슈퍼히어로 장르와 「홍길동전」을 견주어 설명하는 까닭은 둘 모두 영웅의 이야기

---

1 Jeffrey Jerome Cohen, "Monster Culture", Jeffrey Jerome Cohen eds, *Monster Theory : reading culture*, Minneapolis : The University of Minnesota Press, 1996, p.4.

2 슈퍼히어로 장르에 대한 일반론은 다음을 참조한다. Peter Coogan, *Superhero : The Secret Origin of a Genre*, Austin : Monkeybrain Books Publication, 2006; Robin S. Rosenberg & Peter Coogan eds, *What is a superhero?*, New York: Oxford University Press, 2013.

이고, 또 미국에서 슈퍼히어로에 대한 연구에서 상당한 시사점을 발견할 수 있기 때문이다. 아마도 슈퍼히어로를 통해 홍길동의 진면목이 더 잘 드러날 것이다.

자, 그럼 시작해 보자. 먼저, 「홍길동전」이나 슈퍼히어로 장르에서 주인공이 어떻게 정상의 범주에서 벗어나 타자성을 지닌 존재로 등장하는지 살펴보자. 아마도 다음 장에서부터 우리는 괴물 홍길동의 형상에서 반봉건의 사회 진화에 대한 독자들의 머뭇거림과 길동을 괴물로만 치부해버리고 싶은 기득권의 내밀한 욕망 그리고 그런 상상을 찢어버리고 싶은 진보적 충동을 만나게 될 것이다.

## 괴물 홍길동의 탄생

슈퍼히어로 장르에서 주인공은 타자성을 지닌 존재이다. 가령 슈퍼맨은 크립톤 나이트라는 별에서 온 외계인이고, 원더우먼은 신화적 공간인 아마존에서 온 여전사이다. 스파이더맨이나 헐크, 그리고 엑스멘에 등장하는 인물들은 모두 정상인의 범주에 들어갈 수 없는 존재들이다. 심지어 판타스틱 포에서 온몸이 돌덩이인 주인공은 이름이 아예 "The Thing"이다. 그의 비범함은 육체의 극단적인 사물화에 기반하고 있는 것이다. 영웅적인 활약을 고려하지 않는다면, 슈퍼히어로들은 본래 괴물로 불릴 만한 존재이다.

슈퍼히어로가 정상인의 범주에서 벗어난 존재라는 사실은 괴물의 반체제성이 영웅의 공동체성과 모순된다는 점에서 주목할 만하다. 그러나 이러한 설정이 일반적인 까닭은 여기에서 슈퍼히어로들의 초월적인 능력이 설명되기 때문이다. 슈퍼히어로 장르에서 주인공의 타자성을 초월성의 근거로 활용하는 서사적 논리는 '차이와 통합'으로써 실현된다. 즉, 슈퍼히어로란 이질적인 두 세계의 경계에 선 존재인데, 두 세계의 통합에서 초월적인 힘이 발휘되는 것이다. 가령, 배트맨Batman은 그 이름에서 알 수 있는 것처럼 박쥐와 인간으로 상징되는 두 세계, 어둠과 빛 그리고 광기와 문명의 세계에 걸쳐 있다. 배트맨은 어릴 적 우물에 빠졌다가 짐승의 생명력과 생존 방식을 받아들인 사람이지만 동시에 엄청난 자산과 천재적인 두뇌를 지닌 문명인이다. 그는 문명인으로서 정의를 구현하고자 하지만, 경찰과는 다른 방식을 쓴다. 자신의 자산과 두뇌를 활용하여 법의 심판이 아니라 은밀하고도 교활한 응징을 추구한다. 크립톤 행성에서 온 슈퍼맨은 외계인이자 미국 시민이다. 그래서 태양계의 노란 햇빛을 힘의 원천으로 삼고 있지만, 다른 악당들처럼 지구 정복을 목표로 삼지 않고 지구 수호를 지향한다. 왜냐면 그는 미국 시민이기 때문이다(미국 시민에 대한 이해가 우리의 체감과 다를 수 있다). 서로 다른 두 세계 사이의 긴장과 모순이 슈퍼히어로에게 내재되어 있고, 이것이 그의 초월적 힘의 원천이 되었다.

문화산업자본의 기획 아래 태동한 슈퍼히어로 장르에 비하면 「홍길동전」에서 괴물 홍길동의 탄생은 조금 복잡한 양상은 띤다. 타자성을 비범함의 근거로 삼는다는 점은 같지만, 어떻게 타자성을 부여하는가 그리고 그 타자성에서 어떻게 비범함을 이끌어 내는가의 문제를 해결하기 위해 더 섬세한 문학의 논리가 필요했던 것이다. 영웅소설의 역사를 보면 「홍길동전」보다 먼저 등장한 「최고운전」에서 주인공 최치원은 어머니가 금돼지에게 납치당하여 수태하게 된다. 즉 최치원은 생물학적으로 볼 때 괴물 금돼지의 혈통을 이어받은 것이다. 여기서 최치원의 비범함은 자연스레 설명된다. 그리고 이처럼 기원의 괴이함으로써 주인공의 타자성을 형상화하는 방식은 「홍길동전」에서도 발견된다.

하루는 홍판서가 대낮에 잠깐 졸다가 꿈을 꾸었다. 산길을 따라 걷다보니 오색 구름이 영롱하고 온갖 기이한 꽃과 새들이 봄빛을 자랑하는 곳에 이르렀다. 경치에 취해 머뭇거리던 홍판서에게 푸른 계곡물 사이에서 갑자기 청룡이 솟구쳐 나왔다. 청용은 고함을 지르더니 홍판서에게 달려들었다. 깜짝 놀라 꿈에서 깬 홍판서는 귀한 아들을 얻겠다고 생각하였다. 여기까지만 보면, 영웅의 탄생을 예고하는 꿈이 틀림없다. 그러나 「홍길동전」은 바로 이 문학적 관습을 비틀어 홍길동에게 은밀한 캐릭터를 부여한다.

승상이 마음속으로 크게 기뻐하며 생각하기를, '내 이제 용꿈을 꾸

『액션 코믹스』 1호에서 슈퍼맨을 소개한 그림이다. 슈퍼맨은 처음 등장할 때부터 "압박받는 자들의 챔피언"이었고, 타자성을 영웅성의 일부로 치환하는 슈퍼히어로물의 전통은 이때부터 흔들리지 않았다.
*Action Comics* #1, "Superman, Champion of the Oppressed", DC Comics, June, 1938

었으니 반드시 귀한 자식을 낳으리라' 하고, 즉시 내당으로 들어가니, 부인 유씨가 일어나 맞이하였다. 공은 기꺼이 그 고운 손을 잡고 바로 관계하고자 하였으나, 부인이 얼굴빛을 바로 하고 가로되,

"상공께서는 위신을 돌아보지도 않은 채 어리고 경박한 사람의 비루한 행위를 하고자 하시니, 첩은 따르지 아니하리로소이다."

하며 말을 마치고는 손을 떨치고 나가거늘, 공이 몹시 무안하여 화를 참지 못하고 외당에 나와 부인의 지식 없음을 한탄하였다. 마침 시비 춘섬이 차를 올리거늘 그 고요함을 보고 춘섬을 이끌고 곁방에 들어가 진실로 관계하였다. 이때 춘섬의 나이 열여덟이라, 한번 몸을 허락한 뒤로 문밖에 나가지 아니하고 다른 사람을 취할 뜻이 없으니 공이 기특하게 여기어 애첩을 삼았다. 과연 그 달부터 태기 있어 열 달 만에 일개 옥동자를 낳으니 기골이 비범하여 진실로 영웅호걸의 기상이었다. 공이 한편으로 기뻐하면서도 부인에게 태어나지 못함을 한탄하더라.

— 경판 24장본 「홍길동전」에서[3]

용꿈을 꾸고 낮잠에서 깬 홍판서는 귀한 자식을 얻겠다며 내당에 들어가지만 부인 유씨는 '연소경박자의 비루한 행위'라며 거절한다. 청룡의 꿈은 길동의 아버지에게 귀한 아들에 대한 바람을 일으켰지만, 홍판서의 부인에게 그 마음은 한낱 천하고 너절한 성

3 김일렬 역주, 『홍길동전/전우치전/서화담전』, 고려대 민족문화연구소, 1996, 14쪽.

욕이었다. 그리하여 신이한 수태의 가능성은 대낮에 시비 춘섬에게 실현됨으로써, 귀한 자식을 향한 가부장제의 욕망과 상하귀천에 따른 사회적 차별이 수태 과정에서 뒤섞이게 된다.

길동의 수태는 상공의 위신을 존중하는 기득권 세력의 입장에서 보자면 한낮에 주인 마님이 종년과 치른 비루한 정사의 결과일 뿐이다. 적서를 차별하는 사회 제도는 그 자체로 가부장제의 기득권을 보장하는 방편이라는 점에서, 그리고 상하귀천의 엄정한 예법은 그러한 보장을 정당화하고 실현하는 구체적인 규범이라는 점에서, 홍길동의 탄생 과정은 괴이함을 띤다. 태몽의 신이함은 비속한 정사로 구현되고, 비범한 자식은 비천한 신분을 갖게 되는 것이다. 그리하여 자신의 신분에 안주하지 못하는 비범한 소년은 귀한 아들에 대한 예지몽과 더러운 성욕이 만나는 모순 속에서 탄생한다.

청룡의 태몽은 길동의 비범한 기상으로 구현되었지만, 이것은 아버지를 한탄케 했다. 홍길동이 비범할수록 아버지의 한탄도 커질 수밖에 없다. 이는 단지 서자 아들에 대한 아버지의 연민에만 그치는 것일까? 홍길동이 자랄수록, 이 감정도 자라게 된다. 이 감정의 겉면엔 애틋한 부정이 있지만 속에는 길동의 수태 과정을 너절한 성욕이라고 조롱했던 기득권층의 배타성이 놓여 있다. 홍판서의 부인 유씨가 지키고 싶은 엄정한 예법은 신분제 사회의 우아함과 권위에 대한 기득권층의 신뢰를 보여주는데, 비범한 홍길동의 탄생은 이런 믿음으로서는 받아들일 수 없는 괴이한 사건이다. 그리고 이 괴이한 사건이 기득권층에게 갖는 의미는 아버지의 한탄만으로 그치지 않는다. 홍길동이 자랄수록 그의 비범함을 포용하지 못하고 꺼려하는 기득권층의 배타심도 커지기 때문이다. 이제 괴이하게 탄생한 아이가 기득권층에게 갖는 의미도 분명해진다. 길동은 드디어 괴물이 되는 것이다.

괴물 홍길동의 정체가 드러나는 것은 몇 번의 단계를 거친다. 청룡의 꿈을 꾸었던 아버지의 한탄이 그 첫 번째로서 가장 인간적이면서도 애틋하다. 아버지는 이 아들이 왜 비범한지 그리고 왜 천한 존재가 되었는지를 가장 잘 아는 사람이기 때문이다. 호부호형을 하지 못하는 자신을 어찌 사람이라고 할 수 있겠냐고 자책하는 길동의 방황은 두 번째 단계이다. 길동의 고민은 오늘날 우리에게는 너무나 당연한 것이지만 길동의 가족에게는 그렇지 않았다. 그를 연민하는 아버지조차 재상가에서 계집종의 몸에서 태어난 천한 것이 너뿐이 아닌데 어찌 그리 방자하냐고 꾸짖는다. 아이의 자존감과 사회의 배타성이 충돌하는 순간이다. 이 충돌이 결코 화해할 수 없는 갈등이고 심지어 혈연의 고귀함마저 저버릴 수 있는 심각한 것임은 세 번째 단계에서 드러난다. 자존감에 눈뜬 아이를 바라보는 가족들의 시선과 대응 속에서 아이의 정체가 분명해지는 것이다.

길동의 존재 의미를 가장 먼저 포착한 이는 홍판서의 또 다른 애첩 초란이었다. 원래 곡산 기생이었다가 홍판서의 눈에 들어 첩이 되었으니, 초란이는 길동 어미 춘섬과는 경쟁 관계에 놓여 있다. 하지만 초란에겐 아들이 없고 춘섬에겐 잘난 아들이 있다. 초란은 이를 시기하여 관상쟁이와 짜고 길동이 왕이 될 기상이라고 말하게 한다. 잘난 아들이 실은 위험한 아들이라고 고발하는 것이다. 관상쟁이가 홍판서 앞에서 진실을 말한 것인지 아니면 거짓을 말한 것인지는 알 수 없다. 중요한 것은 이런 계교를 생각해 낼 정도로 초란이는 길동이 어떤 존재인지 알아봤고, 홍판서와 그 가족들도 거기에 동의했다는 점이다. 재상가의 천비 소생이 왕이 될 기상을 타고 났다니! 기원의 괴이함에 내재되었던 공포가 활기를 띠면서 구체화된다.

이대로 두면 멸문지화를 입을 것이라는 관상쟁이의 저주 앞에서 길동의 가족들은 두려움에 떨다가 자객을 보내어 죽이자는 초란의 제안을 승낙하기에 이른다. 그러나 신분제의 이데올로기에 따른 살인 계획은 길동의 비범함 앞에서 실패하고 만다. 자객이 죽고, 관상쟁이도 죽지만 더 중요한 것은 얄팍했던 가족 관계의 죽음이다. 이제는 누구도 길동에게 혈연을 내세울 수 없게 되었다. 그동안 혈연의 윤리로 억눌러 왔던 비범한 힘과 욕망은 길동의 의지대로 분출하게 되었다. 괴물 홍길동이 정체를 드러낸 것이다.

길동도 슈퍼히어로처럼 모순된 두 세계에 걸쳐 있다. 그는 청룡의 정기를 받은 신이한 존재이면서 동시에 비루한 성욕으로 수태된 존재이다. 신이함과 비루함의 결합에서 그의 반체제적인 자존감이 비롯되고, 그의 반체제적인 자존감이 그의 비범한 힘을 어디에 쓸지를 안내하고 있다. 만약 그가 신이함과 비루함 중 어느 한 세계에만 속하였다면 그는 힘을 얻지 못했거나 반체제적인 자존감을 얻지 못했을 것이다. 그러나 그는 슈퍼히어로들처럼 두 세계 모두에 속했고 그래서 타자성을 지녔지만, 정의를 갈망하던 대중이 슈퍼히어로를 괴물이 아니라 영웅으로 응원했던 것과 달리 홍판서의 가족들은 이를 괴이하게 바라보고 두려워함으로써 길동은 정말로 괴물이 되었다.

### 기원에 대한 윤리적 상상

홍판서의 가족들은 비범한 홍길동을 공포의 대상으로 받아들였지만, 가출한 길동은 차차 조선의 충신이자 율도국의 왕으로 거듭나게 된다. 이 과정에서 홍길동이 관군과 대립하고, 홍판서도 고초를 겪었으니 가족들의 두려움이 온전히 근거 없는 것만은 아니었다. 그러나 분명 길동은 임금에게 병조판서 대우를 받으며 조선을 떠났고, 나아가 율도국의 임금이 되었다. 그의 공포성은 약해지고 공동체적 가치를 수호하는 영웅성은 강해진 것이다.

홍길동이든 슈퍼히어로이든 주인공이 지닌 타자성은 초월적 능력의 근거로 간주된다. 그러나 타자성을 힘의 원천으로 삼는 것은 자연스럽지만, 비범한 힘을 지닌 그가 괴물로 남지 않고 영웅이 되는 것은 자연스럽지 않다. 누구에게도 통제받지 않는 힘을 지닌 존재라면 이기적으로 그 힘을 쓰고 싶어할 것이기 때문이다. 타자성을 지닌 존재들은 어떻게 해서 괴물로 남지 않고 이타적인 가치를 지향하는 존재로 거듭나게 되었을까? 괴물을 영웅으로 만들게 되는 이야기 내부의 논리, 또는 그 논리를 만들어 내는 우리의 상상과 욕망은 무엇이었을까?

슈퍼히어로의 경우, 이 장르가 태동한 1930년대의 특수한 상황과 슈퍼히어로 자신의 자질이 모두 개입한다. 슈퍼히어로 장르의 역사는 1938년 6월에 디씨코믹스에서 발행한 『액션 코믹스』 1호의 슈퍼맨부터 시작된다. 1930년대 미국은 1차 세계대전과 경제공황 이후 회의주의가 만연하고 무질서와 경제적 혼란, 그리고 도시 범죄가 급증하는 사회였다. 금주령을 기회로 삼아 알 카포네와 같은 마피아가 활개를 치던 이 시절에 대중은 이 모든 것에 대항할 명쾌한 신념과 도덕, 그리고 정의의 집행을 원했다. 슈퍼히어로 장르는 이러한 대중의 갈망에 대한 대중문화의 대응이었다. 그러므로 슈퍼히어로 제작자들은 슈퍼히어로의 타자성 또는 괴물스러움에 상응하는 공포와 이질감을 유념해야 할 필요가 없었다. 슈퍼맨은 처음 등장할 때부터 "압박받는 자들의 챔피언"이었고, 타자성을 영웅성의 일부로 포섭하는 슈퍼히어로물의 전통은 이때부터 흔들리지 않았다. 슈퍼히어로들이 특별한 복장으로써 자신의 타자성을 부각시키는 것도 이러한 대중문화의 속성상 당연한 것이었다. 그들의 완벽한 몸과 선명한 디자인의 복장은 사회적 정의를 향한 대중의 믿음을 담고 있기 때문이다.

1930년대의 상황이 일종의 사회적 배경이라면 슈퍼히어로의 특별한 자질에 대한 상상이야말로 그를 괴물이 아니라 영웅으로 만드는 내적 요인이다. 도덕성을 주인공의 본질로 제시함으로써 괴물에 대한 거부감을 상쇄하는 것이다. 애초부터 슈퍼히어로 장르는 괴물에 대한 거부감이 약하기는 했지만, 슈퍼히어로 장르에서 도덕성이 갖는 의미는 매우 이질적 존재인 주인공을 슈퍼히어로로 안착시키는 장르적인 요소에 가깝다. 이는 슈퍼히어로 장르와 다른 장르와의 대비에서 분명해진다. 신화나 서부극 또는 탐정 영화 등에 등장하는 영웅들은 슈퍼히어로들과 '이타적인 임무'면에서 차이가 있다. 그들은 지구 전체를 대상으로 삼지 않고 또한 선을 행하는 것 자체를 자신의 임무로 보지도 않는다. 우연한 기회에 또는 일시적으로 도덕적이고 영웅적인 일을 할 뿐이다. 신들은 도덕을 초월해 있고, 서부의 영웅들은 한 때의 무법자이며, 탐정들은 수임료를 받아야 일을 한다. 이와는 달리, 슈퍼히어로들은 지구 전체를 대상으로 선을 행하는 것 자체를 존재의 목적으로 삼고 있다. 그러므로 주인공이 슈퍼히어로가 되기 위해 그가 지닌 여러 초월적 능력 중에서 가장 근본적인 것은 하늘을 날거나 무시무시한 괴력을 발휘하는 것이 아니라, 선을 향한 비정상적인 의지라고 할 수 있다.

그런데 선을 향한 의지가 괴물스러운 인물을 괴물이 아닌 슈퍼히어로로 만든다는 분석은 괴물스러움이 선한 의지를 보장하지 않는다는 점에서 여전히 부족하다. 괴물스러움을 상쇄하는 선한 의지의 기원이 어디인지 해명되지 않았기 때문이다. 슈퍼히어로 장르에서 이 문제는 두 가지로 나타난다.

첫째는 슈퍼맨이나 대다수 슈퍼히어로의 경우, 선한 의지 자체가 슈퍼히어로에게 본질적인 자질이어서 이를 분리할 수 없다고 제시된다. 이는 도덕적 의지를 인간 본성의 하나로 전제하여, 선을 향한 비정상적인 의지도 눈에서 레이저를 발사하는 것과 같이 다른 엄청난 능력들처럼 슈퍼히어로들의 초월성의 한 부분으로 간주하는 것이다. 슈퍼히어로 장르의 원형이 되었던 슈퍼맨은 이에 가장 적합한 사례이다. 그는 초기부터 가난한 자들의 영웅으로 광고되었다. 이는 그의 슈퍼악당인 렉스 루터와의 대조에서 분명해진다. 렉스 루터는 고등학교 시절 어린 슈퍼맨의 실수로 대머리가 되었고, 슈퍼맨에게 상처받은 자의식과 시기심 등이 그들의 오랜 갈등의 근원이 되었다. 렉스 루터의 위험성은 그가 비범한 천재이면서도 과대망상적인 세계 정복 의지를 가졌다는 데에 있다. 그는 슈퍼맨과 달리 왜소한 자아와 도덕관을 지닌 존재여서, 비범하지만 여전히 괴물이다.

둘째는 선한 의지를 슈퍼히어로의 본래적 자질이 아니라 후천적인 선택으로 간주하는 경우이다. 여기서는 괴물스럽게 된 인물이 도덕적 결단을 내리는 과정이 제시된다. 스파이더맨의 사례가 대표적이다. 그는 우연히 얻게 된 능력을 개인적인 즐거움을 위해 쓰려고 하다가, 삼촌과 여자 친구의 죽음을 겪으며 각성하게 된다. 자신이 막을 수 있었던 범죄를 방치하는 바람에 사랑하는 사람들이 죽자, 위대한 힘에는 위대한 의무가 뒤따른다는 진실을 받아들이게 되는 것이다. 이것은 단순히 누군가의 희생 앞에서 이기적이었던 자신을 후회하는 것과는 구별된다. 왜냐면 피터(스파이더맨)의 결심은 존재론적인 절망에서 헤어나올 수 있는 유일한 방법, 그러니까 자신의 원래 모습을 받아들이고 진정한 자신이 되는 것을 실천하고 있기 때문이다. 결국 피터가 스파이더맨이 되고자 하는 것은 클라크 켄트가 슈퍼맨이 되려는 것과 본질적으로 같다. 누군가가 초월적인 능력을 지녔다고 할 때에 그 능력에는 물리적인 힘뿐만 아니라 도덕적인 의지까지 포함되어 있다고 전제하기 때문이다.

이처럼 슈퍼히어로 장르에서 괴물스러운 존재가 괴물이 아니라 영웅으로 남게 되는 것은 인간 존재에 대한 낙관적인 이해에 바탕을 두고 있다. 이것은 초능력자들이란 마땅히 도덕적 의지를 겸비한 사람이어야 한다는 당위적 인간관의 한 부류이기도 하다. 도덕적 의무를 영웅의 본래적 자질로 설정함으로써 괴이한 능력을 지녔지만 도덕적이지 못한 악당들은 그 자체로 인간성을 상실한 존재로 간주되고 이들과 슈퍼히어로들의 대결은 누가 왜 이겨야 하는지가 선명해진다. 슈퍼히어로들의 승리는 인간성에 대한 믿음을 포기하지 않는 것이자 그것을 추구하는 행위로 인정되기 때문이다.

슈퍼히어로 장르에서 슈퍼히어로를 본래 도덕적인 존재로 간주하여 괴물스러움을 해결한다면, 영웅소설의 역사는 보다 역동적인 해결 양상을 보여준다. 영웅소설에서 초월적인 도덕 의지를 지닌 주인공, 뼛속까지 충과 효로 무장한 주인공의 형상은 후대의 대중적인 영웅소설에서나 발견될 뿐이다. 초기의 영웅소설인 「최고운전」이나 「홍길동전」에서는 괴이한 기원에 내재된 모순이 주인공의 인생에서 점차 심화되어 나타난다. 그래서 주인공의 인생이란 모순덩어리인 자신이 세계에서 어떤 존재인지를 탐색하는 여정이라고 할 수 있다. 그것은 슈퍼히어로 장르에서처럼 이타적인 활약이나 공동선을 위한 투쟁이 아니며, 주인공의 존재가 증명하는 현실세계의 균열을 어떻게 이해하고 수습할까의 문제이다. 그러므로 주인공은 소년에서 성년으로 자라면서 자기 존재의 괴이함에 눈뜨고, 이것이 세계와 모순되지 않고 화해될 수 있는 것임을 증명하려 애쓴다.

「홍길동전」보다 먼저 등장한 「최고운전」의 경우, 주인공은 금돼지의 자식으로 태어났지만 스스로 이를 부정하고 자신은 최충의 아들이라고 주장한다. 그의 괴물스러움은 부자의 혈연을 지키려는 의지로써 상쇄된다. 이로써 최치원을 금돼지의 자식이라며 꺼리던 최충은 부끄럽게 되고, 최치원은 인간 세계에 안착할 수 있게 되었다. 최치원의 괴이함은 윤리적 인간관에 바탕하여 수습되는 것이다.

괴물에 대한 거부감을 윤리적 인간관에 바탕하여 상쇄하는 이러한 발상은 「홍길동전」에서 좀더 심화되어 드러난다. 「홍길동전」에서 기원의 괴이함을 상쇄하는 서사적 논리의 핵심은 괴물스러운 현재의 기원에 대해 윤리적 상상을 덧붙이는 것이다.

홍길동의 괴물스러움은 초란의 폭로에 의해 드러난다. 초란은 관상쟁이를 동원하여 길동이 멸문지화를 몰고 올 자식이라고 고발하고, 홍판서를 비롯한 가족들은 이에 동의한다. 초란은 마치 악녀처럼 제시되었지만, 실은 가부장제 사회에서 자신의 이익에 충실한 존재일 뿐이다. 길동이 겪는 갈등의 핵심은 초란이 사특한 음모를 꾸몄다는 점이 아니라, 온 가족이 길동의 위험함에 동의한다는 점이다. 초란의 개입은 길동의 수태 과정에 내재된 괴이함을 그의 성장 과정에 맞춰 증폭시키는 기능을 할 뿐이다. 여전히 문제는 홍판서와 춘섬이 꾸짖는 것처럼 '재상가 천비소생이 길동만이 아닌데 왜 길동만 방자한 마음을 품는가'이다.

재상가 천비소생에게 부여된 일상적인 삶을 거부하는 반체제적인 욕망의 근원은 아버지의 용꿈에 있다. 길동은 스스로 홍판서의 정기를 받아 당당한 남자로 태어났다고 자부하기에, 호부호형을 하지 못하면 사람이라 할 수 없다는 선언을 하고, 자신의 운명적

한계에 고뇌한다. 즉, 홍길동의 성장 과정이란 귀한 자식이 되어야만 하는 운명과 그것을 허락하지 않는 사회 현실 사이에서 갈등하는 것이고, 그 속에서 자신의 정체를 탐색하고 만들어 가는 것이라 하겠다. 초란의 개입에 의해 홍길동의 괴이함은 그 실체를 드러내고, 아버지의 안타까움이나 어린 소년의 방황 차원이 아니라 활빈당의 도적질이라는 사회적 혼란으로 이는 확대된다. 귀한 자식을 향한 가부장제적 욕망이 비루한 방법으로 실현되었을 때에 어떤 일이 벌어지는지 구체화되는 것이다. 고귀한 자식에 대한 열망은 고귀한 자신에 대한 열망으로 안착하고, 비루한 수태는 가족과 국가에 대한 작난과 재앙으로 바뀐다. 그의 행동들은 기원의 모순을 확대 반복함으로써, 그가 얼마나 괴물스러운 존재인지를 드러낸다.

그러나 길동의 행위들은 이러한 괴물스러움만으로 해석되지 않는다. 그가 일련의 과정을 통하여 주장하는 것은 홍판서의 아들임을 인정받고, 사대부의 아들답게 병조판서가 되는 것, 궁극적으로는 괴물이 아니라 '사람'이 되는 것이다. 길동의 욕망은 정상적인 이치로써 이해하고 수용할 수 없는 혼란을 가정과 사회에서 일으키는 것이 아니라 아버지의 용꿈에 상응하는 귀한 아들이 되는 것이다. 병조판서 홍길동이 조선을 떠나는 장면을 보자.

이때 추구월 보름에 주상이 달빛을 받으며 후원을 배회할 적에 문득 한 줄기 맑은 바람이 일어나며 공중에서 옥피리 소리가 청아한 가운데 한 소년이 나려와 주상께 엎드렸다. 주상이 놀라 물었다.

"선동은 어찌 인간 세계에 내려와 무슨 일을 이르고자 하나뇨?"

소년이 땅에 엎드려 아뢰었다.

"신은 전임 병조판서 홍길동이로소이다."

주상이 놀라 물었다.

"네가 어찌 깊은 밤에 오느냐?"

길동이 대답하였다.

"신이 전하를 받들어 만세를 뫼실까 하였으나, 천비소생이라 문관으로는 옥당 벼슬이 막히옵고 무과으로는 선전관 벼슬이 막히었습니다. 이러므로 사방에 멋대로 돌아다니며 관청에 폐를 끼치고 조정에 죄를 지음은 전하께서 저의 사정을 아시게 하옴이었습니다. 이제 신의 소원을 풀어 주옵시니 전하를 하직하고 조선을 떠나가오니, 엎드려 바라옵건대 전하는 만수무강하소서."

하고 공중에 올라 나는 듯이 가거늘, 주상이 그 재조를 못내 칭찬하시더라. 이후로는 길동의 폐단이 없으니 사방이 태평하더라.

— 경판 24장본 「홍길동전」에서[4]

길동은 조선의 임금에게 스스로의 한을 고백하고 죄인이라 자칭한다. 길동이 조선에서 일으킨 난리들은 초란이 예고한 바와

4 김일렬 역주, 앞의 책, 60쪽.

같이 가문을 멸망케 할 만한 일이었고 그래서 그는 분명 가문과 국가의 괴물이다. 그렇지만, 이 모든 것이 호부호형조차 하지 못하여 사람이라 할 수 없는 존재가 아니라 홍판서의 정기를 받은 남아로서 사람됨을 지향하느라 벌어진 일이었고, 신하로서 임금을 모시고 싶어서 저지른 일이었다. 신분제의 조선에서 길동은 사람다운 사람으로서 아들이고 싶었고 신하이고 싶었다는 점에서 그의 괴물스러움은 윤리성을 띤다. 이 윤리성에 기반하여 주상조차 길동의 비범함을 못내 칭찬하게 되는 것이다.

그러므로 홍길동의 행적은 이중적이다. 홍길동은 사람답지 못한 자신의 처지를 비관함으로써 괴이한 기원에 눈뜨고, 입신양명을 통해 홍판서의 진정한 아들이고자 하는 윤리적 지향의 길에 들어선다. 그가 성장함에 따라 내면에 있던 가부장제적 욕망과 수태를 비루하게 격하시키는 비인간적인 사회 현실 사이의 갈등은 증폭된다. 길동이 사람다움을 추구할수록 그의 괴물스러움도 증폭되는 것이다. 그리하여 괴물 홍길동은 적서차별이라는 가부장제의 상식이 인간됨을 추구하는 인간 존엄에 대한 폭력임을 드러내게 된다. 사람답고자 하는 그의 욕망은 한편으로는 그의 괴물스러움을 드러내지만 다른 한편으로는 사람이 되고자 하면 아버지께 인정받고 임금께 쓰임을 받아야 한다는 보수적 이데올로기를 지지한다. 그리하여 그는 모순된 방법으로 체제의 윤리성을 강화하는 영웅이 되는 것이다.

이처럼 「최고운전」과 「홍길동전」에서 괴이하게 수태된 주인공들은 혈연의 온전한 회복을 추구함으로써 괴물스러움을 상쇄한다. 인간됨의 가장 기본 윤리인 부자유친을 추구함으로써 두 작품의 주인공들은 괴물이 아니라 영웅이 되는 것이다. 기원의 괴이함이라는 운명적인 한계에도 불구하고 사람됨을 추구하는 주인공의 형상에서 우리는 두 작품이 윤리적 존재로서 인간에 대한 이해에 기반하고 있음을 발견할 수 있다.

슈퍼히어로와 비교해 보면, 홍길동과 슈퍼히어로들을 영웅으로 만드는 것은 결국 주인공이 지닌 욕망이 얼마나 도덕적이고, 그 도덕성이 어디에서 유래되었느냐에 달렸다. 홍길동이든 슈퍼맨이나 배트맨 또는 스파이더맨이든 그들은 타자성에서 유래한 비범한 힘을 정의를 실현하거나 아버지와 임금에게 인정받는 사람이 되려는 데에 쓴다. 그들은 도덕의 실천에 비범한 힘을 쓰려는 존재이다. 이러한 도덕적 인간상은 계몽의 결과가 아니라 스스로가 지닌 본래적인 욕망의 결과로 제시된다. 여기서 우리는 문화와 시대를 뛰어넘어 영웅됨에 대한 서사적 상상은 본질적으로 인간 존재에 대한 도덕적 낙관에 기반하고 있음을 발견하게 된다. 「홍길동전」은 나아가 그러한 도덕성을 가로막는 부도덕한 사회 체제를 환기하기까지 한다. 괴이한 기원에 대한 윤리적 상상이 영웅을 만들고, 영웅되기를 통해 사회의 폭력적인 현실이 밝혀지는 것이다.

## 괴물 죽이기의 정치성

「홍길동전」을 적서차별을 비판하는 소설로 읽다보면 간과하게 되는 것이 있다. 조선을 떠난 길동이 율도국의 임금이 되기 전에 '울동'이라는 괴물을 처치한 사건이다. 이는 지하세계의 괴물을 물리치고 공주와 같은 귀한 여자를 구한다는 이른 바 지하대적퇴치담의 하나인데 「홍길동전」의 역사에서 어느 순간 삽입되어 나중엔 거의 모든 이본에 자리잡았다. 그만큼 안정적인 삽화이지만, 사회 비판 소설로만 읽다보면 이 에피소드가 작품에서 수행하는 기능을 헤아리지 못하게 된다. 길동과 괴물의 갈등은 호부호형을 향한 가정 안의 갈등이나 병조판서 벼슬을 향한 사회 안의 갈등과 달리 어떤 사회적 의미를 발견하기 어렵기 때문이다.

과연 「홍길동전」에서 괴물 죽이기는 어떻게 해서 필수 삽화가 되었을까? 부패한 관리나 타락한 중들만으로 홍길동의 적들을 그릴 수 없는 것일까? 슈퍼히어로의 악당들과 견주어보면, 길동이 마주한 괴물은 더 묵직한 문화적 의미들을 함축하고 있음을 알게 된다. 그리고 길동의 괴물 죽이기에서 우리는 「홍길동전」의 정치적인 면모를 발견하게 될 것이다.

괴물은 그 자체로 세계의 정상성에 위배되고 정상적인 세계를 위협하는 존재라는 점에서, 괴물 죽이기는 체제를 수호하는 가장 극적인 행위이다. 민담에서 괴물들이 무시무시한 외모와 초인적인 힘, 혼란스러운 탐욕이나 파괴 욕망 등으로 구별되는 존재라면, 슈퍼히어로 장르나 영웅소설에서 괴물의 정체는 그렇게 선명하거나 단순하지 않다. 슈퍼히어로나 영웅소설의 주인공 자신이 이미 괴물스러운 면을 지니고 있기 때문이다. 그러므로 슈퍼히어로 장르나 영웅소설에서 괴물 죽이기는 각 장르의 특징에 맞게 양식화되고 나름의 의미를 지닌다.

슈퍼히어로 장르에서 괴물 죽이기는 괴물스러운 슈퍼악당에 대한 퇴치로 드러난다. 물론 기괴하게 생겼고 파괴 본능만으로 활동하는 좁은 의미의 괴물이 등장하지 않는 것은 아니지만, 이미 슈퍼히어로가 초인적인 능력을 가진 존재이므로 그들은 슈퍼히어로의 적수가 되지 못한다. 이런 점에서 배트맨의 조커, 슈퍼맨의 렉스 루터, 엑스멘의 매그니토와 같이 괴물스러운 정신을 지닌 슈퍼악당들은 세계의 안녕과 질서를 수호하려는 슈퍼히어로들에게 존재 의의를 부여하는 장르의 필수 요소로 자리잡고 있다.

그런데 아무리 가학적이고 지능적이며 강력한 악인이라 할지라도 슈퍼악당들은 슈퍼히어로에게 퇴치되기 마련이다. 이것은 대중에게 낙관적인 세계 인식으로써 서사적 위안물이 되어야 하는 대중예술의 속성상 피할 수 없는 일이기에, 슈퍼악당에 대한 슈퍼히어로의 승리는 장르의 문법처럼 공식화되어 있다. 그러므로 슈퍼히어로 장르에서 괴물 죽이기는 괴물스러운 슈퍼악당에 대한 슈퍼히어로의 승리로서 드러나는데, 이러한 승리의 서사는 이른바 '도덕적 포르노'로서의 정치성을 띤다.

슈퍼히어로 장르는 마치 도색물이 과장되고 유형화된 성적 지향과 행위를 보여주는 것처럼 도덕성을 향한 인간의 본능을 만족시키는 과장되고 유형화된 도덕적 서사 구조를 지니고 있다. 슈퍼히어로 서사가 도덕적 포르노로서 갖는 특징은 먼저 선이 악을 이긴다는 도식성이다. 이는 현실에서는 악이 만만치 않지만 서사에서는 항상 선이 악을 이김으로써 현실에서는 해소할 수 없는 도덕적 욕망을 분출하고 해소할 수 있게 한다. 둘째는 유형화된 악인을 등장시킴으로써 악인에 대한 욕구를 해소시킨다. 즉, 진화심리학적으로 인간은 생존을 위하여 악인을 구별하고자 하는 본능적인 욕구가 발달해 왔는데 슈퍼히어로 장르는 이에 부응하는 것이다. 셋째는 과장된 슈퍼악당의 존재를 통하여 악에 대한 욕구를 해소시킨다. 악에 대한 욕구는 악을 저지르거나 악인이 되려는 욕구가 아니다. 그것은 악을 구별하고 배제함으로써 자신을 지키는 안전 욕구의 한 부류이다. 그런데 현실에서는 악에 대한 욕구를 만족시키기 어렵다. 현실의 악인들은 슈퍼악당들처럼 요란스럽지 않기 때문이다. 오히려 많은 경우 태생적인 악인보다는 자기 문제를 해결하고자 하는 일상인이 있을 뿐이다. 슈퍼히어로 장르에서는 다양한 악의 특성들을 과장하여 제시함으로써 악을 바라보고 이해하고 싶은 욕구를 충족시킨다. 마치 도색물이 인간의 성욕에 비현실적으로 부응하는 것처럼, 슈퍼히어로 장르는 괴물 죽이기를 통해 인간의 도덕적 욕망에 비현실적으로 부응하는 것이다.

도덕적 포르노의 정치적 의미는 사회문제의 정체와 해결과정에 대해 환상을 심어주는 데에 있다. 즉, 실제의 현실에서 많은 문제들은 괴물스러운 악인의 존재가 아니라 이해관계의 갈등에서 비롯되는데 이를 오도하는 것이다. 또한 이에 따라 슈퍼히어로가 가시적이고도 분명한 승리를 이룩하는 것처럼 현실 문제도 그렇게 해결될 수 있으리라는 환상을 품고 지난한 민주적 토론과 합의의 과정을 폄하하게 된다. 마치 도색물에 중독된 사람이 실제의 인간 관계를 오해하는 것처럼, 현실의 문제를 선악의 이분법으로 단순하게 이해하고 소비하려 드는 것이다.

슈퍼히어로 장르에서 괴물 죽이기가 슈퍼악당에 대한 승리로 제시되고 이것이 도덕 욕망에 부응한다면(물론 배트맨의 '조커'는 이런 도덕적 이분법을 뛰어 넘는 존재이고, 그래서 인간에 대한 깊은 통찰력을 보이는 예외적인 인물이다), 「홍길동전」에서는 그렇지 않다. 「홍길동전」에서 길동이 맞서 싸우는 대상은 처음엔 가족이었다가 나중엔 임금의 군사들이었다. 그들은 길동의 가족이자 길동이 되고자 하는 충신들이다. 따라서 이들의 정체는 도덕성에 치중하여 판단하기 어렵고 당연히 길동이 죽여야 하는 괴물도 아니다. 오히려 조선에서는 홍길동 자신 이미 괴물로 취급되고 있다. 슈퍼히어로들과 달리 홍길동은 자신을 아들로 삼고 신하로 인정해 줄 존재들과 갈등하기에 이들을 죽일 수 없고 나아가 자기 내면에 있는 괴물스러움과도 싸워야 하는 복합성을 띠는 것이다. 괴물 울동을 처치하는 삽화가 출현하게 된 데에는 이런 복합성이 영향을 끼쳤다.

자기 내면에 있는 괴물스러움과 싸워야 하는 홍길동의 면모는 그 기원을 「최고운전」에서부터 찾을 수 있다. 「최고운전」에서 주인공 최치원은 어머니가 금돼지에 납치되어 최치원을 수태한다. 그리고 금돼지는 최치원 어머니의 무릎을 베고 있다가 어머니의 손에 죽는다. 최치원의 아버지 최충은 최치원의 아들 됨을 부정하다가 결국은 받아들이게 된다. 금돼지는 최치원의 어머니에게 목숨을 잃고 최치원에게서는 아버지 됨을 부정당하는 것이다. 이로써 최충을 중심으로 하는 가족 관계의 윤리가 회복된다. 즉 「최고운전」에서 괴물 죽이기는 최치원의 생물학적 아버지인 금돼지의 죽음과 최치원 내면의 괴물스러움에 대한 부정을 통해 가족 윤리를 절대화하는 정치성을 보여주는 것이다. 그리고 「홍길동전」은 입신양명하여 사대부 홍판서의 진정한 아들이자 임금의 진정한 신하가 되고자 하는 주인공의 성장 과정에서 괴물 죽이기 삽화가 나타난다.

홍길동은 도적이 들끓는 나라를 만든 조선의 임금을 징치하는 대신, 사회 혼란에 대한 죄를 고백하고 용서를 구한다. 그는 병조판서를 제수받음으로써 고귀함과 비루함이 뒤섞인 자신의 기원에서 무엇이 근본적인지를 증명한다. 그는 고귀한 인물이 되어야 할 자신을 비루하게 만드는 현실과 화해하는 것이다. 그리고 이제 멸문지화를 몰고 올 괴물의 혐의를 스스로 벗은 홍길동은 더 고귀한 존재로 나아가려 한다. 이런 그에게 필요한 것은 자신이 무력으로써 벼슬을 얻는 협잡의 존재가 아니라 당연히 왕이라도 될 만한 존재임을 증명하는 현실적 명분이다. 홍길동이 울동이라는 지하 대적을 죽이고 여인들을 구하는 사건은 이러한 서사적 필요와 연관된다. 길동이 괴물 울동을 처치하는 장면을 보자.

하루는 길동이 살촉에 바를 약을 얻으러 망당산으로 향하더니, 낙천 땅에 이르러는 그곳에 부자 백룡이라는 사람이 있었다. 일찍이 한 딸을 두었으되 재질이 비상하여 부모가 애중하였다. 하루는 광풍이 크게 불며 딸이 간 데 없는지라, 백룡 부부가 슬퍼하며 천금을 흩어 사방으로 찾되 종적이 없었다. 부부가 슬퍼하며 말을 퍼뜨리기를 '아무라도 내 딸을 찾아주면, 재산을 반분하고 사위를 삼으리라.'고 하였다.

길동이 이 말을 듣고 마음에 측은하나 하릴없어 망당산에 가서 약을 캐며 들어가다가 날이 저물어 주저하고 있는데, 문득 사람의 소리가 나며 등불이 밝게 비쳤다. 그곳을 찾아 가니, 사람은 아니요 미물이 앉아 지껄이고 있었다. 원래 이 짐승은 울동이라는 짐승인데, 여러 해를 묵어 변화가 무궁하였다. 길동이 몸을 감추고 활로 쏘니 그 중 괴수가 맞은지라, 모두 소리 지르고 달아났다.

(…중략…)

길동이 들어가 보니, 색칠한 집이 넓고도 화려한 가운데 흉악한 것이 누워 신음하다가 길동을 보고 몸을 거동하여 말했다.

"내가 우연히 천살을 맞아 위태하였는데, 아랫사람의 말을 듣고 그대를 청하였으니 이는 하늘이 나를 살림이라. 그대는 재주를 아끼지 말라."

길동이 감사함을 표하고 말하였다.

"먼저 몸속을 다스릴 약을 쓰고 다시 외부를 치료할 약을 씀이 좋을까 하노라."

그것이 응낙하거늘, 길동이 약주머니에서 독약을 내어 급히 따뜻한 물에 타 먹이니, 얼마 안 되어 큰 소리를 지르고 죽는지라. 모든 요괴가 일시에 달려들거늘 길동이 신통술을 내어 모든 요괴를 물리치니 문득 두 어린 여자가 애걸하였다.

"저희는 요괴가 아니라 세상 사람으로서 잡혀 왔사오니, 목숨을 구하여 세상으로 나가게 하소서."

길동이 백룡의 길을 생각하고 사는 곳을 물으니, 하나는 백룡의 딸이요, 하나는 조철의 딸이었다.

— 경판 24장본 「홍길동전」에서[5]

사건의 결과에만 집중하여 보면, 길동이 울동이라는 괴물을 죽이고 백룡의 딸을 구하였으니 지하국대적퇴치담의 구조를 「홍길동전」은 답습하고 있다. 괴물을 죽이고 고귀한 여자와 결혼하여

5 김일렬, 앞의 책, 60~64쪽.

신분이 상승하는 개인의 이야기처럼 보이는 것이다. 그러나 이럴 경우 이 삽화는 무의미해 보인다. 이미 길동은 병조판서가 되었고 나중에는 율도국의 임금까지 되기 때문이다. 따라서 이런 식의 접근은 이 삽화가 지닌 의미를 제대로 밝히지도 못할 뿐더러, 사실은 정확한 읽기에서 출발한 것도 아니다.

이 장면을 더 자세히 보면, 길동이 울동을 죽이는 것은 백룡의 딸을 구하는 목적과 무관한 행위였다. 백룡의 딸이 사라진 것은 맞지만 그것이 울동의 소행임은 밝혀지지 않았었다. 길동이 화살을 쏘아 울동을 죽이는 것도 백룡의 딸을 구하고자 함이 아니었다. 길동은 망당산에서 울동 무리를 발견하자 아무런 이유도 없이 화살을 쏘았고, 심지어 목숨을 구해달라는 울동의 정중한 부탁에 속임수를 써서 독약을 처방하였다.

길동이 울동을 죽이는 명분은 울동의 행위가 아니라 울동이라는 존재에서 발견된다. 울동은 '미물'이고 '흉악한 것'이며 '요괴'인 것이다. 이처럼 울동을 흉악한 괴물로 서술자가 지정하고 길동이 그렇게 판단함으로써(울동을 흉악한 것으로 보는 이는 길동이다), 아직 밝혀지지 않은 범죄는 독자에게 심증이 굳어졌고 울동은 죽어야만 하는 존재가 되었다. 길동은 서술자를 매개로 하여 서사에 유포되는 독서 대중의 혐오에 기꺼이 동참하고 그 감정에 따라 능동적으로 행동한다. 길동은 문명의 마을에서 멀리 떨어진 곳, 독을 머금은 풀이 자라는 망당산에서 괴물을 만나 처단함으로써 잃어버렸지만, 누가 훔쳐갔는지 어디에 있는지도 몰랐던 소중한 것, 어린 여자들을 구하게 된다. 길동의 행위는 부자의 재산을 얻고 사위가 되는 보상을 위한 것이 아니라, 괴물로부터 공동체를 수호하기 위한 것이었다. 백룡의 딸은 길동의 헌신에 따른 우연하고도 당연한 보상일 뿐이고, 길동은 그런 보상과 상관 없이 공동체가 혐오하는 것을 처단하여 공동체의 가치를 수호하는 존재임이 확인되는 것이다. 「홍길동전」은 지하국대적퇴치담의 구조를 답습하는 것이 아니라 고귀한 존재가 되려는 길동의 욕망에 맞추어 창조적으로 변형했다.

「홍길동전」은 지상의 고귀한 것을 훔쳐가는 괴물을 처단하여 지상의 질서를 회복하는 이야기를 삽입함으로써 홍길동에게 체제와 화해한 자에서 나아가 체제의 수호자라는 위상을 부여할 수 있게 되었다. 울동 죽이기라는 삽화가 지닌 의의는 이어지는 사건들에서도 확인할 수 있다. 홍길동이 울동을 처단한 뒤 얼마 안 되어 아버지 홍판서가 죽는다. 홍판서는 적서를 차별하지 말라는 유언을 남겼는데, 실제로 길동은 자신이 마련한 묫자리에 아버지를 모시고 장례를 치른다. 홍판서의 죽음 앞에서 홍길동에겐 적서의 차별도 없어졌을 뿐만 아니라 장자인 홍인형을 대신하여 아버지의 산소를 모시고 장례를 주관하는 것이다.

아버지의 장례를 치른 뒤, 길동은 잘 조련된 병사들을 데리고 율도국을 정벌한다. 이본에 따라서 율도국 정벌의 명분은 임금의 학정으로 제시되기도 하고 그렇지 않기도 한다. 대체로는 살기 좋은 나라로 묘사되어 홍길동의 정벌에 명분이 없는 것처럼 제시된다. 그러나 이는 만약 나라의 정치가 문란한 것을 명분으로 삼는다면 율도국보다 조선이 먼저 망했어야 한다. 「홍길동전」은 이 모순된 상황에서 길동의 욕망을 더 중시한다. 율도국 정벌의 명분은 율도국의 정치가 바른가 그른가에 있지 않고 오직 홍길동이 왕위에 오를 만한 자격을 갖추었느냐에 달린 것이다. 홍길동이 울동을 처단하고 아버지 홍판서의 장례를 치른 뒤 율도국을 정벌하는 것은 자신의 위상에 걸맞은 당연한 지위를 확보하는 과정으로 이해된다. 그래서 길동은 율도국의 왕위에 올라 태평세계를 이루자마자 조선의 임금께 표문을 올린다. 율도국 임금인 길동에게는 굳이 그럴 필요가 없는 일이었지만, 홍판서의 서자이자 조선의 병조판서였던 길동에게는, 또는 길동은 영원히 체제 안에 가두고 싶은 조선의 독자들에게는 필요한 일이었을 것이다.

「홍길동전」에서 괴물 죽이기는 괴물의 혐의를 받던 길동이 진실로 괴물을 처단함으로써 자신은 체제의 수호자라는 고귀한 존재임을 증명하는 사건으로 이해된다. 울동을 처단한 것이 분기점이 되어 길동은 홍판서의 진정한 아들이 되었고, 율도국을 정벌하여 임금이 됨으로써 조선의 임금에게도 진정한 인재로 인정받았다.

그러나 슈퍼히어로 장르에서 괴물 죽이기가 도덕적 포르노

그라피와 같은 정치성을 발휘하는 것처럼 「홍길동전」에서 괴물 죽이기도 그러하다. 무엇보다 「홍길동전」의 괴물 죽이기는 홍길동의 욕망과 성취를 통해 고귀한 자가 되기 위한 조건을 제시한다. 적서차별을 비판했다는 반영론적 시각에서 보자면, 홍판서의 용꿈은 인간 존엄에 대한 서사적 형상으로 이해된다. 아무리 비루한 자라도 스스로를 고귀한 자라 여길 수 있어야 하고, 그것을 용납하지 않는 사회는 부조리하다는 주제를 「홍길동전」은 보여주는 것이다. 그러나 괴물 죽이기를 통해 「홍길동전」은 그러한 고귀함이 임금의 허락을 받거나 체제 수호의 길에 들어섰을 때에만 가능하다는 보수성을 유포하기도 한다. 고귀함의 현실적 구체화란 기존 체제에 대한 강력한 지지와 편입을 통해서만 가능하다는 믿음을 「홍길동전」은 수호하는 것이다.

그렇다고 「홍길동전」의 괴물 죽이기가 마냥 보수적이기만 한 것은 아니다. 길동은 물리쳐야 할 괴물을 사회 내부가 아니라 사회 바깥의 망당산에서 찾음으로써 「홍길동전」은 정치적 모호함을 유지한다. 「홍길동전」에서는 선명한 악인이 없는 대신, 선명한 선인도 없다. 다만 자신에게 씌워진 괴물의 허울을 벗어던지고 싶은 길동의 선명한 욕망만 있을 뿐이다.

### 「홍길동전」의 진화

집안에서 미움 받던 서자가 성공하여 체제를 비판하는 소설 「홍길동전」은 홍길동이라는 괴물의 이야기이기도 하다. 홍길동은 고귀함과 비루함이 뒤섞여 잉태되었고, 이러한 괴이한 기원에서 가족들은 공포를 읽음으로써 그는 괴물로 취급된다. 그러나 길동이 저지르는 온갖 무질서는 아들이자 신하이고 싶은 욕망의 산물일 뿐이었다. 이로써 그의 괴이함은 두려운 것이 아니라 애처로운 것이 되고야 만다. 홍길동이 괴물 울동을 죽이는 사건은 그의 욕망이 지닌 보수성을 격렬하게 증명하는 일이었다. 길동은 울동을 죽임으로써 자신이 괴물이 아니라 체제 수호자임을 보였다. 그리하여 그는 이제 아버지의 장례를 주관하여 진정한 아들이 되고 율도국의 임금으로서 조선에 표문을 올려 진정한 신하가 되었다.

길동은 아들이자 신하가 되는 것만이 진정한 사람이 되는 길이라고 믿는다. 그런 믿음과 욕망만이 길동을 괴물이 아니게 한다. 무엇이 정상인지에 대해 「홍길동전」은 매우 보수적이다. 그러나 신분제 사회에서 적자의 순혈주의가 정상성을 보장하거나 수호하지 못함을 길동은 증명하였다. 길동을 괴물로 만들었던 것은 기존 체제의 배타성이지 서자 길동의 비범함이 아니었다. 더구나 그 배타적인 사회는 너무나 유약하다. 만약 홍길동이 괴물로만 남았다면, 율도국의 임금이 몰락한 것처럼 조선의 임금도 쫓겨날 수 있었을 것이다. 이처럼 괴물 홍길동의 이야기는 인간됨과 사회 체제에 대한 번민과 통찰을 담았다.

슈퍼맨이든 홍길동이든 타자성에 기반하여 비범함을 타고 난 이들이 괴물이 아니라 영웅이 되는 것은 그들이 어떤 순간을 경험하기 때문이다. 그것은 공동체가 지향하는 규범에 배치되는 것이 아니라는 점에서 도덕적이고, 스스로를 괴물이 아니라 영웅으로 변모시킨다는 점에서 존재론적이다. 슈퍼맨이나 배트맨 그리고 철부지 십대인 스파이더맨에 이르기까지 그것은 자신의 힘에 내재한 책임을 받아들이는 것, 진정한 자신이 누구인지를 깨닫는 것에 있다. 홍길동에게는 슬프게도 공동체가 지향하는 규범과 자신의 자존감이 지향하는 바가 달랐다. 길동은 기득권에게는 두려운 얼자이었지만 스스로에게는 훌륭한 아들이자 병조판서였다. 괴물 울동은 이러한 이질감을 무마하고 홍길동을 체제에 편입시키는 희생양이라고 할 수 있다. 바깥의 괴물을 죽여 안의 괴물도 죽고 영웅만 남은 것이다. 이리하여 도적 홍길동을 저주하였던 독자들은 안심을 하고, 기득권의 탐욕을 멈추게 하고 싶던 독자들도 만족하게 되었다. 사회가 진화하듯 「홍길동전」도 진화하여 오늘날 우리 앞에 있는 것이다.[6]

---

**6** 이정원, 「영웅소설의 괴물 문제 – 슈퍼히어로와 대비의 관점에서」, 『우리어문연구』 55, 우리어문학회, 2016.